LO QUE CREES ES MENTIRA

LAS DOCE PUERTAS LIBRO 4

Vicente Raga

addvanza books

Vicente Raga

Nacido en Valencia, España, en 1966. Actualmente residiendo en Irlanda, pero mañana ¿quién sabe? Jurista por formación, político en la reserva, ávido lector, escritor por pasión, guionista, articulista de prensa, viajante impenitente y amante de su familia. Viviendo la vida intensamente.
Carpe diem.

Autor superventas de la serie de éxito mundial de ***«Las doce puertas»***, traducida a varios idiomas. Número 1 en los Estados Unidos, México y España. TOP 25 en Europa, Canadá, Australia y Nueva Zelanda.

AVISO IMPORTANTE

Esta novela es el cuarto libro
de la colección de ***Las doce puertas***

Para poder disfrutar de una mejor experiencia, **es necesario respetar el orden de lectura de las novelas:**

LIBRO 1 LAS DOCE PUERTAS

LIBRO 2 NADA ES LO QUE PARECE

LIBRO 3 TODO ESTÁ MUY OSCURO

LIBRO 4 **LO QUE CREES ES MENTIRA → LIBRO ACTUAL**

LIBRO 5 LA SONRISA INCIERTA

LIBRO 6 REBECA DEBE MORIR

LIBRO 7 ESPERA LO INESPERADO

LIBRO 8 EL ENIGMA FINAL

LIBRO 9 MIRA A TU ALREDEDOR

LIBRO 10 LA REINA DEL MAR

En cada una de las novelas se desvelan hechos, tramas y personajes que afectan a las posteriores. Si no respeta este orden, a pesar de que hay un breve resumen de los acontecimientos anteriores, es posible que no comprenda ciertos aspectos de la trama.

Primera edición, julio de 2019
Segunda edición, diciembre de 2019
Tercera edición, enero de 2022
Cuarta edición, marzo de 2022
Quinta edición, febrero de 2023

Fotocomposición y maquetación: Addvanza
Ilustraciones: Leyre Raga y Cristina Mosteiro

ISBN: 978-84-1201893-6

A mi familia, amigos y compañeros del colegio.
De forma consciente o inconsciente, todos habéis contribuido a crear el universo de ***Las doce puertas***.

ÍNDICE

NOTA DEL AUTOR

En la parte histórica de la presente novela, correspondiente al siglo XVI, todos los personajes que aparecen son reales y existieron en su exacto contexto histórico. No obstante, los hechos que se narran son ficticios y no tuvieron por qué ocurrir de la manera descrita. En la parte actual de la novela, todos los personajes y los hechos narrados son ficticios. Los acontecimientos históricos que se describen en ambas partes se corresponden con la realidad.

En toda la novela se utilizan las fechas de acuerdo con el calendario gregoriano. A efectos de claridad y homogeneidad no se usa el calendario hebreo.

0 RESÚMEN DE LOS LIBROS ANTERIORES DE LA SERIE «LAS DOCE PUERTAS»

Los judíos de finales del siglo XIV en la península ibérica habían acumulado una ingente cantidad de conocimientos en multitud de materias, pero los tenían dispersos en diferentes lugares. Ante el cariz que estaba tomando su relación con los cristianos en aquella época, y ante el temor de perder ese gran tesoro, decidieron protegerlo, reuniéndolo y escondiéndolo en un único emplazamiento. Eligieron la judería de Valencia. No era tan importante como las de Sevilla, Córdoba o Toledo, por ejemplo, pero precisamente por ello la escogieron. Tenía un tamaño medio, no era demasiado conflictiva y estaba bien comunicada. En definitiva, era discreta en comparación con otras mayores. Crearon una especie de confraternidad, formada por diez personas, cuya misión era preservar ese tesoro a través de los siglos, y lo llamaron Gran Consejo. El tesoro era conocido entre ellos por el nombre de «el árbol».

Sin duda fue una idea muy oportuna, ya que poco más de un año después de completar la tarea, en 1391, se produjo el asalto y la destrucción de más de sesenta juderías por todos los territorios del reino de Castilla y de la corona de Aragón, que supusieron la muerte de decenas de miles de judíos. La mayoría de las aljamas no se recuperaron jamás y desaparecieron para siempre. Afortunadamente, los miembros del Gran Consejo tenían un plan de escape preparado, que habían llamado *Las doce puertas*, que hacía referencia a las doce puertas que se abrían en la muralla medieval de Valencia a finales del siglo XIV. Su objeto era ponerse a salvo y preservar su tesoro cultural. Una vez ejecutado dicho plan, pasaron a designarse a ellos mismos *puertas*.

Por si todas aquellas desgracias no hubieran sido suficientes, cien años después de aquel desastre, en concreto el 31 de marzo de 1492, Isabel I de Castilla y Fernando II de Aragón, conocidos posteriormente como los Reyes Católicos, ordenaron la expulsión de los judíos de todos los reinos que dominaban, deportación que se completó en el mes de agosto de aquel fatídico año.

El Gran Consejo que protegía el tesoro judío estaba compuesto por diez personas, pero, en realidad, había un undécimo miembro, que no participaba de las reuniones, cuya identidad permanecía secreta y que tan solo era conocida por el número uno. El Gran Consejo se organizaba a semejanza del árbol *sefirótico* de los cabalistas. Aunque aparentemente dicho árbol contenía diez esferas o *sefirot*, en realidad, existía una undécima *sefiráh*, que es el singular de la palabra *sefirot*. Esa undécima *sefiráh*, llamada *Daat*, permanecía invisible y representaba la conciencia. Era otra forma, en este caso no material y oculta, del *Keter*, de la raíz del Gran Consejo, de su número uno, que en estos momentos era Blanquina March. En consecuencia, tan solo Blanquina conocía la verdadera identidad de la undécima puerta. Su función era ser una especie de copia de seguridad. Entre el número uno y el número once tenían dividido un mensaje propio, que una vez unido, conducía a la localización del árbol. En caso de cualquier eventualidad, como la desaparición de un miembro o del Gran Consejo en su totalidad, tenían la responsabilidad de reconstruirlo, para la preservación de su gran tesoro durante los siglos venideros.

En marzo de 1500 se produjo un hecho de extraordinaria gravedad. El Santo Oficio de la Inquisición española descubrió una reunión del Gran Consejo e irrumpió en mitad de su celebración, provocando la desbandada de todos sus miembros e incluso la captura del número cuatro, Miguel Vives, y su posterior relajación y muerte en la hoguera. Blanquina March, que era la puerta número uno, decidió, por seguridad, trasladar el árbol a otro emplazamiento diferente y encargó el trabajo a la undécima puerta, Johan Corbera, ya que no era ni conocido ni perseguido por la Inquisición. Tomó otra decisión de gran calado, disolver el Gran Consejo. No sabía qué conocimientos podrían tener la Inquisición y no se quiso arriesgar a poner en peligro la propia existencia del árbol, el gran tesoro judío.

Blanquina March falleció muy joven a consecuencia de la peste negra y heredó su puesto en el Gran Consejo, como nuevo número uno, su hijo Luis Vives, el gran humanista valenciano, español y europeo, que en aquel momento histórico tenía tan solo dieciséis años. Entre él y Johan Corbera escondieron ese tesoro cultural en una nueva ubicación. Poco después, Luis Vives abandonaría España, debido a la presión de la Inquisición sobre su familia. Su padre quiso ponerlo a salvo de su saña, que ya había conducido hasta la hoguera a buena parte de sus primos y tíos.

Luis Vives se convirtió en una figura de fama mundial y sus amigos en España intentaban que retornara con seguridad, a salvo del Santo Oficio. A pesar de todos los esfuerzos, parecía que había una mano negra que le impedía la vuelta a su país, cosa que deseaba, ya que su padre estaba enfermo y preso por la Inquisición y sus hermanas necesitaban su ayuda. Todos los intentos fracasaron. Luis Vives, después de las maquinaciones del cardenal Thomas Wosley entre otros, acabó en Inglaterra, de catedrático en la Universidad de Oxford, y casado con Margarita Valldaura, hija de españoles y residente en Brujas. Para aquel entonces, ya había abandonado de forma definitiva su idea de volver a España.

En Valencia, en el primer cuarto del siglo XVI, el hijo de Johan Corbera, llamado Batiste, hace amistad en la escuela con Amador, cuyo padre trabaja para el Tribunal de la Inquisición y con Jerónimo, un extraño niño de siete años que no sabe ni siquiera quién es su padre, pero que vive en el Palacio Real de Valencia a todo lujo. Debe tratarse del hijo de alguien muy importante, pero nadie parece saber de quién, ni siquiera el propio Jerónimo. El palacio es la sede del Tribunal local de la Inquisición y los tres amigos aprovechan que su amigo reside allí para entretenerse espiando alguna de sus reuniones, hasta que Batiste, en la última de ellas, es sorprendido por alguien que jamás esperaba ver allí. Se quedó estupefacto.

Mientras tanto, ya en la época actual, en pleno siglo XXI, Rebeca Mercader es una joven de veintiún años, recién graduada en Historia y estudiante de un máster. Para sufragarse sus estudios trabaja a tiempo parcial en el periódico *La Crónica*, estando a cargo de la sección de relatos históricos. Para su absoluta sorpresa, ha sido nominada a un

Premio Ondas al mejor *podcast* del año, por unas grabaciones que dejó cuando se fue de vacaciones, con el objeto de que fueran trascritas para su columna semanal en el periódico. Las escucharon sus compañeros de la emisora de radio y las difundieron, sin el conocimiento de Rebeca. Para sorpresa de todos, tuvieron muchísimo éxito.

Los padres de Rebeca fallecieron en un accidente de tráfico cuando apenas tenía ocho años de edad. En aquel momento se fue a vivir con su único familiar vivo, su tía Margarita Rivera, a quién todo el mundo conoce por el diminutivo de Tote. Es comisaria de policía y, hasta hace tres meses, su pareja sentimental era Joana Ramos, profesora de Rebeca en la Facultad de Geografía e Historia. Debido a todos los acontecimientos que ocurrieron durante el mes de mayo, se vio obligada a trasladarse a Estados Unidos. Las tres formaban una familia muy feliz que, ahora mismo, estaba rota. Ni Tote ni Rebeca se habían acostumbrado a su ausencia.

Rebeca estudió en el colegio Albert Tatay. Desde que el grupo de amigos terminaron sus estudios hacía cuatro años, y antes de que cada uno de ellos partiera hacia una Facultad diferente para continuar su formación o al mercado laboral, Rebeca y sus compañeros se confabularon para no perder el contacto. Se habían criado unidos durante muchísimos años y no querían perder esa complicidad tan sana. Así, decidieron institucionalizar una reunión semanal, todos los martes, en un lugar fijo, en este caso en el *pub* irlandés Kilkenny's en la plaza de la Reina. Cada uno acudía cuando podía, pero con el paso del tiempo, incluso se habían ido incorporando al grupo personas ajenas al colegio. Fue el camarero inglés del *pub*, llamado Dan, el que les bautizó como el *Speaker's Club*, porque, según él, «mucho hablar y poco beber».

Charly, piloto de línea aérea, era el cachondo del grupo, junto a Fede, que acababa de terminar el doble grado de Derecho y Ciencias Políticas. Pertenecía a una familia muy rica y conocida. En ocasiones se les unía a los dos el antisistema de Xavier, que era comercial de una empresa. Los tres formaban el trío calavera. Tenían mucho peligro. Almu era la amiga del alma de Rebeca, llevaban estudiando juntas desde los seis años hasta la universidad. Bonet estudiaba robótica y todos pensaban que podría pasar por uno de ellos. Carlota era la más impredecible de todo el grupo, una mente privilegiada cuyas reacciones le daban miedo hasta la propia Rebeca, aunque eran grandes amigas y almas gemelas. Su madre había fallecido hacía unos días, después de una larga enfermedad. Se acababa de reincorporar, después de un año de ausencia por estudios en el extranjero, Carolina Antón, cuyo padre era un diplomático francés. Para completar el grupo, se habían unido, ajenos al colegio, Carmen, una mujer divorciada de cuarenta y seis años que trabajaba en el archivo del ayuntamiento de Valencia y su jefe Jaume, algo mayor que ella y con un parecido asombroso a Harry Potter, aunque con algunos años más, según Rebeca.

El día 1 de mayo se presentó en el periódico dónde trabaja Rebeca la condesa de Dalmau, dos veces grande de España y lectora habitual de la sección de Rebeca. Le hace entrega de dos extraños dibujos que ha encontrado en una caja fuerte oculta, que pertenecía a su difunto marido, el conde de Ruzafa. Le pide que resuelva su significado, ya que ella lo desconoce. Al día siguiente la condesa es encontrada muerta en su palacio.

Después de muchas vicisitudes y gracias a la ayuda del historiador Abraham Lunel, descubren que los dibujos son de procedencia judía y datan de 1391, año en que se produjo el asalto y la destrucción de la judería de Valencia. En realidad, los dibujos representaban un plan de escape del Gran Consejo denominado *Las doce puertas*, que hacía referencia a las doce puertas de la muralla medieval de Valencia, Lo que todos los miembros del Speaker's Club desconocen es que Rebeca es la actual undécima puerta. Hace todo lo posible para hacer creer a sus amigos que aquel árbol judío, oculto desde hace seis siglos, ya no existe en la actualidad. Quiere que se le deje de buscar y así se pueda preservar para los siglos venideros. Lo que Rebeca descubre al final del libro anterior es que puede existir otro Gran Consejo que ella desconoce, ya que hay demasiados flecos sueltos y acontecimientos extraños que no comprende. Está muy preocupada, porque pensaba que tenía la situación bajo control y parece que no es así. Por otra parte, en el plano personal, la madre de Carlota le revela, en su lecho de muerte, que es adoptada, que no es su verdadera madre biológica.

En resumen, en la actualidad no sabemos si, en realidad, existe o no el Gran Consejo, ni siquiera si el árbol judío del saber milenario se ha perdido para siempre o continua oculto.

Rebeca y sus amigos se disponen a averiguarlo. Desde luego están ocurriendo cosas muy extrañas e incomprensibles a su alrededor.

I 29 DE MAYO DE 1524

—Te veo buena cara —dijo Johan—. Te ha sentado bien el matrimonio con Margarita Valldaura.

Había pasado tres días desde el enlace del año en Brujas. Luis Vives y Johan Corbera estaban sentados en uno de los salones de la residencia Valldaura. Se acercaba el momento de la despedida. Luis aún se quedaría hasta septiembre en Flandes, antes de retornar a Inglaterra, pero Johan debía volver a España. Ya hacía mes y medio que había partido de Valencia para asistir a la boda de su amigo. Tenía obligaciones en España y debía regresar cuanto antes. No lo podía demorar más.

—La familia Valldaura me trata de maravilla, no como tú, que no dejas de traerme malas noticias —contestó Luis.

—No sé quién ha contado peores noticias a quién en estos últimos días —le rebatió Johan.

Luis Vives le había relatado a su amigo Johan que el Gran Consejo no existía porque su madre, Blanquina March, lo había disuelto en el año 1500, tras la irrupción por sorpresa de la Inquisición en una reunión. En consecuencia, cuando ambos ocultaron el árbol judío del saber milenario ocho años después, en 1508, Luis no pudo repartir entre los miembros del Gran Consejo una décima parte del mensaje que, una vez unido, llevaría a la localización del árbol, el gran tesoro judío. Así, en este momento, los únicos que conocían su emplazamiento eran Luis Vives y Johan Corbera. Teniendo en cuenta que Luis residía en Inglaterra, el único guardián efectivo del árbol era Johan, y era una responsabilidad que no le correspondía como undécima puerta. Precisamente para eso se había creado el Gran Consejo, pero claro, en la actualidad no existía.

Una vez que Luis Vives decidió no regresar a España, consideró que debía ceder su posición en el Gran Consejo. Era el número uno, el que convocaba las reuniones y desde Flandes no podía hacerlo. No tenía descendencia, así que le comunicó a Johan el mismo día de su boda, hacía apenas tres días, a quién había designado, hacía ya más de un año, como nuevo número uno, el *Keter*, la raíz del Gran Consejo. Ambos estaban extrañados porque el nuevo número uno no se hubiera puesto en contacto con nadie desde que fue nombrado. En cuanto Luis le dijo a Johan el nombre del elegido, de inmediato comprendió el motivo de esta falta de comunicación. Johan estaba espantado y muy preocupado por el futuro del Gran Consejo.

Tal y como estaba previsto desde el siglo XIV, eran el número uno y el número once los que debían de reconstruir el Gran Consejo, en caso de producirse cualquier eventualidad como la actual. El problema era que el elegido como nuevo número uno, el noble don Bertrán, llevaba muerto más de un año, por eso era imposible que se comunicara con nadie. Johan le había pedido que designara a otro sucesor, pero Luis le había dicho que no podía. En consecuencia, el Gran Consejo, además de no existir como tal, estaba descabezado por primera vez en su historia y sin posibilidad de reconstrucción.

—¿No reconsideras tu decisión de nombrar a un nuevo número uno? Los fundadores originales del Gran Consejo en el siglo XIV, con todas las medidas de seguridad que adoptaron, no previeron esta situación. Estamos ante un caso extraordinario, que quizá requiera de soluciones extraordinarias. Yo solo no puedo reconstruirlo.

Luis lo miraba con cara complaciente.

—Deja que los acontecimientos fluyan —contestó enigmático.

Sin embargo, Johan miraba a su amigo con gesto de incomprensión.

—¿Has bebido vino de buena mañana? —le preguntó, extrañado por la aparente calma de su amigo—. ¿Qué es lo que tiene que fluir?

—Johan, tú eres la undécima puerta. No conoces ciertas cuestiones relativas al Gran Consejo porque no perteneces a él. No te preocupes tanto. La situación no es tan terrible.

—¿Qué no me preocupe? ¿Qué no es tan terrible? —pregunto espantado Johan—. ¡Pero si no existe! Resulta que mi principal misión consiste en reconstruirlo junto con el número uno, que está muerto. Por mucho que fluyan los acontecimientos, no veo cómo se van a solucionar los problemas por sí mismos. Los muertos no resucitan, ¿o quizá tú creas que sí?

—Das por supuesto cosas que no conoces con seguridad —insistió Luis, con ese tono pausado que tanto estaba irritando a Johan.

—¿Qué es lo que doy por supuesto? El noble don Bertrán murió en una emboscada del ejército francés, incluso en la corte real española se organizó un funeral en su honor hace más de un año. Su cabeza fue exhibida públicamente en una plaza de Nantes, después de que su cadáver fuera quemado ante cientos de personas —dijo indignado Johan—. ¿Qué es lo que te parece una suposición en todo este asunto?

Luis seguía sin compartir el nerviosismo de Johan, de hecho, parecía completamente relajado. Hasta Johan diría que parecía feliz.

—Entre otras cosas, ¿sabemos si designó sucesor antes de su muerte, por ejemplo? —preguntó Luis, con una sonrisa enigmática—. A diferencia de mí, don Bertrán sí que tenía descendencia.

Johan se quedó en completo silencio por un momento. Ahora que lo pensaba bien, no se le había ocurrido esa posibilidad. Se la quitó de la cabeza de inmediato.

—Es muy poco probable, ya que fue emboscado por las huestes francesas tan solo unas semanas después de que tú le nombraras —contestó Johan, tras reflexionar—. Fue un ataque sorpresa, no debió tener tiempo de ello.

—Poco probable no significa imposible.

—No, supongo que no —reconoció Johan

—Entonces, relájate.

—No significará imposible, pero sigue significando improbable —insistió Johan.

—Johan, deja que fluyan los acontecimientos.

Johan estaba visiblemente irritado por la calma de Luis y por esa frase tan molesta para sus oídos. Tan solo le encontraba una posible explicación.

—Vamos a ver, Luis. Tú sabes algo que no me estás diciendo, ¿verdad? De lo contrario no me explico tu actitud.

Luis sonrió.

—Por supuesto.

—¿Y a qué esperas para contármelo?

—No me corresponde a mí esa función. Recuerda que ya no soy el número uno.

—Ni yo el número once. Te recuerdo que mi hijo Batiste ya habrá leído la carta que le deje antes de emprender este viaje a Brujas para asistir a tu boda, por lo que sabrá cuál es su responsabilidad como nueva undécima puerta, pero no por ello me dejo de preocupar por la existencia del Gran Consejo, aunque nunca haya pertenecido a él.

Luis miraba con cara divertida a su amigo Johan, que seguía azorado por la aparente grave situación.

—¿Te había comentado que dejaras que fluyeran los acontecimientos?

Johan cogió el pequeño almohadón de la silla y se lo tiró a la cabeza de su amigo, que no lo pudo esquivar. Por un momento, ambos se rieron y se olvidaron de todos los problemas.

Fue algo fugaz y breve.

2 EN LA ACTUALIDAD, DOMINGO 16 DE SEPTIEMBRE

—Aquí ha entrado alguien —dijo sorprendido Álvaro Enguix, en la misma puerta del obrador de joyería que había pertenecido a su padre, en una travesía de la avenida Burjassot.

El detective Richie Puig, contratado por la tía de Rebeca, la comisaria Margarita «Tote» Ramos, les había informado que, en el mes de mayo, se había reunido en este mismo lugar con el padre de Álvaro, Sergio Enguix, el fundador del negocio.

El joyero le había informado de la existencia de una gargantilla muy valiosa, con un diamante rojo, perteneciente a la familia del conde de Ruzafa. La había reparado y limpiado en dos ocasiones en los últimos años por instrucciones del propio conde, incluso le sacó una fotografía que le entregó al detective.

En dicha foto se podía leer una pequeña inscripción, en un lateral de la joya, que rezaba «bajo la estrella».

Dado que el conde había sido el número uno del Gran Consejo, todos supusieron que se trataba de la mitad del mensaje secreto que custodiaba. Esa mitad, unida a la otra mitad que debía guardar la undécima puerta, formarían el gran mensaje que, una vez descifrado, debía conducir al emplazamiento del tesoro cultural judío, ocultado hacía muchos siglos y en paradero desconocido.

Pero existía un grandísimo problema en todo este relato. Ayer sábado, Álvaro Enguix visitó a Carlota para darle el pésame por el fallecimiento de su madre. Rebeca también estaba presente en aquel momento.

Durante la conversación surgió el tema de familiares fallecidos, y para absoluta sorpresa de ambas amigas, Sergio les informó que él también lo pasó muy mal cuando su padre falleció hacía dos años.

Se quedaron impávidas, aquello no podía ser. Si el padre de Álvaro llevaba dos años muerto, difícilmente pudo atender al detective Richie Puig hacía cuatro meses, y menos aún darle ninguna fotografía, si descartamos los fenómenos paranormales, y ninguno de los tres creía en ellos.

Carlota y Rebeca escucharon la noticia de labios de Álvaro con absoluta estupefacción. Cuando por fin reaccionaron, Rebeca llamó de inmediato a su tía, la comisaria de Policía Margarita «Tote» Rivera, que, a su vez, llamó al detective Richie Puig. Estaban alarmados por la revelación y no era para menos. Aquello podía poner patas para arriba todo lo que, hasta ahora, creían conocer.

Al día siguiente, aunque era domingo, se desplazaron hasta el taller de joyería del difunto Sergio Enguix. Ahora mismo estaban los cuatro, Rebeca, Carlota, Tote y Richie, frente a la puerta, mirándola, como ensimismados.

—¿Cómo sabes que ha entrado alguien? —preguntó el detective.

—Mirad al suelo —contestó Álvaro señalando unas marcas al lado de la persiana—. Son recientes. Mi madre y yo hace más de medio año que no venimos a esta planta baja.

—Efectivamente, parece que está puerta se ha abierto hace poco —dijo Tote—. ¿Quién tiene llaves de este local?

—Siempre han existido tres juegos. Uno lo tenía mi padre, que ahora está guardado en casa, otro lo lleva mi madre en su bolso y la tercera llave es esta que tengo ahora mismo en mi mano —dijo, señalándola—. Nunca hemos hecho ninguna copia más.

—La cerradura no parece forzada, así que siento contradecirte, pero alguien más debe tener otra llave —confirmó Tote.

—¿Qué hago? ¿Abro la puerta? —preguntó Álvaro.

—Sí claro, vamos a entrar. Lo haré yo primero —dijo Tote, echándose la mano a la funda de su arma reglamentaria—. No creo que haya ningún peligro, pero más vale prevenir. No toquéis nada del interior del local, limitaos a seguirme, siempre detrás de mí.

Álvaro se agachó, metió la llave en la cerradura y subió la persiana. Dejó a la vista una pequeña puerta, que también abrió con la misma llave.

—Adelante, Tote —dijo Álvaro, cediendo el paso a la comisaria.

—¿Hay alarma de seguridad?

—En su día, cuando funcionaba como taller y obrador de joyería, por supuesto, porque había objetos de valor. Cuando mi padre dejó de utilizarlo nos dimos de baja. Total, no hay nada que valga la pena en su interior más que herramientas y muebles antiguos. Pura chatarra.

Tote se asomó, El local estaba completamente oscuro, no se veía nada.

—¿Hay luz eléctrica o tenemos que usar la linterna de los móviles?

—Sí, perdona, tienes el interruptor a tu derecha.

Presionó el botón y se encendieron tres grandes plafones en el techo. Ante sus ojos tenían lo que parecía un almacén desordenado, pero no daba la sensación de estar tan sucio como para estar abandonado.

—Decías que no habíais venido en medio año, ¿verdad? —preguntó Tote, dirigiéndose a Álvaro.

—Al menos. Igual te he dicho seis meses y son nueve. No llevo la cuenta, pero desde luego hace mucho tiempo que mi madre y yo no acudimos por aquí.

—Pues parece claro que este local está en uso. Diría que el polvo acumulado no tiene más de dos o tres semanas —dijo Tote, mientras examinaba las mesas con detenimiento—. Mirad aquí —señaló— Este taburete está completamente limpio, ha sido usado hace bien poco. Apenas hace unos días.

—No me lo explico —dijo Álvaro, que parecía desconcertado. Aquello no tenía sentido.

Tote sacó el móvil de su bolsillo y sacó fotos de todos los rincones de aquel extraño local. Desde luego alguien lo estaba utilizando porque no estaba tan sucio. En estos momentos no sabía si creer la versión de Álvaro, ya dudaba hasta de él.

De repente, casi se le cae el teléfono al suelo del susto que se llevó.

Richie había dado un grito.

3 30 DE MAYO DE 1524

Johan abandonó Brujas en dirección a su puerto, tras una estancia de casi un mes en la ciudad flamenca. Mañana partiría hacia Santander en el mismo barco que lo trajo. No podía evitar añorar España. En toda su vida jamás había permanecido tanto tiempo fuera de su país.

Después de pensarlo, decidió dormir en una posada frente al puerto para poder embarcar al día siguiente sin prisas. Así lo hizo. A la mañana siguiente cruzó por la pasarela del barco, dejó sus pertenencias debajo de su camastro y subió a la cubierta. Hacía un día magnífico que presagiaba una travesía placentera.

Ayer se había despedido de su amigo Luis Vives. Probablemente jamás se volvieran a ver, después de dieciséis años de gran amistad. Fue muy emotivo, a pesar de que Johan continuaba enfadado porque no le había querido contar el motivo de su tranquilidad frente a los desastrosos sucesos que habían acontecido.

La frase que Luis no dejaba de repetir, «deja que fluyan los acontecimientos», había conseguido sacarlo de sus casillas, y eso que era una persona de carácter sosegado. Luis había sido el número uno del Gran Consejo durante muchos años, y ahora le daba la impresión que se desentendía de sus problemas. Parecía que el hecho de haber designado a un nuevo número uno era motivo suficiente para olvidarse del asunto, a pesar de haber fallecido. Johan no alcanzaba a comprender la actitud de Luis. Ya sabía que, como undécima puerta, no pertenecía al Gran Consejo, pero eso no evitaba su intranquilidad.

A pesar de todo, dejaba atrás a un gran amigo para siempre. La despedida había sido muy dura. Habían vivido juntos muchos momentos emotivos desde que se conocieron en aquel lejano año 1508, poco después de la muerte de Blanquina March, la madre de Luis. Vivieron unos meses muy intensos.

El barco zarpó del puerto en aguas tranquilas. Johan iba disfrutando de la brisa marina y meditando en todo lo ocurrido estos días atrás. Pensaba en el mes que había pasado en Brujas con el pretexto de la boda de su amigo. Había algo que no le cuadraba. Cuando le dio a Luis la primera noticia del fallecimiento de don Bertrán, se sorprendió. Estaba claro que no la conocía y se preocupó de verdad. Johan lo pudo ver claramente en su rostro, estaba alarmado. Sin embargo, después de la boda, apenas tres días después, su actitud había cambiado por completo. Se mostraba tranquilo y sosegado, como si nada hubiera ocurrido. No lo conseguía entender, por más que pensara en ello. Don Bertrán estaba tan muerto antes de la boda como después. No comprendía ese cambio.

«¿Qué habría sucedido en ese corto intervalo de tiempo?», se preguntaba Johan. «¿Se habría enterado de que el noble fallecido había designado sucesor?». «En ese caso, ¿tenía el Gran Consejo un nuevo número uno que él desconocía?». Eso podría explicar la tranquilidad de su amigo Luis Vives, pero tampoco terminaba de verlo claro. Era muy difícil que eso se hubiera producido.

No podía olvidar las circunstancias en que se había producido la muerte del noble. Estaba volviendo a España por tierra y falleció de forma imprevista, emboscado por sorpresa a las pocas semanas de su nombramiento. «¿Cómo habría podido nombrar sucesor en ese momento tan delicado?», se preguntaba Johan. Le atormentaba esa cuestión y aún le enervaba más la actitud de su amigo Luis, que más que preocupación demostraba una tranquilidad fuera de su comprensión. Sin la existencia de un número uno no se podía reconstruir el Gran Consejo y eso era catastrófico.

La brisa levantaba el agua del mar, que salpicaba la cubierta del barco y de paso, el propio rostro de Johan. A pesar de lo bello del paisaje, su cabeza no estaba pendiente del puerto de Brujas, que ahora mismo estaban abandonando. Estaba muy lejos de aquellas aguas.

De repente, dio un pequeño respingo y casi se cae del pequeño barril dónde estaba sentado.

«¡Claro! ¿Cómo no se me había ocurrido antes?», se dijo. «¡Qué idiota he sido!».

Ahora lo veía cristalino.

Era la única posibilidad que daba sentido a todo.

4 EN LA ACTUALIDAD, DOMINGO 16 DE SEPTIEMBRE

Todos se sobresaltaron ante el grito inesperado de Richie. Tote se recompuso de inmediato y, en apenas un par de segundos, guardó el móvil en su bolsillo y sacó el arma de su funda.

—¿Qué ocurre, Richie? —preguntó, alarmada.

—Mirad allí —dijo, señalando una esquina. Su cara reflejaba una mezcla de pánico y sorpresa.

—Quedaos todos quietos, no os mováis —dijo Tote, mientras se dirigía hacia el lugar dónde indicaba Richie, con el arma en la mano.

Apartó unas cajas de cartón y llegó hasta el sitio exacto donde señalaba el detective.

—¿Se puede saber por qué has gritado de esa manera? Aquí no hay nada fuera de lo normal.

—En la pared —acertó a decir Richie.

Tote levantó la vista.

—En la pared, ¿qué? —preguntó—. Sigo sin ver nada.

—¡Eso! —dijo Richie, señalando una especie de cartel enmarcado y colgado en el tabique.

Tote no entendía nada.

—¿Te refieres a esa foto? —preguntó extrañada.

Álvaro tomó la palabra.

—Es mi padre. Mi madre y yo le regalamos ese retrato el día de su jubilación. Después de su muerte, lo colgamos en esa pared. Mi madre no lo quería en casa, decía que se entristecía cada vez que lo miraba.

—¿Por qué has gritado de esa manera? Nos has dado un buen susto —dijo Carlota, que hasta ese momento había permanecido en completo silencio.

—Esa es la persona que me atendió hace cuatro meses en este mismo lugar —explicó Richie—. Me ha sorprendido verlo colgado de la pared, no me lo esperaba.

—¿De verdad te has asustado de una foto? —le preguntó Tote con cierta guasa, guardando el arma en su funda.

—Lo siento, no es habitual en mí asustarme por estas cosas. Os pido disculpas, pero me ha impresionado. No me acabo de creer que pudiera hablar con un muerto.

—De todas maneras, no es posible que la persona de esa foto te atendiera en este taller hace cuatro meses —insistió Álvaro—. Os aseguro que mi padre está muerto de verdad. Yo mismo reconocí su cadáver en este mismo lugar. Su cuerpo estaba en el suelo, justo dónde ahora estás tú mismo, hace dos años. —dijo Álvaro, dirigiéndose a Richie—. Mi madre también estaba conmigo.

—Pues yo tengo claro con quién hablé, y era él —dijo Richie, señalando el retrato—. No me cabe ninguna duda. Por mi trabajo me fijo mucho en los rostros de las personas. No soy fisonomista, pero casi. Además, no fue una conversación corta, estuvimos unos veinte minutos charlando, uno enfrente del otro, mirándonos las caras.

—¿Dónde estaba sentada la persona con la que hablaste? —preguntó incrédulo Álvaro.

—En ese taburete —señaló Richie—, el mismo que está limpio. Yo me senté en una de las sillas.

Álvaro se estremeció de forma ostensible.

—Siempre se sentaba ahí, ese taburete era su lugar preferido —contestó.

«¿Los muertos vuelven a resucitar?», pensó Rebeca, recordando hechos pasados.

—Estos últimos meses ya hemos sido testigos de la resurrección de ciertos muertos, acordaros de Tania Rives o Abraham Lunel —dijo Carlota, que parecía que le había leído el pensamiento a Rebeca.

—¿Tania Rives está viva? —preguntó asombrado Álvaro.

—Y tu padre, por lo visto, también —le contestó Carlota.

5 12 DE JUNIO DE 1524

—Leíste la carta que te dejé antes de mi partida a Brujas, ¿verdad?

Johan Corbera había retornado de su viaje de casi dos meses a Flandes, dónde había asistido a la boda de su amigo Luis Vives. Debido a lo peligroso del trayecto, Johan había decidido dejarle a su hijo Batiste una nota con las explicaciones acerca del Gran Consejo, de su significado y de su responsabilidad como número once. Las instrucciones indicaban que tan solo debía abrir la nota en caso de que Johan no regresara y falleciera en el viaje. Era una medida de seguridad para que su hijo supiera quién era en realidad.

—¿Por qué piensas eso, padre? —respondió Batiste, con cara de inocencia.

—Porque te conozco bien. A pesar de que el sobre parece que no ha sido abierto, no me lo puedo creer —afirmó Johan, mirando a su hijo.

La cabeza de Batiste pensaba a toda velocidad. No sabía si negar que había leído el contenido de la carta o reconocer que lo había hecho nada más la vio, que era la verdad. Al final se impuso la sinceridad.

—Tienes razón, padre. Abrí el sobre y leí la carta.

Johan lo tenía claro desde el principio. Conocía perfectamente a su hijo y sabía que su curiosidad arrolladora se acabaría imponiendo a su prudencia. De hecho, dejó el sobre a conciencia, para que fuera abierto y leído por su hijo.

Batiste esperaba una buena riña, pero le sorprendió que su padre no pareciera enfadado.

—¿Entendiste su contenido? —preguntó Johan.

—Tengo muchas dudas —contestó Batiste, aún sin comprender que su padre no mostrara ningún signo de disgusto.

—Es lógico que las tengas. Resumí en unos pocas hojas más de cien años de acontecimientos históricos. ¿Qué dudas tienes?

—Comprendo que nuestros antepasados ocultaron un tesoro cultural acumulado por los judíos durante varios siglos y crearon un grupo de diez personas para protegerlo, que llamaron Gran Consejo. Hasta aquí lo tengo claro, pero tú dices que eres el número once. ¿Cómo quedamos? Si son diez, ¿cómo puedes ser tú el número once? ¿No sabían contar en el siglo XIV?

—Yo ya no soy el número once —dijo Johan, guiñando el ojo—. Desde el momento que leíste esa carta, ya lo eres tú.

—Pues todavía me lo pones peor —contestó Batiste, algo agobiado por la situación.

—Como bien has dicho, el Gran Consejo son diez personas. Tú eres el número once, en consecuencia, no formas parte de él. Tu existencia debe ser secreta, como lo ha sido la mía y como fue la de tu bisabuelo, el gran Samuel Perfet, nieto del último gran rabino de la judería de Valencia, Isaac Ben Sheshet Perfet. Samuel fue la primera undécima puerta de la historia y desempeñó un papel muy importante.

—¿Y qué sentido tiene que mi existencia sea secreta?

—En caso de que se produzca la desaparición de un miembro o de todo el Gran Consejo, entre el número uno y tú debéis recomponerlo. Esa es tu única función. Cada uno de vosotros tenéis una mitad del mensaje que, una vez unido, conduce a la localización del tesoro.

—Entonces mi existencia no es secreta del todo. Debo conocer la identidad del número uno del Gran Consejo.

—Así es. Es el único miembro con el que debes relacionarte, y tan solo en caso de necesidad.

—Pues no lo conozco, ¿quién es?

—Ese es el problema, yo tampoco. De hecho, no estoy seguro de que exista en la actualidad.

Le explicó a su hijo todo lo que había ocurrido con Luis Vives y con el noble don Bertrán, que había sido designado nuevo número uno, pero había fallecido. Johan no sabía si había tenido tiempo de designar sucesor. Tenía todas las dudas del mundo.

—¿Don Bertrán ha muerto? —preguntó incrédulo Batiste—. ¿El mismo que vino a nuestra casa hace unos dos años?

—El mismo. Ese día estaba muy contento. Me comunicó que le habían concedido a Luis Vives la cátedra que había dejado vacante Antonio de Nebrija en la Universidad de Alcalá de Henares. Se tomó la molestia de desplazarse personalmente hasta Flandes a entregarle en mano el ofrecimiento.

—Lo recuerdo perfectamente, ese día no hubo escuela y pude escuchar vuestra conversación, incluso vi a don Bertrán fugazmente.

—Pues lo mataron en una emboscada del ejército francés, cerca de Nantes, precisamente cuando regresaba de darle en mano esa carta a Luis —dijo Johan.

—No tenía ni idea —contestó Batiste, con la mente confusa.

—Claro, no te lo había contado.

Batiste estaba absolutamente pasmado con lo que acababa de escuchar. Le hubiera gustado alargar la charla con su padre, tenía muchas más preguntas y cosas que decirle, pero aún recordaba la conversación en el salón de la chimenea del Palacio Real. Había jurado olvidar todo lo visto allí y lo debía cumplir. Ahora mismo aquella conversación, que no debía recordar, suponía un muro entre su padre y él.

—Prepárate. En un par de días nos marchamos a Sevilla —dijo Johan.

—¿A Sevilla? ¿Para qué? —preguntó extrañado Batiste.

—Vamos a buscar al número uno.

—¿Pero no me acabas de decir que ha muerto? —preguntó Batiste, que no comprendía nada—. ¿En qué quedamos? No te pones de acuerdo ni contigo mismo.

6 EN LA ACTUALIDAD, LUNES 17 DE SEPTIEMBRE

Tote apenas pudo dormir. Estaba muy preocupada por todos los acontecimientos sucedidos. Recordaba perfectamente que la gargantilla del conde de Ruzafa le causó desazón desde el primer momento que conoció su existencia, hacía ya cuatro meses. De forma inconsciente, siempre tuvo la sensación que era un elemento extraño en toda la historia.

«Bueno, no tan inconsciente, ya que contraté por primera vez al detective Richie Puig precisamente a causa de ella», pensaba. «Algo tuve que presentir».

Tote era una mujer muy intuitiva. A lo largo de su carrera profesional en el Cuerpo Nacional de Policía siempre había hecho caso a su instinto, y no le había ido nada mal. Ahora tenía esa misma sensación con el tema del padre de Álvaro Enguix. No se podía creer que estuviera vivo, a pesar de las afirmaciones de Richie y las insinuaciones de Carlota y su mente prodigiosa.

«Otro resucitado no, por favor», pensó, casi rogando.

No se aguantó más. Eran las cinco y cuarto de la mañana y estaba tumbada en la cama mirando el techo de su habitación. Se levantó, salió a la cocina y se preparó el desayuno. Cuando terminó se fue al trabajo. Era la jefa de la Brigada Provincial de Extranjería y tenía su oficina en la comisaría de la calle Zapadores.

—Buenos días, señora comisaria —saludaron los policías en cuanto vieron llegar a su superiora—. ¿Ocurre algo que viene tan pronto?

—Ocurre que no podía dormir —contestó con una sonrisa en la boca.

Se encaminó a su despacho y encendió el ordenador, antes incluso de quitarse la chaqueta. Estaba impaciente. «Tengo que averiguar si hay indicios de que Sergio Enguix pueda estar vivo, aunque lo dudo mucho», se dijo.

Efectivamente, constaba en los archivos la fecha de su defunción, hacía dos años, tal y como había comentado su hijo. Comprobó la Seguridad Social, también estaba de baja desde esa fecha y por supuesto no constaba el cobro de ningún tipo de prestación social desde la fecha de su muerte. Tampoco tenía tarjetas de crédito ni cuentas bancarias a su nombre. Hasta tenía el DNI y el pasaporte caducado. En definitiva, no había ningún rastro o registro que pudiera hacer sospechar que estuviera vivo.

Se acordó de que Rebeca le había comentado que había sido confidente policial. A pesar de que no existía ninguna base de datos oficial acerca de ello, buscó por esa vía, pero tampoco encontró nada.

Aquello era un callejón sin salida. Parecía muerto y bien muerto, aunque tenía que reconocer que también se había creído el fallecimiento de la actriz Tania Rives hasta que la sorprendió aquella noche en la Lonja con Abraham Lunel, otro que también se había hecho pasar por muerto. En cambio, esta ocasión parecía diferente. Al fin y al cabo, en aquellos casos no había aparecido el cuerpo de ninguno de los dos, por lo que no estaban oficialmente fallecidos, sino desaparecidos. En el caso de Sergio Enguix sí que había cadáver.

Se quedó mirando la pantalla del ordenador, con la vista perdida entre sus pensamientos. De repente, algo llamó su atención. En la ficha de Sergio había un icono iluminado en un rincón del monitor. No se había dado cuenta antes porque ni siquiera había mirado. No debería estar ahí.

«¿Un expediente policial de hace dos años a nombre de Sergio Enguix?», se preguntó extrañada. «¿Esto qué significa?».

De inmediato abrió el archivo. Constaban diligencias policiales acerca de su fallecimiento. Aquello era algo completamente inusual.

«¡Qué raro! Nosotros no intervenimos en los casos de muerte natural», pensó. «No tiene ningún sentido».

Vio el nombre del compañero que firmaba el expediente. Era lo que le faltaba para terminar de intranquilizarse. Se levantó de un salto de la silla y cogió el teléfono. Ni se dio cuenta de la hora intempestiva que era.

7 13 DE JUNIO DE 1524

—¿Seguiremos viéndonos? —preguntó Jero a sus amigos, con gesto de preocupación.

—Por supuesto, que hoy termine la escuela no quiere decir nada —contestó Amador—. Vivimos en la misma ciudad. Si nos invitas al Palacio Real cuando no haya nadie, podríamos espiar las reuniones del Santo Oficio. Sería divertido y emocionante, así se nos pasarán más rápidas las vacaciones.

Hoy era el último día antes de la pausa veraniega. Los tres compañeros, Amador, Batiste y Jero habían hecho una gran amistad en la escuela, siempre que podían estaban juntos. A pesar de la diferencia de edad con Jero, se había integrado de maravilla, teniendo en cuenta que tenía cuatro años menos que sus dos amigos. La mayoría de las veces no lo parecía. Era muy maduro para su corta edad.

—Tendría que asegurarme que no acude mucha gente. Acordaos lo que pasó la última vez, casi nos pillan —dijo Jero.

—Por cierto, ahora que sale este tema de la última vez que estuvimos en el palacio, hay una cosa que no hemos hablado desde entonces —dijo Amador.

Batiste se temió lo peor.

—Cuando salíamos y cruzamos el salón de la chimenea, estuviste un minuto en su interior, ¿qué hiciste? —preguntó Amador a Batiste, con cierta curiosidad.

Batiste se había preparado una historia falsa, por si le preguntaban por este incidente. No podía contarles la realidad de lo acontecido en aquel minuto fatídico. No debía reconocer que conocía a la persona que había estado sentada en aquel salón, y todavía menos que había estado hablando con ella.

—Había una persona repantigada en uno de los sillones —respondió.

—Sí, de eso ya nos dimos cuenta. Nos pareció oír un ruido, por eso salimos lo más rápido que pudimos, excepto tú, que te quedaste —dijo Jero—. Ese momento que te estuvimos esperando se nos hizo interminable. Llegamos a pensar que esa persona te había descubierto y te estaba reteniendo.

—No se llegó a despertar. El ruido provenía de sus ronquidos, ya que estaba profundamente dormido. Me quedé paralizado, mirándolo, sin saber cómo reaccionar —dijo Batiste.

—¿No se llegó a despertar? —preguntó, algo sorprendido Amador—. ¿Seguro?

—¡Claro que estoy seguro! Después de observarlo durante un momento, salí del salón y ya me uní a vosotros en la huida —mintió Batiste—. Ya sabéis que apenas estuve un instante. No dio tiempo a nada más.

—¡Pues menos mal! —respondió Jero aliviado—. Me hubieras puesto en un verdadero compromiso si te llega a descubrir. A ver qué explicación hubiera dado a los señores inquisidores de vuestra presencia. Ya sabéis que tengo terminantemente prohibido llevar visitas al palacio.

—¿Y quién era? —continuó preguntando Amador.

—¿Cómo quieres que lo sepa? No lo conocí —volvió a mentir Batiste—. Supongo que alguna persona venida de fuera. Si se hospedaba en el Palacio Real es que no disponía de residencia en la ciudad.

—O sea, una persona forastera e importante, no olvidéis que no es nada habitual que se quede gente a dormir en el palacio —dijo Jero.

—Igual fue uno de los que intervino en la reunión que espiamos. Quién sabe, a lo mejor era al que llamaban por el título de su excelencia y que parecía tener tanto poder —conjeturó Amador.

Batiste se puso algo nervioso con el comentario de su amigo. Intentó desviar la atención hacia Jero.

—¿No lo viste cuándo regresaste a tu habitación? —preguntó—. Debiste pasar otra vez por el salón de la chimenea.

—No volví de inmediato, me esperé un rato. Cuando lo hice, no había nadie sentado en los sillones. Me aseguré antes de cruzar el salón. Quienquiera que fuese ya se habría retirado a su habitación. Todo estaba solitario y en completo silencio, como es lo habitual en ese ala del palacio.

Para alivio de Batiste, Amador se olvidó del extraño del sillón y retomó el tema del principio de la conversación.

—Entonces, ¿nos veremos estos meses que no hay escuela? Yo no me voy a ningún sitio, me quedo en la ciudad.

—Yo tampoco creo que me vaya —dijo Jero—. Vivo encerrado en el Palacio Real.

Batiste estaba extrañamente callado.

—¿Qué te pasa? ¿No quieres quedar con nosotros cuando no haya escuela? —le preguntó Amador.

—Me gustaría hacerlo, pero me temo que no voy a poder —contestó.

—¿Qué ha ocurrido? Tu padre ya ha vuelto de Flandes, ¿no? —dijo Amador.

—Precisamente ese es el motivo por el que no podré veros por un tiempo —dijo Batiste.

—¿Tu padre te ha castigado? ¿Has hecho algo que no debiste hacer en su ausencia?

Batiste sonrió irónicamente ante la pregunta de Amador.

—En realidad sí que lo hice, pero ese no es el motivo de que no pueda quedar con vosotros este verano.

—Entonces, ¿cuál es? —preguntó Jero, que no comprendía nada.

—Mañana parto hacia Sevilla. Me temo que no nos volveremos a ver en un tiempo, al menos durante un mes.

—¿A Sevilla? ¿A qué vas allí? —preguntó curioso Jero, al oír nombrar su ciudad de origen.

—Me parece que voy a conocer a tu padre —lanzó la bomba Batiste, dirigiéndose a su joven amigo.

—Estarás de broma —dijo Jero, con un gesto de sorpresa.

—Me temo que no —contestó Batiste, muy serio.

8 EN LA ACTUALIDAD, LUNES 17 DE SEPTIEMBRE

Rebeca tampoco había podido dormir bien. Había sido un fin de semana intenso y la cabeza le daba vueltas. Se levantó a las siete y salió a desayunar, esperando encontrarse con su tía en la cocina. Sin embargo, estaba desierta, ni rastro de ella. «¿Se le habrán pegado las sábanas?», pensó. Se asomó a su habitación. Para su sorpresa tampoco estaba allí. Supuso que tendría trabajo en la comisaría, así que se tomó su vaso de leche fría habitual y se marchó al periódico en bicicleta, como también era lo usual.

Entró en la redacción de *La Crónica* y a la primera persona que vio fue a Alba, que como también era lo habitual, ni se molestó en levantar la cabeza para darle los buenos días. A veces se preguntaba cuál era su función exacta en el periódico. Todo un enigma digno del mismísimo Iker Jiménez y su conocido programa de misterio *Cuarto Milenio*. «Hoy vamos a tratar el espeluznante caso de la secretaria que estaba ocho horas diarias en su puesto de trabajo y nadie sabía qué hacía con exactitud», pensó que podría decir el mismísimo Iker, mientras sonreía con la idea. Esperaba que nadie la estuviera mirando en este momento porque pensaría que estaba medio loca riéndose sola.

Llegó hasta su mesa, saludando a sus compañeros.

—Buenos días, ¿qué haces aquí? —le preguntó su amiga Tere, nada más verla.

Rebeca se sorprendió con la pregunta.

—Trabajo aquí, ¿no te acuerdas de mí? Soy Rebeca —respondió, burlona.

—No seas tonta. ¿Hoy no es el día que tenías que estar en la emisora de radio para grabar tu colaboración semanal?

—¡Por favor, es verdad! —dijo Rebeca, mientras miraba nerviosa su reloj.

—¿Se te había olvidado?

—Completamente, pero llego a tiempo. Son las nueve y he quedado en la emisora a las diez y media. Menos mal, porque llegar tarde el primer día no debe causar una imagen demasiado profesional.

—Supongo que, al menos, tendrás el programa preparado.

—Sí, claro. Lo dejé listo la semana pasada —dijo, mientras abría la cajonera y sacaba una carpeta—. Lo que ocurre es que no me he acordado tampoco de ensayar la locución. A ver cómo me sale.

—Casi mejor que no hayas practicado, cuánto más espontáneo, más gustará —le animó Tere.

—No lo tengo tan claro. Mi tía siempre dice que cuando más te preparas las cosas, mejor improvisas.

—Tu tía quizá sea una sabia, pero en tu caso no es así, te lo aseguro. Improvisas de maravilla, que te he visto en acción. Espontánea eres mucho más fresca y natural.

Rebeca se despidió de Tere dándole las gracias por los ánimos y salió de la redacción en dirección a la emisora de radio, que estaba al lado de la plaza de toros. Llegó enseguida con la bicicleta. A pesar del olvido, se presentó con veinticinco minutos de margen sobre la hora que la habían citado. Subió con el ascensor a los estudios. Eran mucho más modestos que los de Madrid, pero aun así superaban con creces la redacción de *La Crónica.*

—Buenos días, soy Rebeca Mercader —dijo, nada más entrar.

—¡Hola, Rebeca!, encantada de conocerte en persona por fin —dijo una chica desde detrás de una mesa—. Soy Mara Garrigues. Quiero que sepas que aquí todos esperamos que ganes el Premio Ondas. Irá una nutrida representación a la ceremonia de Barcelona para animarte. Hemos contratado hasta un microbús, para no conducir y poder celebrar que vas a ganar.

—¿Ganar? ¡Pero si ya lo he hecho! Simplemente la nominación, para una persona como yo, ajena a este mundo, ya es una gran victoria —contestó.

Mientras contestaba a Mara, Rebeca no pudo evitar ruborizarse. Aún no se había acostumbrado a que la gente la reconociera.

Mara le acompañó hasta un estudio y le presentó a los técnicos. Le sorprendió la juventud de todo el equipo y el buen rollo que se respiraba. Tenía la sensación de que aquello le iba a gustar, a pesar de los lógicos nervios del primer día.

—Hoy tienes público y todo. Han venido dos personas a verte en tu estreno. No es habitual.

—¿Público? —preguntó Rebeca desconcertada—. ¿Pero no se supone que voy a grabar un corte de siete minutos para su emisión en el programa *Buenos días* de mañana?

—Así es, pero han querido estar contigo en tu primera vez, eres afortunada, no te quejes —dijo Mara, con una gran sonrisa—. Ya te he dicho que no suele ocurrir.

«¿Afortunada?», pensó. «¡Y un cuerno!, creo que me voy a poner más nerviosa todavía».

—Recuerda apagar el móvil. Durante la grabación no debe sonar ninguna llamada ni ningún mensaje —dijo Mara—. Tendríamos que parar y volver a empezar. Te aseguro que a los técnicos no les hace ninguna gracia repetir el trabajo —concluyó, mientras le sonreía.

Entró en el estudio y a través del cristal, en la parte técnica, vio dos rostros que no conocía y que no le habían presentado a su llegada.

«¿Y estos tíos quiénes serán?», se dijo Rebeca.

Ni se lo imaginaba.

9 14 DE JUNIO DE 1524

—Padre, ¿a cuántos nobles conoces en Sevilla que se llamen Alonso?

Batiste no se podía quitar de la cabeza a Jero. Lo único que sabía su amigo de su familia es que su padre se llamaba Alonso y, presumiblemente, era un noble sevillano, por los privilegios con los que vivía. En una ocasión recordaba que Jero le había contado que había oído el nombre de Johan Corbera en boca de su padre, por lo que aparentemente, ambos se conocían. De ahí la extraña cuestión que le acababa de plantear.

—¿Qué clase de pregunta es esa, hijo mío? —respondió Johan, sin comprender el sentido de la duda de Batiste.

—Es simple curiosidad, padre —mintió lo mejor que pudo.

Johan se quedó pensando un momento.

—Pues tan solo a uno, ya te lo dije hace dos días. Precisamente nos vamos a alojar en su palacio en cuánto lleguemos a Sevilla. Como ya te conté, se trata del conde de Niebla, cuyos antepasados ayudaron mucho a nuestro pueblo durante la segunda mitad del siglo XIV, poco antes del asalto, robo y destrucción de gran parte de las juderías de España. En concreto, el primer conde de Niebla, llamado Juan Alonso Pérez de Guzmán, junto con el alguacil mayor de Sevilla, nos protegieron todo lo que pudieron, aunque no evitaron el asalto definitivo protagonizado por las huestes enloquecidas comandadas por el arcediano de Écija —dijo Johan, que parecía apenado relatando aquellos hechos acontecidos hacía tanto tiempo—. Aquel fatídico 6 de junio de 1391, la judería de Sevilla fue asaltada y destruida por completo. Murió mucha gente, fue un auténtico baño de sangre, una tragedia que aún hoy se recuerda como un infausto día.

—Te veo afectado mientras lo cuentas —dijo Batiste.

—Aquello fue una carnicería. Saqueos, violaciones y muertes. Ahora tendrás el honor de conocer al descendiente de aquel conde que hizo todo lo posible por protegernos, en concreto al octavo conde de Niebla, que curiosamente se llama igual que el primero.

—Alonso.

—Sí, concretamente Juan Alonso Pérez de Guzmán. ese es su nombre completo, aunque todos lo conocen por don Alonso. ¿Por qué te llama tanto la atención su nombre?

Batiste intentó disimular como pudo, no le podía contar la verdad.

—No me llama la atención el nombre, me llama la atención cuando hablas de esas historias ocurridas hace más de cien años. Las relatas con mucho sentimiento. Siempre he creído que éramos cristianos viejos, sin embargo, te emocionas con la tragedia de aquellos judíos.

Johan Corbera sonrió con cierta ternura.

—De puertas hacia afuera decimos que somos cristianos viejos, pero nuestro origen real es hebreo. Es un secreto familiar que ya conoces. Hubo un tiempo en que cristianos y judíos convivimos en paz, hasta que el odio acabó con todo aquello. Hoy casi no existen judíos en España, o se convirtieron al cristianismo o abandonaron el país.

—¿Casi? —preguntó extrañado Batiste.

—Bueno, algunos quedan y siguen practicando los ritos de la religión mosaica, guardando los preceptos de la *Torah* y del *Talmud* en la intimidad, a escondidas, incluso existen pequeñas sinagogas que son simples habitaciones en casas particulares. Si son descubiertos por la Inquisición son condenados, en algunos casos a morir quemados en la hoguera.

—¡Eso es horrible! ¿Y si nos descubrieran a nosotros? Al fin y al cabo, pertenecemos a una especie de organización de origen judía.

—Pertenecemos no, ahora perteneces tú solo.

—¡No me asustes, padre!

—Tranquilo, no te va a ocurrir nada. Nadie sospecha de nosotros. Recuerda que, en realidad, nunca hemos formado parte del Gran Consejo. Eres la undécima puerta, no participamos de las reuniones de esa especie de organización de origen judío, que tú dices. Además, somos oficialmente cristianos viejos, sin ninguna impureza de sangre hebrea en nuestras venas, aunque no sea real. Pero eso tan solo lo sabemos nosotros.

—Pues no me tranquiliza demasiado.

Johan cambió de tema, no quería asustar a su hijo sin necesidad.

—Bueno, vayamos a cargar los caballos. En menos de una hora amanecerá y debemos salir con los primeros rayos de sol. Nos espera un largo viaje hasta Sevilla. Ya sabes que serán varias etapas.

Batiste no terminaba de comprender la marcha a tierras andaluzas.

—¿De verdad es necesario este desplazamiento? —preguntó, que no comprendía el sentido de todo aquello.

—Necesitamos respuestas de inmediato, y me temo que estén allí.

En realidad, no tenían ni idea de lo que les esperaba.

10 EN LA ACTUALIDAD, LUNES 17 DE SEPTIEMBRE

Rebeca terminó la grabación enseguida. Le salió bien a la primera, sin necesidad de repetirla. Los técnicos dieron su visto bueno, levantando sus pulgares y sonriendo. La luz roja del estudio se apagó.

Mara entró en la sala.

—Es la primera vez que veo a una novata hablar seis minutos sin parar, sin cometer ningún error y con absoluta soltura —reconoció—. Ahora me explico tu nominación a los premios. Desde luego era cierto lo que decían de ti.

—¿Lo que decían de mí? ¿Quiénes? Además, no exageres, tampoco lo he hecho tan bien —contestó Rebeca, con cierta modestia—. Me falta cierta fluidez, no estoy acostumbrada a hacer esto. Aún me intimida ver el micrófono delante de mi boca.

Se abrió la puerta del estudio y entraron los dos desconocidos que la habían estado observando a través del cristal.

Mara acudió a su encuentro inmediatamente.

—Rebeca, te presento a Fernando López Bajocanal, presidente de la cadena y consejero delegado del grupo, y a Carlos Conejos, director de la emisora de Valencia.

Rebeca se quedó boquiabierta.

—Usted es el presidente de la cadena, ¿en toda España? —dijo Rebeca alucinada, dirigiéndose al señor López.

—Me temo que sí —contestó con una sonrisa en la boca—. Ayer cené con Mar Maluenda y Javi Escarche, ya los conoces, del programa *Buenos días*. Durante la conversación surgió tu nombre. Hoy tenía que estar en Valencia por una conferencia.

Disponía de media hora libre, así que me he venido a ver si era cierto todo lo que me contaron acerca de ti.

Rebeca no salía de su asombro. Fernando López siguió hablando.

—Por supuesto también quiero felicitarte, en nombre de todos los que formamos parte de este grupo de medios de comunicación, por tu nominación. Otros años hemos ganado galardones, pero es la primera vez que nuestra fórmula musical es nominada a un Premio Ondas en una categoría no musical. Como comprenderás, es muy importante para todo el grupo de empresas que represento.

—Muchas gracias, señor López. Estoy abrumada. Supongo que ya sabrá que para mí fue toda una sorpresa.

—Lo sé, ayer me informaron cómo ocurrió todo. Fue verdaderamente curioso. También me contaron lo de hoy, por eso he venido.

—Es para mí todo un honor que haya dedicado unos minutos de su valioso tiempo para ver cómo grababa mi colaboración. No es sencillo hablar seis minutos de historia e intentar que no se te duerma el público —dijo Rebeca, con el tono más educado que pudo—. Espero que la emitan mañana y que le guste a la gente.

Fernando López se rio.

«¿Qué he dicho de gracioso?», pensó Rebeca. «¿He metido la pata? ¿Me he pasado de pelota?». No tenía ninguna experiencia en estos asuntos y estaba desconcertada por la reacción del *superjefe*.

—Nadie te ha dicho nada, ¿verdad? —preguntó el señor Conejos, que hasta ahora había permanecido callado.

—¿A qué se refiere? Me temo que no lo entiendo.

—Hoy no has grabado ninguna colaboración —dijo el señor López.

Rebeca estaba perpleja.

—Entonces, ¿era una prueba? ¿La he superado?

—Sí, la has superado con nota, aunque, en puridad, tampoco se le puede llamar prueba. Esa ya la pasaste cuando estuviste en los estudios centrales de Madrid —siguió el señor López.

Rebeca estaba hecha un lío, no entendía a aquellas dos personas.

—Me van a disculpar, pero no comprendo qué quieren decir.

Fernando López no se pudo aguantar más.

—No era una prueba y no has grabado nada porque, en realidad, has salido en directo para toda España. Te acaban de escuchar un millón y medio de personas, oyente arriba o abajo.

—¡No me jodan! —se le escapó a Rebeca, echándose de inmediato las manos a la boca.

Todos se rieron de la espontaneidad de Rebeca, menos ella misma, que se había quedado sin reaccionar.

—Me temo que tus compañeros te han gastado una pequeña broma en tu primer día en directo, pero tenían mucha confianza en que lo harías bien, como así ha sido. Te recomiendo que escuches la grabación completa del programa, ha habido algo de sano cachondeo contigo esta mañana. No te lo tomes a mal ni se lo tengas en cuenta. Tenían razón, espontánea eres fantástica, me lo dijeron los propios Javi y Mar en la cena de ayer por la noche.

—¡Los mato! —dijo Rebeca, que empezaba a reaccionar.

—A partir de la semana que viene, todos los lunes tendrás tu pequeña sección, esta vez ya a conciencia del directo. Entrarás en el programa *Buenos días* en nuestra fórmula nacional, como has hecho hoy —dijo el señor Conejos—. Lo único es que tendrás que estar presente en la emisora antes de las ocho de la mañana. Tu sección comenzará a las nueve menos cuarto en punto y, a pesar de que improvisas de maravilla, nunca está de más ensayar un poco antes de entrar en antena y hacer algunos ejercicios de vocalización, sobre todo cuando se trata de directos.

—Eso no es problema —contestó Rebeca, que no sabía si estaba contenta o enfadada por todo lo que acababa de ocurrir.

II 22 DE JUNIO DE 1524

—¡Alonso! ¡Cuánto tiempo sin verte!

—¡Mi gran amigo Johan! Es todo un placer disfrutar de tu presencia en Sevilla. Veo que vienes bien acompañado —dijo, mientras se daban un gran abrazo.

—Te presento a mi hijo Batiste, el continuador de la estirpe familiar de los Corbera.

—Encantado de conocerte, soy Juan Alonso Pérez de Guzmán, un buen amigo de tu padre, aunque todos los amigos me llaman Alonso.

Batiste saludó a aquella persona. Estaba emocionado, ya que estaba conociendo al padre de Jero. Era más joven de lo que se lo había imaginado, aunque pensándolo bien, Jero era un niño y su padre debía ser joven también.

—Mis criados descargarán vuestras alforjas y se encargarán de los caballos. Venid conmigo al interior del palacio, hoy hace un día especialmente caluroso —dijo el conde.

«¿Especialmente caluroso?», pensó Batiste. «Sin duda Sevilla es el infierno en la tierra, nos vamos a disolver de un momento a otro».

El palacio era imponente.

—Hola, Johan, ¿habéis tenido un buen viaje?

Batiste vio como una señora saludaba a su padre.

—Salvo por el calor, no hemos tenido ningún problema. Ya no me acordaba del tiempo que sufrís los del sur en pleno verano —dijo Johan, pasándose la mano por la frente.

—¿Es tu hijo? —preguntó la señora.

—Sí. Batiste, te presento a Ana de Aragón, esposa de don Alonso.

—Es un placer, señora —dijo Batiste, mientras le besaba la mano.

—El placer es mío. Es sorprendente cómo os parecéis —dijo Ana.

«¿Aquella señora podría ser la madre de Jero?», se preguntaba Batiste, en secreto.

—Venid y conoceréis a mi hijo Juan, apenas tiene cinco años de edad.

«¿Jero tiene un hermano pequeño?», pensó Batiste, que seguía intrigado con toda aquella situación.

En una alfombra vieron a un niño jugando con una especie de espada de madera, que era más grande que él. La verdad es que no se parecía demasiado a Jero, era de complexión más gruesa. Su amigo estaba un poco escuchimizado, incluso para lo joven que era.

«No creo que Ana de Aragón sea la madre de Jero, no se parecen en nada y su hijo tampoco», pensó Batiste, que continuó con sus deducciones. «Seguramente mi amigo sea un hijo bastardo, por eso no vive en el palacio con su padre y el resto de la familia».

—Os acompañaré a vuestros aposentos.

Subieron una escalera de piedra espectacular y entraron en un pasillo con multitud de puertas. Ana se detuvo en la primera.

—Esta es vuestra habitación, estoy segura de que será de vuestro agrado. Los sirvientes ya han subido el equipaje. En un par de horas los criados avisarán para la cena, mientras tanto descansad del viaje, que ha sido largo y seguro que estáis cansados —dijo Ana.

Una vez se quedaron solos, Batiste no pudo evitar preguntar a su padre.

—¡Oye! Este palacio es espectacular. Don Alonso debe ser una persona muy poderosa en Sevilla.

—¡Y tanto! El condado de Niebla no es su principal título. También es el sexto duque de Medina Sidonia, el undécimo señor de Sanlúcar de Barrameda y cuarto marqués de Cazaza en África. No solo es uno de los principales nobles de Sevilla, sino de toda España.

—Su esposa Ana también tiene un estilo especial, parece de alta alcurnia —señaló Batiste.

—Tienes buen ojo. Ana de Aragón y Gurrea es hija del arzobispo de Zaragoza y nieta del mismísimo Fernando el Católico. Te habrás dado cuenta de que don Alonso y Doña Ana forman una familia de rancio abolengo.

Batiste pensó que Jero siempre había tenido razón, desde luego su padre era muy importante.

12 EN LA ACTUALIDAD, LUNES 17 DE SEPTIEMBRE

Antes de salir de los estudios, el presidente Fernando López Bajocanal le presentó su nuevo contrato con la emisora. Se hicieron una fotografía mientras Rebeca lo firmaba. Se despidieron, emplazándose para volverse a ver en Madrid. Parece que había un concierto benéfico en breve y querían contar con su presencia en el escenario, para presentar a uno de los artistas invitados. Rebeca no se lo podía creer, estaba en una nube. Todo había ocurrido demasiado rápido para asimilarlo. Se despidió de los dos *jefazos*, agradeciéndoles todas sus atenciones.

—Anda, siéntate en una silla, que estás blanca —dijo Mara, mientras le daba un vaso de agua.

—¿Tú sabías todo esto? —preguntó Rebeca.

—Sí, claro, pero me habían advertido que no te dijera nada, lo siento —se disculpó Mara.

—Tranquila. Ya agarraré por banda a Javi y Mar...

—De todas maneras, piensa que así ha sido mucho mejor. Seguro que has pasado menos nervios que si te decimos que estabas en directo.

—Seguramente, pero ahora estoy hecha un flan. Además, imagínate que a mitad de mi locución se me hubiera ocurrido decir «parad la grabación, que empiezo de nuevo» o algo así.

—Pues el cachondeo hubiera sido todavía mayor. Te recomiendo que escuches el programa. Hay un momento en el que Javi Escarche creo que está hasta llorando.

—¡Qué gracioso! Reírse de una pobre novata en su primer día.

—No te enfades, que has quedado de maravilla. Has impresionado hasta al jefe supremo. Estaba viendo su cara y estaba embelesado. Además, acabas de firmar un contrato nuevo, seguro que es mejor que el que tenías.

Rebeca se acordó del contrato. Ni lo había mirado. En aquel momento estaba en una nube y pensaba que era algo puramente promocional. Abrió la carpeta y empezó a leerlo.

—¿Esto va en serio? —preguntó Rebeca.

—Pues claro —respondió Mara—, en eso consisten los contratos.

—¿Voy a cobrar lo que pone aquí? —Rebeca no se lo podía creer.

—Te lo vuelvo a repetir, pues claro.

No daba crédito. Eso suponía multiplicar por cuatro su sueldo de *La Crónica.* No se había parado a pensar en estos detalles, ni siquiera había considerado que iba a cobrar por hacer lo mismo que en el periódico, pero hablado en lugar de escrito. Se supone que debería estar contenta, pero aún estaba confundida y algo aturdida.

Rebeca se despidió de Mara hasta el lunes siguiente y salió de los estudios radiofónicos. Tenía ganas de llegar a casa y escuchar la grabación del programa, a ver qué había pasado y qué habían dicho de ella. Se moría de vergüenza solo de pensarlo.

Encendió el móvil y vio que le habían entrado un montón de mensajes. Antes de subirse en la bicicleta les echó un vistazo, por si hubiera alguno importante. La habían añadido a un grupo llamado *Buenos días.* Empezó a leer los mensajes y lo dejó enseguida. Todos los compañeros de la emisora de Madrid le estaban dando la enhorabuena y cachondeándose de ella, de paso. «¡Qué graciosos!», pensó con cierta desgana. Ya los leería con más calma después.

Llegó en diez minutos a su casa, entró y se fue directamente a la cocina. Los nervios le habían dado algo de sed. Después de la encerrona de la radio, se merecía una cerveza. Observó que algo se estaba cocinando en el horno, olía de maravilla.

—¿Rebeca? ¿Eres tú? —escuchó decir a su tía desde el salón.

—Sí, ahora voy, me estoy abriendo una cerveza —contestó.

Entró en el salón dando un trago. Su tía no se encontraba sola. Cuando vio con quién estaba sentada en el sillón, se atragantó y empezó a toser de forma ostensible.

—Yo también me alegro de volver a verte —dijo la acompañante, mientras se levantaba.

Cuando consiguió dejar de toser, se dirigió hacia ella.

—Disculpa por mi reacción, no esperaba verte, no es que no me alegre —dijo Rebeca, aún con cara de sorpresa, mientras le daba un fuerte abrazo a aquella persona.

13 22 DE JUNIO DE 1524

—¿Se puede saber qué te trae por Sevilla? —preguntó don Alonso, conde de Niebla.

Los criados habían tocado una campanilla que avisaba de que la cena estaba lista. Johan y Batiste se habían apresurado a acudir al comedor, que era, como el resto del palacio, sencillamente espectacular. Aunque tan solo eran cuatro personas comiendo, en aquella mesa de madera cabrían fácilmente veinte.

—Una desgraciada noticia. Supongo que te enteraste del fallecimiento de don Bertrán —dijo Johan.

—¡Cómo no! Fue un acontecimiento muy comentado en Sevilla. Causó una profunda conmoción entre todos nosotros. Ya sabías que tenía fuertes vínculos con la ciudad, aunque era originario de Toledo —dijo el conde—, hasta mantenía una residencia.

—Lo sé. Todos los acompañantes de su séquito y de su guardia personal eran de aquí —comentó Johan, a modo de introducción del tema que le interesaba tratar.

—Así es. Fue una tragedia. En la emboscada murieron todos. Como decías, eran todos sevillanos. ¡Maldigo al bárbaro del rey de Francia! ¡Ese bastardo de Francisco I! Lo pagará muy caro. He apoyado económicamente a nuestro rey en esta batalla contra los franceses, además de forma muy generosa.

Johan aprovechó para introducir el verdadero tema que le había llevado hasta Sevilla.

—Tengo entendido que hubo una persona que consiguió sobrevivir a aquella matanza.

—Algo se comentó, aunque no sé siquiera si es cierto. No le presté demasiada atención. La muerte de don Bertrán ya había sido suficientemente dolorosa.

—Me interesaría hablar con esa persona que escapó con vida —dijo Johan.

Don Alonso se extrañó.

—¿Para qué quieres hacer semejante cosa?

—Ya sabes la relación que tenía don Bertrán conmigo y con nuestro amigo común Luis Vives. Nos habíamos visto con frecuencia, incluso habíamos coincidido fuera de España. Me gustaría oír el relato de lo sucedido de los propios labios del único superviviente. Si quieres que te diga la verdad, aún estoy conmocionado, no me lo termino de creer —dijo Johan con voz compungida, incluso parecía que le iba a brotar alguna lágrima.

Batiste conocía a su padre y sabía que estaba exagerando, lo que no alcanzaba a comprender era el motivo de todo aquel conmovedor teatro.

—¡Mira que eres morboso! No se me ocurriría jamás una cosa así, pero si es tu voluntad, intentaré conseguirte los datos del escudero que se rumoreó que escapó de la emboscada, pero tendré que preguntar. No lo conozco personalmente —dijo el conde—. Se comentó que vivía en la ciudad, pero nada más.

—Te lo agradecería de verdad, Alonso.

—Sé quién lo puede conocer —dijo, mientras agitaba una campanilla. Se presentó un sirviente. Le pidió una pluma y papel, que le trajo de inmediato. Escribió una pequeña nota, la guardó en su sobre con los escudos de sus casas nobiliarias y le dijo al criado a quién se la tenía que entregar.

—Cuando entregues la misiva dile que me urge la respuesta —le recalcó el conde, antes de que el criado se marchara con el sobre.

Johan y Batiste contemplaron toda la operación mientras daban cuenta de las suculentas viandas que había en la mesa. Aquellos manjares no los habían comido en las posadas de la ruta hasta Sevilla.

—No os preocupéis, en un momento tendremos la información que me pides —dijo don Alonso.

Continuaron en animada conversación mientras seguían cenando, estimulados por un vino extraordinario. Johan hacía tiempo que no probaba algo de semejante calidad. Don Alonso llevaba una vida muy placentera, no en vano poseía una elevada fortuna personal y la familia de su mujer también era notablemente rica.

No había pasado ni media hora cuando el criado volvió con la respuesta. El conde tomó el sobre que traía y lo abrió, extrayendo una pequeña nota.

Se quedó un momento leyéndola.

—Fray Bautista Tarrén, ese es el nombre que me habías pedido. Parece que no fue un escudero, sino un fraile el que consiguió escabullirse de la emboscada. No me extraña —dijo el conde, mientras se reía de forma estridente—. No sé por qué tienen una habilidad especial para escaquearse en los momentos clave.

Johan, aunque era eclesiástico, también se rio a gusto.

—No te gustan demasiado los frailes, ¿verdad?

—¿En qué lo has notado? —contestó el conde—. No tengo nada contra ellos, pero el invento ese del Santo Oficio de la inquisición me pone nervioso, aunque esté detrás nuestro propio rey. A pesar de que soy un ferviente católico, no me gusta nada que se queme a la gente por sus ideas religiosas, y menos que se hagan espectáculos públicos de ello. No es sano, es morboso.

Johan Corbera se quedó callado, esperando que su amigo, el conde, continuara con el relato.

—No sé si has visto algún auto de fe en Sevilla. Son espantosos y la gente parece disfrutar con ellos. Contigo puedo hablar en confianza, ya sabes la estrecha relación que siempre han tenido los condes de Niebla con los judíos, desde el fundador de la casa nobiliaria, el primero en su estirpe. Él casi pagó con su vida por intentar evitar el asalto y la destrucción de la judería de Sevilla en 1391. No creas que no sufrimos los efectos de aquello en los siguientes años, no fue nada sencillo. Murió gente de nuestra familia.

—Por supuesto, Alonso, claro que conozco ese tema. Aunque pertenezca a la iglesia católica, no dejo de reconocer las barbaridades que se han hecho y se hacen, en ocasiones, en nombre de la fe.

—Yo también te conozco, por eso sé que puedo hablar con franqueza de estos temas contigo, sin temer delaciones a la inquisición. Estos días que corren son muy peligrosos.

Johan intentó encauzar de nuevo la conversación hacia el tema que le interesaba.

—¿Cómo puedo encontrar a ese fraile que escapó de la emboscada a don Bertrán? —preguntó.

—En la nota tienes las indicaciones —dijo el conde, mientras le extendía el papel a Johan.

Después de una agradable velada que se demoró más de la cuenta gracias a los efectos del vino, todos se retiraron a sus aposentos. Cuando Batiste se quedó a solas con su padre, no se pudo aguantar.

—¿A qué ha venido la comedia que has organizado hace un rato? ¿En serio quieres escuchar el relato de la muerte de don Bertrán de boca de un fraile? Lo siento, no me lo creo.

—Haces bien en no creértelo.

—Pues ya me contarás —dijo Batiste, algo enfadado.

—No entiendes nada, ¿verdad? —preguntó Johan, con un tono condescendiente.

—¿Qué es lo que tengo que entender?

Johan se levantó de la silla y empezó a andar por la habitación.

—Piensa por un momento. Don Bertrán acaba de ser nombrado por Luis Vives número uno del Gran Consejo. De repente, en su camino de vuelta a España y a su paso por Francia, caen sobre ellos tropas enemigas en un número muy superior a su propia guardia personal. Toda una emboscada. Don Bertrán es perfectamente consciente de que le quedan pocos minutos de vida. Apenas tiene tiempo de nada. ¿Qué es lo que harías tú en esa situación?

—¿Rezar?

—¡No seas idiota!

Súbitamente se le iluminó el cerebro y comprendió lo que su padre le quería decir.

14 EN LA ACTUALIDAD, LUNES 17 DE SEPTIEMBRE

—¡Sofía! —exclamó, mientras le daba dos besos, después del abrazo—. Disculpa por el atragantamiento, pero no sabía que habías quedado con mi tía y me ha sorprendido verte. Pero es una sorpresa agradable, que quede claro, ¿eh?

Sofía Cabrelles era inspectora del Grupo de Homicidios de la Policía Nacional. Se había hecho cargo de la investigación del presunto asesinato de la condesa de Dalmau, que apareció muerta un día después de visitar a Rebeca en el periódico. Ese día la condesa le entregó unos dibujos muy antiguos, que dieron inicio a todo el misterio de *Las doce puertas*. Posteriormente, la autopsia reveló que la condesa falleció a consecuencia de un infarto y no había existido ningún crimen, pero la amistad entre Rebeca, Sofía y Tote continuó. Además, había sido la actriz Tania Rives, y no la condesa, la que había visitado en realidad a Rebeca.

—Tu tía me ha invitado a comer. Te estábamos esperando —dijo Sofía —Por cierto, enhorabuena por tu nominación al Premio Ondas. Vi la noticia por todas partes. Te has convertido en una celebridad en la ciudad.

—Para mi desgracia, así parece —contestó Rebeca—. No termino de acostumbrarme.

—Ahora que hablamos de la radio, ¿era esta mañana cuándo tenías la grabación del programa?

—Sí, ahora mismo vengo de la emisora.

—No pareces muy emocionada, ¿no te ha ido bien? —preguntó Tote.

—Si quieres que te diga la verdad, no lo sé.

Rebeca les contó lo que le había ocurrido, la encerrona que le habían preparado con la presencia de Fernando López Bajocanal, presidente nacional de la cadena, como testigo de toda la broma.

—¡Rebeca! ¡Has salido en directo esta mañana en la radio y no lo sabíamos! —le reprochó Tote.

—¡Ni yo, no me fastidies! —contestó Rebeca.

Sofía intervino en la conversación.

—Conozco al presidente Fernando López Bajocanal. Es una persona muy importante y también muy ocupada. Ha sido todo un detalle por su parte estar presente en tu estreno en la radio. Enhorabuena de nuevo. Eso quiere decir que te tienen en muy alta consideración. Te aseguro que no es nada normal.

—No lo sé, Sofía. Todavía estoy algo confundida.

—Bueno, continuemos hablando mientras comemos, que ya tengo hambre —dijo Tote.

Las tres se sentaron en la mesa. Tote sirvió una ensalada y cordero al horno, que estaba espectacular, tal y como le gustaba a Rebeca, tierno por dentro y crujiente por fuera.

—¿Sabes por qué he invitado a comer hoy a Sofía? —dijo Tote, mirando a su sobrina.

La verdad es que Rebeca se lo estaba preguntando desde que la había visto sentada en el sillón, pero, por educación, no se había atrevido a decir nada.

—Supongo que no necesitáis un motivo para quedar a comer, ¿no? —contestó Rebeca, muy diplomática.

—Eso es cierto, pero en realidad, sí que hay un motivo —dijo Tote.

—¡Ah! ¿sí? ¿Y me lo pensáis decir? —preguntó Rebeca.

—Esta noche no he podido dormir demasiado bien, después de todo lo que descubrimos este fin de semana —comenzó Tote—. Esta mañana me he despertado cuando aún era de noche y me he ido a la comisaría.

—Ahora me explico por qué no estabas a la hora del desayuno. A mí también me ha pasado algo parecido, pero, por lo visto, me he despertado más tarde que tú, no soy tan madrugadora —dijo Rebeca.

—No me podía quitar de la cabeza las palabras de Richie y de tu amiga Carlota, cuando dijeron que Sergio Enguix podría estar vivo. Nada más llegar al trabajo, lo primero que he hecho es una pequeña investigación de sus circunstancias personales.

—¿Y qué has averiguado?

—Según los datos, su hijo nos dijo la verdad. Falleció hace dos años. Está de baja en todos los registros desde entonces.

—¿Pero...? —dejó caer Rebeca, de forma aparentemente inocente.

—¿Por qué dices esa palabra? —preguntó sorprendida Tote.

—Porque es evidente que ibas a continuar tu discurso con la palabra «pero», te lo he visto en la cara —le contestó Rebeca, divertida—. Ya te conozco unos cuantos años.

—A veces me olvido que eres Rebeca Mercader, hija de Catalina Rivera, con un cociente intelectual que se sale de las tablas.

—Anda, no exageres, que también tú eres su hermana.

—Pero está claro que esa parte de los genes no la heredé. Bueno, no nos desviemos del tema. Tienes razón, hay un «pero» —reconoció Tote.

—Y ese es precisamente el motivo por el que estamos comiendo las tres juntas hoy, ¿verdad? —que más que una pregunta era una afirmación.

—Sí, tu tía me ha llamado por teléfono y me ha despertado por la mañana temprano —le dijo Sofía.

—Disculpa, no me di cuenta de la hora a la que te llamaba —dijo Tote.

—Pues no te lo tomes a mal, pero cada vez que intervienes tú, resucita alguien. Aún me acuerdo de Tania Rives y de Abraham Lunel —dijo Rebeca, que parecía más divertida que preocupada—. Los muertos que tú entierras gozan de buena salud —dijo, modificando ligeramente la famosa frase que aparece en la obra *El Mentiroso* del dramaturgo francés Pierre Corneille, mientras no podía evitar sonreír.

Ya habían hablado en otra ocasión de esa cita.

15 23 DE JUNIO DE 1524

Johan se levantó con un ligero dolor de cabeza. No acostumbraba a beber vino como lo había hecho ayer y la resaca se dejaba notar. Bajaron a desayunar a la hora convenida. No estaba presente ni el conde ni su esposa. A pesar de ello, el servicio les atendió con extraordinario esmero.

A las nueve de la mañana, ya habían salido del palacio para buscar al fraile que había escapado a la emboscada en la que falleció don Bertrán. Se dirigieron hacia el convento de San Pablo el Real, de la orden de predicadores o de santo Domingo de Guzmán, o incluso conocido por su nombre más común, los dominicos. Según las informaciones del conde de Niebla, en ese monasterio era donde habitaba fray Bautista Tarrén. Cuando llegaron a su puerta se percataron que era la sede del Tribunal del Santo Oficio de Sevilla.

Batiste se sorprendió de forma visible.

—¡Qué curioso! —comentó—. El conde no nos dijo nada de este relevante detalle.

—Supongo que no le daría importancia. Al fin y al cabo, tan solo le preguntamos por el nombre y dónde se encontraba la persona que escapó de la emboscada, nada más. Ni siquiera yo, que sí lo sabía, lo había advertido —respondió Johan.

También se percataron de su grandiosidad y lujo. No se parecía a un convento tradicional, más bien se asemejaba a una villa palaciega. Era el segundo monasterio de la orden de predicadores, después de su homónimo de Córdoba, aunque este parecía más imponente.

—El Tribunal del Santo Oficio de Sevilla fue el primero que se implantó en España de orden de Isabel I de Castilla. Precisamente fue el prior de este monasterio, que ahora mismo tenemos delante, el que convenció a los Reyes Católicos de la necesidad de hacer frente con más energía a la herejía, que, según él, se estaba apoderando de la sociedad. Se llamaba fray Alonso de Ojeda y fue el primer inquisidor que hubo en España. Luego el modelo sevillano se replicó y se implantó en el resto de los reinos y territorios.

—Alonso también, qué casualidad —comentó Batiste—, aunque tenía entendido que el primer inquisidor fue fray Tomás de Torquemada.

—Los reyes crearon una especie de comité para estudiar la implantación de la Inquisición, en cuyo seno estaba, entre otros, fray Tomás de Torquemada, que también pertenecía a la orden de predicadores. Crearon primero el tribunal de Sevilla bajo la dirección de fray Alonso de Ojeda, y poco después nombraron inquisidor general, primero del reino de Castilla y unos años después de la corona de Aragón, a fray Tomás de Torquemada. Ambas respuestas son correctas. Fray Alonso fue el primer inquisidor y fray Tomás el primer inquisidor general. ¿Lo entiendes?

—No soy idiota.

—El tribunal de Sevilla es el más grande de España, no tiene nada que ver con el de Valencia, Para que te hagas una idea y entiendas su importancia, su estructura está formada por tres inquisidores, un fiscal, un juez de bienes confiscados, cuatro secretarios, un receptor, un alguacil, un abogado del fisco, un alcaide de las cárceles secretas, un notario de secreto, un contador, un escribano, un nuncio, un portero, un alcaide de la cárcel perpetua, dos capellanes, seis consultores teólogos y seis consultores juristas, más un médico. Creo que no me dejo a nadie —explicó Johan—, bueno sí, a los *familiares* de la inquisición, que eran los colaboradores o delatores, pero no tengo ni idea cuántos habrá, supongo que muchos.

—Ahí sobra gente. Por ejemplo, en Valencia tan solo hay dos inquisidores, Juan de Churruca y Andrés Palacios —contestó Batiste— y ni la mitad de toda esta estructura.

Johan se quedó mirando a su hijo con un gesto de sorpresa.

—¿Y tú cómo sabes eso? No se enseña en la escuela, que yo sepa.

Batiste se dio cuenta de que había metido la pata. No quería dar explicaciones y comprometer la identidad de su amigo Jerónimo, así que intentó cambiar de tema.

—Todo esto es muy interesante, pero ¿qué tiene que ver con lo que hemos venido a hacer aquí? —preguntó Batiste.

—Mucho, si tenemos en cuenta que el fraile que venimos a buscar puede ser miembro de la Inquisición, si habita en este convento y pertenece a la orden de predicadores.

—Salgamos de dudas, vayamos a entrevistarnos con él —dijo Batiste, que quería borrar de la memoria de su padre sus conocimientos sobre el tribunal del Santo Oficio de Valencia.

Se acercaron a la puerta. Johan se identificó y le explicó al alguacil el motivo de la visita. El guardia les contestó lacónicamente que permanecieran en este lugar, mientras desaparecía hacia el interior de una habitación. Al momento salió otra persona.

—Soy fray Martín Mellado. Por favor, hagan el favor de acompañarme —dijo, en un tono muy amable.

Salieron al patio del convento, que era enorme, lo cruzaron y se dirigieron hacia unas escaleras. En el primer piso, al fondo del pasillo, había una gran puerta de madera, muy ornamentada. El fraile dio unos golpes. Se escuchó una voz desde un interior diciendo que podían pasar.

Abrió la puerta. Se encontraron frente a un despacho de grandes proporciones y con gran cantidad de libros en estanterías que llegaban hasta al techo, elegantemente decoradas. Podría pasar por una biblioteca conventual si no fuera por la ausencia de mesas de lectura. Estaba adornado con gran profusión de detalles en madera. Por su lujo, estaba claro que su ocupante debía ser toda una personalidad en la ciudad.

—Gracias, fray Martín. Puede retirarse —dijo una persona, sentada al fondo de aquella sala.

Johan y Batiste estaban abrumados por el lujo de la sala dónde se encontraban. Permanecieron en silencio, sin atreverse a moverse de la puerta.

—Adelante, no se queden ahí parados. Pueden acercarse. Siéntense en esos sillones —dijo, señalando dos lujosos butacones rojos.

Así lo hicieron. Seguían en silencio.

—Los estaba esperando —dijo el desconocido, sentado detrás de una elegante mesa de estudio.

Johan se sorprendió.

—¿Le aviso ayer don Alonso, el conde de Niebla, de nuestra visita? —preguntó Johan, aún cohibido.

—¿El conde de Niebla? No, yo los llevo esperando varias semanas. De hecho, han tardado demasiado en venir.

«¿Varias semanas?». Las caras de Johan y Batiste eran todo un poema, con una expresión de absoluto desconcierto.

16 EN LA ACTUALIDAD, LUNES 17 DE SEPTIEMBRE

—La cuestión es que en el expediente del difunto Sergio Enguix había una cosa que no debía de estar. Algo extraño —empezó a explicar Tote—. Hasta ese momento todo me había parecido normal, fecha de fallecimiento y ausencia de elementos que demostraran que pudiera estar vivo.

—¿Una cosa que no debía de estar? —preguntó Rebeca—. ¿A qué te refieres?

—A un informe nuestro acerca de su defunción —contestó Sofía, introduciéndose en la conversación.

—¿Por qué? ¿Acostumbráis a hacer informes de la gente que muere por un infarto? —preguntó Rebeca, que de inmediato se dio cuenta de la coincidencia curiosa—. Espera, que sí lo hacéis. Con la condesa de Dalmau, que también falleció por un infarto, hicisteis un informe e incluso repetisteis la autopsia.

—No te hagas la graciosa. Conoces de sobra que no hacemos informes por la gente que fallece de muerte natural —contestó Tote—. El caso de la condesa fue muy particular y lo sabes perfectamente. Precisamente tú conoces todos los detalles.

—Pues ya me explicaréis por qué hicisteis un informe en el caso de Sergio Enguix... ¿quizá no apareció su cadáver, como Tania y Abraham? —preguntó con toda la intención Rebeca.

Tote se quedó mirando a su sobrina.

—¿Sabes por qué está con nosotras Sofía? —le preguntó. Ella misma se respondió, sin esperar la respuesta de Rebeca—. Porque precisamente fue ella la inspectora que redactó el informe. Si la dejamos hablar quizá nos lo explique todo y lo entendamos.

—Adelante, Sofía —dijo Rebeca, con curiosidad.

—Me vais a permitir que empiece la historia por el final. Ya sé que le quito la emoción al asunto, pero entenderéis el relato con más claridad —dijo la inspectora, que hizo una pequeña pausa para dar un sorbo a su copa de vino.

Comenzó su relato.

—Sergio Enguix está muerto. Yo misma me encargué, junto con el juez de guardia, de hacer el levantamiento del cadáver. Que quede claro, no hay ninguna duda de que falleció aquel día —continuó Sofía, mirando a Rebeca—. Su caso no tiene nada que ver con los de Tania y Abraham.

—Vaya, ya le has quitado toda la gracia al asunto —dijo Rebeca, fingiendo desconsuelo.

—Ya te he dicho que iba a empezar por el final.

De repente, Rebeca cayó en la cuenta de lo extraño del asunto.

—Espera, espera. ¿Y qué hacía una inspectora del Grupo de Homicidios levantando un cadáver de una persona que había fallecido de muerte natural? Eso no ocurre, ¿verdad?

Sofía no pudo evitar sonreír.

—No, no ocurre.

—Entonces, ¿por qué lo hiciste?

—Ahora, que ya he contado el final, puedo continuar por el principio. Hace dos años recibimos una llamada de la Policía Local. Al parecer, los habían alertado de una posible pelea en un local de la avenida Burjassot. Cuando se presentaron allí los agentes descubrieron el cadáver de una persona, tirado en el suelo. Ante la posibilidad de que pudiera tratarse de un homicidio, nos avisaron a nosotros. Ese día estaba yo de guardia, así que me trasladé hasta allí.

—¿Una pelea? De eso no nos dijo nada de nada Álvaro Enguix —dijo extrañada Rebeca.

—Déjame que continúe la historia. Al parecer, el difunto Sergio Enguix acostumbraba a trabajar con la radio a mucho volumen. La Policía Local, como es su obligación en estos casos, no tocó nada, ni siquiera bajó el volumen de la radio, por eso pude escucharla cuando llegué. Desde el exterior se podía confundir con gritos, porque la verdad que es que molestaba a los oídos. Los facultativos médicos de emergencias, que ya estaban en el lugar, confirmaron la muerte por infarto, que después confirmó la autopsia. El cadáver no presentaba signos de violencia y su posición en el suelo era compatible con el relato de los hechos. No había nada extraño.

—Si todo estaba tan claro, ¿por qué redactaste un informe y se levantó el cadáver?

—Por una cuestión de procedimiento, no porque hubiera nada raro. Siempre que intervenimos tenemos que redactar un informe. De hecho, Tote ya lo ha leído y pone exactamente lo que os acabo de contar.

—Entonces, ¿Sergio Enguix está muerto de verdad? —preguntó Rebeca.

—Me temo que sí, yo misma fui testigo directa. Además, recuerdo que cuando el médico certificó la muerte de aquel hombre, llamamos a su hijo, que se presentó junto con la viuda. Fue todo un drama, aún me acuerdo, se lo tomaron bastante a pecho. Era lógico, estaban ante al cadáver de su padre y marido, respectivamente.

—Y entonces, ¿con quién trató Richie Puig hace cuatro meses? Él reconoció, sin lugar a dudas, el retrato de Sergio Enguix colgado en la pared —insistió Rebeca—, y se trata de un detective. Es muy difícil que se confunda con una cosa así.

—Tanto Sofía como yo misma conocemos a Richie. Es todo un profesional.

—Entonces, ¿qué hacemos ahora? —preguntó Rebeca.

—Eso ya no me corresponde investigarlo a mí. Ese misterio os lo dejo a vosotras —contestó Sofía—. Soy inspectora de homicidios, no de fenómenos paranormales.

17 23 DE JUNIO DE 1524

—¿Está seguro de que no se confunde? —se atrevió a preguntar Johan— ¿Cómo nos dice que nos lleva esperando semanas si acabamos de llegar a Sevilla y decidimos venir hace apenas unos días?

El desconocido parecía divertido con la situación.

—En concreto los llevo esperando desde el día 4 de mayo, fecha en que me nombraron inquisidor de Sevilla. Perdonen que no me haya presentado, soy fray Pedro de Mendoza, licenciado en Teología y miembro de la orden de predicadores, cuya sede es este convento.

—Yo soy... —empezó a decir Johan.

—Johan Corbera, usted es uno de los nuestros, claro que le conozco. Eclesiástico y maestro cantero de la ciudad de Valencia, entre otras cosas, y quien le acompaña es su hijo Batiste Corbera. Sé sobradamente quiénes son —le interrumpió fray Pedro—. Como ya les he dicho, los llevo esperando algún tiempo. ¿Ven como no estoy confundido?

Johan estaba atónito, sin embargo, Batiste parecía divertido con la situación, como fray Pedro. No dejaba de mirar los detalles de aquella imponente estancia. La extraña situación que estaban viviendo y lo lujoso de la habitación llamaban su atención de forma poderosa. Como solía pasar, su curiosidad se acababa imponiendo al resto de sensaciones.

—¿Cómo puede ser? Apenas llegamos a Sevilla ayer mismo, estamos alojados en la residencia del conde de Niebla —dijo Johan, que no se podía quitar la cara de asombro.

—Ya sé que don Alonso los ha acogido en su palacio. Sevilla es muy pequeña para el que maneja los hilos de la información.

—Entonces, supongo que sabrá el motivo de nuestra visita —Johan intentó centrar el tema que le interesaba. Se encontraba intranquilo ante la presencia de aquella persona que parecía conocer cosas imposibles.

—Por supuesto. Quieren entrevistarse con fray Bautista Tarrén, miembro de nuestra orden de predicadores.

Johan parecía asombrado.

—Así es, señor inquisidor —acertó a contestar Johan.

—No me llame así, apenas llevo un mes en el cargo y aún no me he acostumbrado a ese tratamiento. Con fray Pedro será suficiente, además somos colegas.

—Como usted quiera, fray Pedro. Tengo entendido que fray Bautista fue el único superviviente de la emboscada que sufrió en Francia el noble don Bertrán. Nos profesábamos una gran amistad y me gustaría escuchar lo que ocurrió de sus propios labios —se explicó Johan—. Aún no me he recuperado de la pérdida de mi gran amigo. ¿Cuándo podría verle?

Batiste seguía divertido. «A ver si el inquisidor se traga la mentira de mi padre», pensaba. «Porque parece muy listo».

—Me temo que la respuesta es nunca.

—¿Cómo? —respondió sorprendido Johan.

—Lamentablemente eso no será posible —contestó fray Pedro, con un tono indefinido en su voz—. Y no por mi voluntad.

Johan se había levantado de la silla.

—¿Por qué? —preguntó más que extrañado Johan.

—Porque no se encuentra entre nosotros.

—¿No se encuentra en este convento? ¿Está en otro sitio? —continuó preguntando Johan, que no había entendido al fraile—. No me importaría desplazarme donde sea.

Batiste tomó la palabra por primera vez durante la conversación.

—Padre, lo que nos quiere decir el señor inquisidor de Sevilla es que está muerto —dijo, mientras lo miraba con indulgencia.

Fray Pedro no pudo evitar reírse.

—Veo que la fama de su hijo le hace justicia. Disculpe mi actitud poco respetuosa —dijo, recomponiéndose después de la risa—. Su hijo tiene razón. Siento comunicarle que fray Bautista Tarrén se quitó la vida hace unas semanas.

Johan estaba boquiabierto. Eso no se lo esperaba y no sabía ni qué decir. Se volvió a sentar. Batiste tomó la palabra.

—Y supongo que, si fray Pedro nos estaba esperando desde hace unas semanas, es porque fray Bautista dejó una nota para ti antes de quitarse la vida —conjeturó, mientras seguía mirando a su padre.

—¡Fantástico! —exclamó fray Pedro—. ¿Sabe que su hijo tiene una mente prodigiosa? Si fuera un inquisidor al uso, igual pensaba que estaba usando algún tipo de magia oscura o brujería, pero se trata simplemente de una inteligencia fuera de lo normal. Se limita a atar cabos a una velocidad superior a la nuestra —fray Pedro hizo una pequeña pausa, mirando a Batiste con admiración.

Johan estaba confundido. Fray Pedro continuó hablando.

—Efectivamente, encontramos una nota de suicidio en el fondo de un recoveco de uno de sus jubones, debajo de un montón de ropajes sucios.

Johan seguía atónito, sin reaccionar y sin hablar. Aquello lo había dejado descolocado, así que fue su hijo quién prosiguió con la conversación.

—¿Qué ocurrió? —preguntó Batiste.

—Era mi primer día como inquisidor, creo que no lo podré olvidar jamás. Me avisaron de que en una celda del convento había aparecido una persona ahorcada. De inmediato acudí a ella y me encontré con la desagradable escena. Era la celda de fray Bautista Tarrén.

—Es extraño. No me enteré de la muerte de un hermano dominico —dijo Johan, aún conmocionado.

—Entienda que se trataba de un suicidio en nuestro convento. Intentamos llevar todo el asunto con la mayor discreción posible y, desde luego, no lo hicimos público —contestó fray Pedro—. No son cosas como para difundirlas abiertamente. Imagínese, para evitar que la noticia se extendiera, fui yo personalmente el que descolgó a aquel desgraciado y dispuse su cadáver encima de su propio lecho, para evitar incluso que otros compañeros frailes se enteraran.

—¿Conocía usted a fray Bautista personalmente? —continuó preguntando Batiste. Johan seguía impresionado por la noticia y permanecía en silencio.

—No, como acabo de comentar, era mi primer día como inquisidor. Hasta mi nombramiento residía en nuestro convento hermano de Córdoba —contestó fray Pedro—, pero, aunque no lo conociera personalmente, me causó una profunda impresión. Estas cosas no deberían ocurrir. Nuestro Señor no debería llamarnos a su seno en estas circunstancias tan lamentables.

Por un instante se hizo el silencio en la habitación. Fray Pedro continuó hablando.

—Supongo que ustedes sí que lo conocerían, ya que dejó una nota dirigida a Johan Corbera. Lamento que haya tenido que darles esta noticia tan desagradable —dijo el inquisidor, que la verdad es que era todo amabilidad.

—En realidad, tampoco lo conocíamos personalmente —dijo Johan, que parecía que, por fin, había reaccionado—. De quién éramos muy amigos era del noble don Bertrán. Por lo visto, el fraile acostumbraba a acompañarle en sus viajes. Supongo que sería su confesor.

—Pues ahora han fallecido los dos, es una verdadera desgracia —dijo fray Pedro, con el gesto compungido.

—¿Podríamos hablar con algún fraile que le conociera? Igual le pudo contar a algún compañero detalles de la emboscada en Francia —dijo Johan, que aún no había perdido la esperanza.

—Me temo que fray Bautista era muy reservado, por lo que he sabido. Además, permanecía fuera de este convento durante prolongados periodos de tiempo, supongo que acompañando al noble don Bertrán en sus viajes. En los contados momentos en los que estaba con nosotros, no acostumbraba a salir de su celda más que para los oficios religiosos y para las comidas. No tenía amigos y no se relacionaba con nadie. Aunque no es lo habitual en este convento, se podría decir que iba un poco por libre.

—¿No daba cuentas a nadie de sus entradas y salidas? —preguntó asombrado Batiste.

—No tengo constancia de ello, piensen que no llegué a conocerlo hasta su desgraciada muerte. También tengan en cuenta que era el confesor privado del noble don Bertrán, y supongo que ello le daría ciertos privilegios de movimiento dentro de la orden —contestó fray Pedro.

Johan estaba decepcionado y no lo disimulaba.

—¿Podemos ver la nota que me dejó?

—Por supuesto —contestó, mientras se levantaba de su asiento en dirección hacia un mueble. Abrió un cajón y extrajo una pequeña nota de color amarillento. Estaba algo arrugada y en mal estado.

—Aquí la tiene —dijo, entregándole la nota. Estaba cerrada.

—¿No la ha abierto? —preguntó Johan.

—¡Cómo voy a hacer eso! —exclamó escandalizado fray Pedro—. Aunque fuera su superior en la orden, no se me ocurriría profanar las últimas voluntades de un hermano dominico fallecido, aunque fuera en las circunstancias que todos conocemos. La nota es para usted, y es a usted a quién le ha estado esperando todas estas semanas.

Johan y Batiste se quedaron mirando aquella misteriosa nota.

18 EN LA ACTUALIDAD, LUNES 17 DE SEPTIEMBRE

Terminaron de comer y, después de una breve sobremesa, la inspectora Sofía Cabrelles se fue de la casa. Se quedaron Tote y Rebeca mirándose las caras.

—¿Qué es lo que está pasando? —preguntó Tote.

—No lo sé, y eso es lo que más me preocupa. Si juntamos todas las piezas, el rompecabezas es monumental. Dentro del *Speaker's Club* tenemos un topo, porque Joana no fue la persona que le chivó a Tania Rives todos nuestros progresos en la resolución del enigma de los dibujos de la condesa. En consecuencia, esa persona sabía que Joana no era la undécima puerta, a pesar de su confesión. Es evidente que, sea quien sea, sospecha o sabe que soy yo. Además, nos han engañado como idiotas con la gargantilla. Es un asunto muy grave. Aún no he tenido tiempo de reflexionar con detenimiento.

—Lo de la gargantilla, nosotros, en la jerga policial, lo llamamos «plantar una prueba» —dijo Tote, pensativa y preocupada—, es decir, colocar una prueba falsa en el escenario de un crimen. Es muy complicado hacerlo bien, y sobre todo, que cuele como auténtica.

Rebeca estaba asombrada.

—No me cabe ninguna duda. ¿Tú sabes el trabajo que les debió costar? Tania Rives se inventó la existencia de la gargantilla, para dar mayor verosimilitud a su relato cuando me visitó, disfrazada de condesa, en la redacción del periódico. Ya sabes que era una *actriz del método* y se metía de lleno en sus papeles. A los pocos días de aquello, engañan a todo un detective experimentado como Richie Puig y un joyero difunto vuelve a la vida. Utiliza su verdadero obrador, le entrega una fotografía de una gargantilla idéntica a la descrita por Tania, que no olvidemos que se la había inventado apenas unos días antes.

Rebeca se quedó un momento en silencio, reflexiva.

—Escucha tía, muy pocas personas conocíamos toda la información. Pensar en ello asusta, y mucho.

—La verdad es que da miedo.

—Y tanto. Sean quiénes sean los que están detrás de todo esto, su reacción fue muy rápida y brillante. Nos la colaron hasta el final. Si no llega a ser porque Álvaro Enguix visitó a Carlota para darle el pésame y salió el tema de la muerte de su padre, aún desconoceríamos la existencia de este grupo misterioso —dijo Rebeca, que ahora parecía asustada—. Se podría decir que los hemos descubierto por verdadera casualidad.

—Y nosotras que nos creíamos que habíamos engañado a todos con nuestro teatrillo del falso cofre enterrado en la Lonja y la confesión de Joana —reflexionó Tote.

—Y, en realidad, las engañadas éramos nosotras. El cazador cazado. Es frustrante y también es muy preocupante. Hemos de reconocer que han actuado con más inteligencia que nosotras.

—¿Tú no decías que conocías a un miembro del Gran Consejo que participaba en las reuniones del *Speaker's Club*? —recordó Tote.

—Sí, creo que conozco la identidad del número siete, pero esta persona no tenía relación alguna con Tania Rives. No concibo que fuera el topo que le pasara la información. Además, ¿para qué? Se supone que un miembro del Gran Consejo tenía que proteger el árbol, no facilitar su descubrimiento. Sobre este tema estoy muy confusa.

—Ya te dije que ese club tuyo tenía más agujeros que un queso *gruyère*.

Las dos se quedaron en silencio por un momento. Las implicaciones de todos los hechos que iban conociendo eran de gran trascendencia. Todo lo que creían, todo lo que habían dado por supuesto, se había venido abajo de forma estrepitosa. Había un nuevo actor en la escena y lo peor es que no tenían ni idea de quién era, ni de cómo encontrarlo.

—No nos olvidemos tampoco de la persona que te espía en el periódico. Seguimos sin saber quién es —recordó Tote.

—Ese es otro tema muy extraño. No concibo que nadie pueda entrar con esa libertad en la redacción de *La Crónica* y revolverme los papeles. Casi siempre hay gente en las mesas. Una persona que no trabaje en el periódico es imposible que no llame la atención de algún compañero.

—Me preocupa y mucho —dijo Tote—, no te creas.

—Ahora que sacas este tema, ¿te acuerdas de la fiesta que organizaste en nuestra casa con todos mis jefes y compañeros del periódico? ¿El día que acudimos Carlota y yo después de correr por el cauce del río, vestidas con mallas deportivas?

—Sí, claro que me acuerdo.

—Pues ocurrió una cosa muy extraña.

Tote se puso en guardia inmediatamente. En realidad, la fiesta había sido una farsa, una simple tapadera para atraer a su casa a todos los compañeros de Rebeca en el periódico. La intención era que Richie Puig, que era el falso camarero caracterizado como tal, pudiera conseguir las huellas dactilares y los perfiles de ADN de todo el personal del periódico, con el fin de que Tote los pudiera cotejar con las bases de datos de la Policía.

«No quiero contarle nada a Rebeca hasta no disponer de los resultados», se dijo Tote. Lo que tenía claro era que en aquel periódico estaba ocurriendo algo raro, y tenía por costumbre hacer caso de su intuición. Pensó que tenía que llamar a Richie para contarle la conversación con Sofía Cabrelles y para preguntarle cómo iban los análisis de ADN. En teoría, el día previsto de entrega era hoy mismo.

«¿Qué querrá decir Rebeca con que ocurrió una cosa muy extraña?», se preguntaba Tote. «¿Habrá descubierto la farsa?».

Todo este asunto se había complicado, y mucho.

19 23 DE JUNIO DE 1524

—¡Están hablando de Luis Vives Valeriola! —exclamó sorprendido Jero.

—¿Esa no es la misma persona que habían decidido condenar a la hoguera hace unos meses? —preguntó Amador.

—La misma, ¡qué casualidad!

—¿No habían decidido ejecutar la condena en septiembre? Eso fue lo que acordaron. Todavía estamos en el mes de junio.

—Ten en cuenta que, si lo quieren ejecutar en septiembre, tienen que redactar la sentencia y el auto de fe con alguna antelación —explicó Jero—. Es habitual que los inquisidores se reúnan meses antes. Lo he visto en otras ocasiones. Piensa que, en cada auto de fe, puede haber más de cincuenta condenados a diferentes penas. Lleva su tiempo prepararlo todo.

—Vamos a callarnos, a ver si entendemos qué dicen.

Amador y Jero estaban escuchando a través de la rejilla de la calefacción de la habitación de este último, en el Palacio Real de Valencia, sede del tribunal local del Santo Oficio de la Inquisición. Batiste seguía de viaje con su padre en Sevilla. Su estancia estaba situada justo encima de la sala de deliberaciones. Si se extraía la rejilla podían ver de lejos las reuniones, pero, sobre todo, las podían escuchar. Aunque con las voces distorsionadas por los ecos de la sala, se entendía todo lo que hablaban.

—Tenemos que empezar ya. No quiero más problemas ni enfrentamientos con su excelencia por el caso de Luis Vives Valeriola —oyeron decir a una voz. Debía ser el inquisidor Andrés Palacios—. Ya tuvimos bastante la última vez. Nos ordenó que su condena debía ser en septiembre y será en septiembre.

—Desde luego. Escribano, prepárese para la redacción del auto de fe —oyeron decir a otra voz, que se parecía corresponder con el inquisidor Juan de Churruca.

Los autos de fe eran actos públicos organizados por los tribunales locales del Santo Oficio de la Inquisición. En el caso de Valencia, se celebraban enfrente de *La Seu*, la catedral de la ciudad, en la llamada plaza de los apóstoles. El sentido de los autos de fe no era salvar el alma de los condenados sino extirpar la herejía de la sociedad. También, cómo no, servían para dar miedo, y mucho. Sin embargo, con el tiempo, se convirtieron en celebraciones públicas. La gente acudía en tropel como si se tratara de un espectáculo público más, sobre todo si los condenados eran prominentes miembros de la sociedad. Cuanto más famosos, más expectación levantaban.

Contrariamente a lo que se cree, los tribunales de la Inquisición no podían condenar a muerte a nadie, ya que tenían la categoría de tribunales eclesiásticos. Lo que hacían eran «relajar» al condenado para que el brazo secular, es decir, la justicia civil, pudiera pronunciar la sentencia de muerte. Si habían confesado sus crímenes, antes de ser quemados, eran ejecutados por medio del garrote vil, pero si eran impenitentes, es decir, si no habían confesado sus crímenes, eran quemados vivos. La relajación tenía lugar durante los autos de fe, que era lo que los inquisidores de Valencia, Juan de Churruca y Andrés Palacios, se disponían a preparar ahora mismo.

Jero y Amador también identificaron a otras dos voces, además de los dos inquisidores.

—Deben ser el notario del secreto y el notario escribano —dijo Jero. Es lo habitual cuando se disponen a documentar un auto de fe.

El notario del secreto era el que anotaba las declaraciones de todos los participantes en el proceso, en definitiva, era el custodio del secreto de las deliberaciones. El notario escribano era una especie de secretario, el que se encargaba de registrar las sentencias, los edictos, las actas y los autos de fe, que era precisamente lo que se disponían a preparar en la reunión de hoy.

Oyeron la potente voz del inquisidor Juan de Churruca. Parecía que se dirigía al notario escribano, dictándole lo que debía anotar.

—A seis días del mes de septiembre del año del nacimiento de nuestro redentor Jesucristo de mil quinientos veinticuatro, fue hecho un solemne acto de fe en la plaza de *La Seu*, nombrada de los apóstoles de la ciudad de Valencia, siendo inquisidor el muy reverendo licenciado Juan de Churruca y asesor y juez de bienes el muy magnífico doctor Andrés Palacios, en el cual acto fueron relajados en carne al brazo y juez secular las personas siguientes.

—Ahora nombrarán a todos los participantes del auto de fe —dijo Jero.

Juan de Churruca empezó a enumerar a todos los desgraciados.

—Primo Gil Ruiz, ciudadano de Valencia. Luis Vives, mercader. Joan Maçana, mercader. Luis de Conqua, corredor de lonja y relapso, judaizó en las cárceles. Isabel Valeriola. Violante Monrós, judaizó en las cárceles. Esperanza Vives, judaizó en las cárceles...

Se quedaron escuchando al inquisidor relacionar a más de cincuenta nombres, junto a los respectivos crímenes que se les imputaban. Les llevó bastante más de una hora documentar todo aquello.

—No solo han nombrado a Luis Vives Valeriola, me temo que en esa relación también figuran otros familiares suyos, como Esperanza Vives, Joan Maçana, Violante Monrós o Blanca March —dijo Amador—. Ellos morirán, incluso han nombrado a Jerónimo Vives, que no lo matarán, aunque lo han condenado a prisión perpetua y confiscación de todos sus bienes.

Estaban sobrecogidos por todo lo que habían escuchado.

—Desde luego la han tomado con las familias Vives y March —se atrevió a decir Batiste—. Parece que no quieran dejar a ninguno vivo.

Los cuatro miembros del tribunal del Santo Oficio abandonaron la sala y apagaron los candiles.

—Parece que ya han terminado el trabajo por hoy —dijo Jero—. Han concluido la documentación del auto de fe.

Se apartaron de la rejilla de calefacción por dónde habían escuchado toda la reunión. Jero la fijó a su posición con los tornillos para que no se notara que la habían manipulado.

Amador estaba pensativo.

—Esto me ha hecho recordar la última vez que estuvimos aquí mismo. En aquella ocasión, ¿no hubo algo que te resultó extraño?

—¿Extraño? ¿A qué te refieres?

—Salimos los tres, Batiste, tú y yo de la habitación, en dirección al pasillo. Luego entramos en el salón de la chimenea. Nos llevamos un buen susto cuando vimos la silueta de una persona dormida en uno de los sillones. Tú y yo abandonamos el salón a toda velocidad, pero Batiste, en lugar de escapar con nosotros, se quedó allí plantado, mirando a aquel señor dormido.

—Lo recuerdo perfectamente —dijo Jero—. Me llevé un buen susto.

—Tardó en salir como un minuto, mientras nosotros lo esperábamos al otro lado de la puerta.

—También recuerdo que estaba nervioso por si lo habían descubierto —reconoció Jero.

—Cuando hablamos de este tema los tres, antes de que Batiste se marchara a Sevilla con su padre, nos dijo una cosa que no me acaba de cuadrar.

—¿A qué te refieres?

—Dijo que el desconocido del sillón no llegó a despertarse, sin embargo, me pareció escuchar voces. Desde luego aquellos no parecían ronquidos, cómo Batiste pretendió hacer que creyéramos.

—A mí también me pareció escuchar voces —confirmó Jero—. Tampoco me parecieron ronquidos de una persona dormida lo que escuché.

—Entonces, no entiendo nada. ¿Para qué nos mentiría?

—Creo que conozco la respuesta a esa pregunta —dijo Jero.

—¿Qué dices?

—Te advierto por anticipado que te vas a sorprender mucho con la respuesta —contestó, dándole a su voz un tono misterioso.

—Ya tardas, enano —dijo Amador.

20 EN LA ACTUALIDAD, LUNES 17 DE SEPTIEMBRE

—¿Qué quieres decir con que ocurrió una cosa muy extraña en la fiesta que organicé en tu honor con tus compañeros de trabajo? —preguntó con cierto temor Tote.

—El lunes siguiente acudí a la redacción de *La Crónica* y me encontré con todas las carpetas fuera de su lugar, además su contenido estaba alterado. Quienquiera que hiciera aquello se tomó mucho tiempo. Debió hacerlo el sábado por la tarde, aprovechando que estábamos todos en el tentempié que organizaste. La redacción se quedó prácticamente vacía durante algunas horas. Eso no suele ocurrir nunca.

—No me habías dicho nada —dijo Tote, aliviada porque no había descubierto su secreto, pero más preocupada por su sobrina por lo que estaba escuchando.

—Eso confirma lo que ya sabíamos por la huella dactilar que analizamos hace cuatro meses. El espía no pertenece a la plantilla del periódico, pero sí debe tener ayuda desde dentro, algún cómplice que conocía lo de la fiesta. Por ello se tomó tanto tiempo, sabía que no iba a volver nadie en varias horas.

—Es preocupante, Rebeca. Ya te dije que tomaras medidas de seguridad.

—Y lo hago. No dejo nada importante en los cajones. El fisgón no va a encontrar ningún contenido de valor en su interior, a no ser que le interese conocer en primicia mis artículos, que tampoco es que sean apasionantes para el público en general.

—Quizá no deberías dejar nada de nada. Así, el fisgón, como tú lo llamas, dejaría de interesarse por tus expedientes, si están vacíos.

A Rebeca le vino a la cabeza la conversación que tuvo con Carlota antes de que abandonara la fiesta.

—Hay otra cosa más, aunque no la comprendo.

Tote se volvió a preocupar.

—¿Qué otra cosa más?

—Recordarás que todo el mundo se fue de la fiesta y la última que lo hizo fue mi amiga Carlota.

—Sí, me acuerdo, estuvisteis hablando en el rellano del ascensor durante un buen rato.

—¿Sabes lo que me dijo?

—¿Cómo quieres que lo sepa? No os escuché.

—Me preguntó una cosa muy extraña, si me había dado cuenta de lo que había desentonado de forma estridente en la fiesta. Me llamaron la atención las palabras exactas que empleó. Dijo que era muy curioso y, al mismo tiempo, extraño.

Ahora Tote se puso nerviosa.

—¿Y te lo contó? —preguntó, con cierto temor.

—No, pero me dijo que pensara en un huevo Kinder.

—¿Un huevo Kinder que desentona de forma estridente? ¿Y eso qué quiere decir? Aun saliendo de la boca de la extravagante de Carlota, tienes razón, me parecen unas palabras muy raras.

—Dijo que lo pensara durante el domingo y que, si no lo adivinaba, el mismo lunes me lo diría. Insistió en que era algo curioso y extraño al mismo tiempo.

—¿Y no te lo dijo al lunes siguiente?

—Recuerda que falleció su madre y no volvimos a hablar del tema. Ni yo le pregunté nada, no me pareció apropiado, ni ella se volvió a acordar. Creo que se ha olvidado del asunto por completo. Probablemente sería alguna tontería sin importancia, aunque conociendo a Carlota, a saber.

Tote se quedó intranquila. Carlota era muy observadora e inteligente. Estaba segura de que, si se lo propusiera, sería una magnífica policía. Si alguien pudo advertir que el camarero era, en realidad, el detective Richie disfrazado, era ella.

La máscara de látex que llevaba puesta le oscurecía la piel en un tono parecido al chocolate. Podía ser la explicación al huevo Kinder. Se quitó esos pensamientos de la cabeza, ya tenía bastantes preocupaciones. Además, Carlota parecía que se había olvidado del tema.

—Bueno, me voy a trabajar, que ya llego tarde —dijo Tote.

Llegó a la comisaría y los policías de guardia le informaron que había una persona esperándola. Entró en la pequeña sala dónde los visitantes esperaban.

—¡Richie! ¿Qué haces aquí? Precisamente estaba pensando en ti, ¿por qué no me has llamado?

—Acabo de llegar ahora mismo.

—¿A qué se debe tu visita? ¿No era hoy el día previsto para recoger los resultados de las pruebas de ADN?

—Precisamente por eso estoy aquí. La doctora a cargo del laboratorio me acaba de llamar por teléfono diciendo que nos podemos pasar a por ellos. Ya están preparados.

—¿Y por qué no te has ido tú solo? ¿Me necesitas para algo?

—Cuando llevé las muestras, además de solicitarle la máxima urgencia en los resultados, también le pedí que, si observaba algo fuera de lo normal, me lo comunicara inmediatamente.

—¿Y? —preguntó extrañada Tote.

—Pues que, por lo visto, hay una anomalía poco corriente en los resultados.

—¿Cuál? —Tote cambió la extrañeza por curiosidad.

—No me lo ha contado por teléfono, por eso he pensado que sería interesante que te vinieras conmigo al laboratorio, así le puedes preguntar directamente a la doctora las dudas que te puedan surgir, sea la que sea la supuesta anomalía que haya surgido.

—Pues vámonos ya —resolvió Tote.

Estaba expectante, había depositado muchas esperanzas en que aquellas pruebas le aportaran alguna luz en este asunto, aunque no sabía en qué dirección.

En realidad, ni se lo imaginaba.

21 23 DE JUNIO DE 1524

Johan y Batiste salieron del convento de San Pablo el Real con la nota de fray Bautista Tarrén en la mano, y con una expresión de completo asombro en sus rostros.

—Curiosa personalidad la del inquisidor de Sevilla, fray Pedro de Mendoza —dijo Batiste, que se había divertido durante la entrevista.

—Tú parecías entretenido, pero a mí su actitud me ha inquietado bastante —contestó Johan.

—Por cierto, ¿cómo nos conocía antes incluso de que llegáramos? Ha dicho que eras uno de los suyos. ¿A qué se refería?

—Ya sabes que, además de maestro cantero, pertenezco a la Iglesia católica, soy eclesiástico de su misma orden. Algún día también lo serás tú. Supongo que, como inquisidor de Sevilla, tendrá acceso a información interna.

—¿Y ahora qué hacemos? —preguntó Batiste—. Habíamos venido a Sevilla a hablar con el único superviviente de la emboscada a don Bertrán, y resulta que se ha suicidado antes de que llegáramos.

—La verdad es que ha sido algo imprevisto e insólito. Cuando me lo dijo el inquisidor me quedé bloqueado. Tenía muchas esperanzas depositadas en esa persona.

—Supongo que pensabas que era el número uno del Gran Consejo.

Johan se sobresaltó de forma muy manifiesta.

—A veces me olvido de tu inteligencia. Veo que comprendiste mi razonamiento del otro día.

—Era evidente, tú mismo me lo explicaste de forma muy clara cuando me dijiste que don Bertrán, cuando fue emboscado, debió ser consciente de que le quedaban pocos minutos de vida y me preguntaste que haría yo en el caso de estar en esa misma situación. Lo vi muy claro. Hubiera iniciado en los asuntos del Gran Consejo a una persona de mi confianza y hubiera hecho todo lo posible para que esa persona escapara con vida de aquella mortal emboscada, y así preservar el número uno y de paso al propio Gran Consejo. ¿No era eso lo que querías que dedujera en aquella conversación?

Johan hizo el gesto de aplaudir con las manos.

—Impecable. Veo que estamos en la misma sintonía. Efectivamente, eso es lo que creo que debió ocurrir. No me olvido tampoco de la actitud de Luis Vives, antiguo número uno. A pesar de conocer la muerte de don Bertrán estaba muy tranquilo—. Johan recordaba su último día de estancia en Brujas, cuando acudió a la boda de su amigo—. Tuvo que conocer que había designado sucesor a su fraile de confianza, por eso no paraba de repetir esa frase, «deja que fluyan los acontecimientos» que tanto me irritaba porque no la entendía. No lo comprendía y me llegué a enfadar con él cuando se negó a nombrar a un nuevo número uno.

—No necesitaba nombrar a un número uno, él sabía que existía.

—Exacto. Yo pensaba que se estaba tomando a broma el problema, pero Luis lo tenía claro. Por eso me decía que no me preocupara. Recuerdo que insistía en que yo no pertenecía al Gran Consejo y había cosas que desconocía. ¡Qué razón tenía!, aunque en aquel momento no lo comprendiera.

—Pues ahora volvemos al principio, no sabemos si existe el número uno del Gran Consejo o el fraile Bautista Tarrén se lo ha llevado a la tumba —dijo Batiste, como conclusión.

—Así es. Ahora no sé qué hacer —dijo Johan, con un gesto de impotencia.

—Hay una cosa que no acabo de entender padre, ¿eras amigo o conocías a fray Bautista?

Johan se quedó pensando durante un instante.

—No. Es posible que, en alguna ocasión lo viera en compañía del noble don Bertrán, pero desde luego no recuerdo haber hablado con él jamás. Ni siquiera le pongo cara ahora mismo.

Batiste estaba extrañado.

—Entonces, ¿cómo es posible que se suicide y deje una nota a tu nombre si no os conocíais? Se supone que las notas de suicidio se dirigen a alguien con el que tienes algún tipo de vínculo, ¿no?

—Estoy igual de perplejo que tú. No lo comprendo —contestó Johan.

—Todo este asunto es muy raro.

Ambos se quedaron un instante en silencio.

—De todas maneras, este viaje a Sevilla no ha sido totalmente improductivo. Tenemos esta nota que aún no hemos abierto —respondió Johan—. No sabemos qué tiene fray Bautista Tarrén que contarnos.

—¿A qué esperamos para abrirla? —preguntó Batiste, que no podría disimular su impaciencia.

—Estamos andando en plena calle. No me parece ni el lugar ni el momento adecuado.

—¿Y cuándo llegará ese momento? —insistió Batiste.

—Lo haremos este mediodía, después de comer.

—¿Por qué?

—Porque, como es habitual, nos retiraremos a nuestros aposentos del palacio del conde de Niebla. Allí estaremos tranquilos y a salvo de miradas indiscretas. No quiero más sorpresas por hoy —concluyó Johan.

A Batiste, desde hace buen rato, le rondaba algo por la cabeza. Sabía que tenía la respuesta delante de sus narices, pero no estaba sabiéndola ver. Quizá la apertura de la nota le ayudara. No tenía más remedio que esperar.

22 EN LA ACTUALIDAD, LUNES 17 DE SEPTIEMBRE

Tote y Richie tomaron un taxi y en quince minutos llegaron hasta el laboratorio de análisis genéticos, que ocupaba un pequeño edificio de tres alturas. Llamaron al interfono e inmediatamente les franquearon el acceso. Aquello parecía un pequeño búnker.

—Esperen sentados en los butacones. La doctora estará con ustedes en un momento —les dijo la recepcionista.

Efectivamente, apenas había pasado un minuto escaso cuando apareció una señora enfundada en una bata blanca impecable. Se dirigió directamente hacia ellos.

—Buenas tardes, soy la doctora Borrás, directora de GenCom —se presentó, mientras les daba la mano.

—A mí ya me conoce —dijo Richie—. Mi acompañante es la comisaria Rivera, del Cuerpo Nacional de Policía.

—Encantada, señora comisaria. Pasemos a mi despacho — dijo la doctora, mientras les indicaba con la mano la dirección hacia un pasillo.

Se sentaron en una mesa redonda mientras la doctora Borrás abría un archivador y extraía un voluminoso paquete. Lo abrió y sacó unos sobres de su interior.

—Aquí están todos los análisis de ADN que me solicitó Richie Puig, cada uno de ellos en un sobre individualizado.

—Me ha comentado que había alguna anomalía en los resultados —dijo Tote, intentando ir al grano. Estaba impaciente.

—No es exactamente una anomalía, es más bien una coincidencia algo curiosa.

—¿Una coincidencia? ¿En qué? —preguntó extrañada Tote.

—El señor Puig, además de los análisis propiamente dichos, también me solicitó pruebas cruzadas entre ellos y comparativas. Aquí es dónde ha surgido la coincidencia.

La doctora abrió los sobres marcados con el número tres y con el número siete. Extrajo los resultados.

—¿A quién se corresponden estas muestras? —preguntó la doctora.

Richie sacó sus notas.

—La número tres es de Alba Pajares y la número siete se corresponde con Teresa Fabregat.

La doctora tecleó algo en el ordenador y miró los resultados en el monitor.

—Coinciden. No tenemos ningún error en nuestros listados. Todo parece correcto.

—Por seguridad, el laboratorio identifica los análisis con un número codificado, no con una persona en concreto —explicó Richie—. También es una cuestión de protección de datos. El personal que trata y maneja las muestras no sabe a quién pertenecen.

—Lo comprendo, pero ¿qué ocurre con Alba y Teresa? —preguntó Tote, que seguía extrañada por todo aquello.

—Son un caso curioso, nada más —contestó la doctora.

—¿Curioso? ¿Por qué dice eso? —preguntó Tote.

—Porque las muestras números tres y siete son idénticas —respondió la doctora.

Tote se quedó pasmada. No acababa de entender la afirmación de la doctora.

—¿Idénticas? ¡Pero eso es imposible! —dijo Tote, mientras se giraba hacia Richie—. ¿Has cometido algún error en la toma de muestras y en su identificación?

—Te aseguro que no. Lo que más me costó fue aislar y asignar a cada invitado su resto biológico y sus huellas dactilares. En algunos vasos de plástico me encontré hasta tres trazas diferentes. Las personas dejaban el vaso encima de la mesa y eran utilizados, por confusión, por otros invitados. No es nada extraño, en realidad, es lo que suele ocurrir en estos casos. Precisamente por eso instalé tres cámaras de vídeo ocultas en diferentes rincones del salón y fotografié la habitación desde varios ángulos. Gracias a ellas, pude asignar cada huella y cada muestra biológica a una persona en concreto, ayudado por las fotografías que hice antes de tocar nada. Aunque me costó algo más de lo previsto, todo está claro. Revisé las grabaciones y las fotografías decenas de veces, estoy seguro de que las identificaciones son correctas. No hay error posible en los resultados.

—Comisaria Rivera, el detective Puig tiene razón, no se equivocó —contestó con seguridad la doctora Borrás.

—¿Cómo lo puede saber si las muestras son idénticas? ¿Me lo puede aclarar? —preguntó Tote, que no entendía nada de lo que estaba ocurriendo.

—Hay una explicación científica a la coincidencia de resultados. Dos personas diferentes pueden tener el mismo código genético, son los llamados gemelos monocigóticos. Proceden de un solo cigoto, que se divide en dos tras la concepción, a diferencia de los gemelos fraternos, que son dos óvulos diferentes fecundados por dos espermatozoides diferentes. En este último caso tan solo comparten el 50 % del ADN. Son los llamados mellizos. En consecuencia, una pareja de gemelos comparte idéntico código genético y además son del mismo sexo, lógicamente.

Tote estaba asombrada. Acababa de entender el alcance de la explicación de la doctora.

—¡Pero eso no puede ser!

—Eso ya lo había dicho antes, pero le aseguro que la genética no miente, es una ciencia exacta. Alba Pajares y Teresa Fabregat son hermanas gemelas. Por extraño que le pueda parecer, no hay ninguna duda, señora comisaria —concluyó la doctora Borrás.

Tote se negaba a creerlo.

—¿No puede ser la misma muestra repetida? Eso explicaría la coincidencia exacta —dijo, intentando buscar un razonamiento lógico a aquel resultado incomprensible.

—En teoría, podría ser, pero no pasamos esa posibilidad por alto, de hecho, es lo primero que se nos ocurrió.

—La doctora me llamó para informarme de la coincidencia exacta en las muestras tres y siete —dijo Richie.

—Así fue, y nos indicó que hiciéramos pruebas adicionales para descartar la posibilidad de un error con una muestra repetida. No son baratas ni sencillas, pero el detective Puig nos dijo que no importaba el dinero. Desde hace algún tiempo ya es posible identificar y distinguir muestras de gemelos monocigóticos con idéntico ADN mediante otros marcadores. No le voy a aburrir con los detalles técnicos, pero las muestras se corresponden con diferentes personas —contestó la doctora con seguridad—. No hay ninguna duda ni error posible.

—Pero Alba y Teresa no se parecen en nada —dijo Tote, que no se daba por vencida.

—No todos los gemelos comparten rasgos físicos —respondió la doctora.

—¡Ni siquiera tienen los mismos apellidos! —insistió Tote, que seguía asombrada y sin querer creerse los resultados.

—Esa es una cuestión que no corresponde con mi ámbito de investigación, que es la genética —contestó la doctora—. Usted es comisaria de Policía, ese es su campo, no el mío.

Tote estaba completamente desconcertada, y eso que no conocía las sorpresas que aún le aguardaban a la vuelta de la esquina.

23 23 DE JUNIO DE 1524

—¿Has sabido durante todo este tiempo la respuesta y no me la has contado? —preguntó sorprendido Amador—. ¿Conocías que Batiste estuvo hablando con una persona en el salón de la chimenea y te lo has guardado para ti?

Jero intentó justificarse.

—Tuve claro que Batiste nos dio una explicación falsa. Te aseguro que tenía sus motivos para mentirnos, por eso no quise remover el tema ni contradecirle cuando nos contó que la persona no se llegó a despertar. Tampoco quise decir nada cuando intentó convencernos de que las voces, que los dos oímos perfectamente, en realidad eran los ronquidos de esa persona.

—Si no querías ponerlo en evidencia a él, por lo menos me lo hubieras podido contar a mí a solas. Me has tenido unos meses dándole vueltas a la cabeza. No me cuadraba nada la explicación que nos dio.

—Te aseguro que las cosas no son tan sencillas como parecen —intentaba justificarse Jero.

—No sé si serán sencillas o complicadas, pero ya tardas en contarme toda la verdad sobre este tema —exclamó Amador.

Jero se quedó mirando a su amigo, pensando por dónde empezar.

—Ya sabes que esta ala del Palacio Real es de uso exclusivo del tribunal de la Inquisición. Tan solo pernoctamos tres personas, los dos inquisidores y yo mismo. En alguna ocasión extraordinaria se queda alguien más, sobre todo cuando se va a deliberar algún asunto importante y viene gente de fuera de la ciudad, pero eso ocurre en contadas ocasiones —se empezó a explicar Jero.

—Sí, me acuerdo que nos lo contaste. Eso ya lo sabía.

—El día en cuestión hubo bastante movimiento. Recordarás que en las deliberaciones del tribunal había hasta cinco personas en la sala. Había encargado una pequeña merienda para nosotros tres, pero la tuve que cancelar por miedo a que nos descubrieran.

—Sí, sí, también me acuerdo de eso. Anda, ve al grano y deja de dar rodeos.

—Al día siguiente, me crucé con el inquisidor Andrés Palacios a la salida de mi habitación y se paró a hablar conmigo. Habitualmente, los dos inquisidores se limitan a ignorarme, pero ese día se ve que don Andrés tenía ganas de conversación.

—¿Y qué te dijo? —preguntó impaciente Amador.

—No me dijo nada relevante…

—¿Entonces de qué me estás hablando, mocoso? —interrumpió Amador, que no entendía nada y se empezaba a impacientar.

—No me dijo nada relevante, por sí mismo, que no me dejas terminar las frases —protestó Jero.

—Venga, explícate de una vez, que estás haciendo demasiado larga la explicación.

Ahora Jero fue al grano.

—Aproveché el encuentro para preguntarle quién era la persona que había visto descansando en el salón de la chimenea.

—¿Y qué te contestó?

—Que no era de mi incumbencia.

—¿Entonces?

—Entonces le pregunté si era forastero, ya que se había quedado a dormir en el palacio, y aquí viene lo verdaderamente curioso e interesante.

—Me estás haciendo sufrir a conciencia, ¿verdad?

—Me dijo algo muy extraño.

—¿Qué te dijo? —casi le gritó Amador.

—Me contó que la persona que se quedó a dormir en el Palacio Real tenía casa en la ciudad —dijo Jero.

—¡Sí que es raro! Pero bueno, supongo que se le haría tarde para volver a su domicilio —respondió Amador—, y decidió quedarse, por comodidad.

—No fue por eso —dijo Jero.

Con toda la tranquilidad que pudo, le contó sus sospechas y sus motivos. Amador se quedó desconcertado. No sabía si dar crédito a lo que acababa de escuchar.

—Pensándolo mejor, ahora entiendo que Batiste nos ocultara lo que ocurrió en aquel salón —dijo Amador.

—Ya te lo había dicho desde el principio —dijo Jero—. Batiste tenía sus motivos para mentirnos. Si algún día lo considera, ya nos lo contará él. Nosotros no debemos sacar el tema.

24 EN LA ACTUALIDAD, LUNES 17 DE SEPTIEMBRE

Tote y Richie salieron del laboratorio. Tomaron un taxi y se dirigieron a la comisaría.

—Aún no me lo creo. No puede ser —repetía Tote, que no se quitaba la expresión de asombro en su rostro.

—Siempre me has dicho que en el periódico ocurría algo extraño. Creo que tus palabras literales fueron «tengo una corazonada que no me deja dormir» —contestó Richie.

—Sí, es cierto, pero desde luego la corazonada no era esta. ¡Alba y Teresa hermanas gemelas! ¿Cómo me iba a imaginar una cosa así?

Llegaron a la comisaría y entraron en el despacho de Tote. Richie abrió su maletín y extrajo dos dispositivos de memoria USB. Los dejó encima de la mesa.

—¿Qué es esto? —preguntó Tote.

—El primer *pen* contiene la misma información que hay en cada uno de los sobres del laboratorio en formato digital. El segundo, una muestra de todas las huellas dactilares recogidas en la fiesta de tu casa —respondió Richie.

Tote tomó la primera memoria USB y la introdujo en su ordenador.

—Voy a cotejar los perfiles de ADN con la base de datos de la Policía, a ver qué nos encontramos.

Puso el programa en marcha y esperó a que concluyera su comparación. Tote estaba expectante. Estaba segura de que iba a descubrir algo significativo. Después de unos minutos, el sistema concluyó y arrojó el resultado.

Tote se sorprendió de forma visible.

—¡No hay ninguna coincidencia! —exclamó, con una expresión de evidente desencanto en su rostro—. ¡Vaya chasco me acabo de llevar!

—¿Qué esperabas encontrar? —preguntó Richie, que no la terminaba de comprender.

—Si te digo la verdad, esperaba que alguno de los trabajadores de *La Crónica* estuviera fichado y tuviera antecedentes policiales. Esa era mi corazonada. Está claro que estaba equivocada desde el principio. En realidad, ese era el motivo principal por el que organicé aquel tentempié.

—¿Por qué pensabas eso?

—Por todo lo que ocurre y ha ocurrido en el periódico. El hecho de que espiaran a mi sobrina y el hecho de que fuera alguien ajeno a la plantilla parecía indicar que se trataba de un trabajo de profesionales, y esos suelen estar fichados. Al menos eso era lo que yo creía, por eso tenía esperanzas en que los análisis y perfiles genéticos de ADN nos arrojara alguna luz en este asunto. Ya veo que no ha sido así. Lo único que nos han arrojado ha sido más oscuridad. Estamos como al principio.

—Aún no sabes con seguridad si el espía o los espías pertenecen a la plantilla del periódico—le interrumpió Richie.

—La huella que mi sobrina obtuvo no se correspondía con ningún empleado de *La Crónica*, ¿por qué dudas acerca de eso? —preguntó sorprendida Tote—. Mi sobrina lleva casi cuatro años trabajando allí y se conoce el nombre de todos los trabajadores, presentes y pasados. No es posible que con su mente olvide un nombre, te lo aseguro.

Richie Puig se explicó.

—En segunda memoria USB tienes todas las huellas dactilares de la gente que asistió a la fiesta. Cotéjalas con tu base de datos también, a ver qué resultados obtienes —le dijo el detective—. Igual entonces sí que nos sorprendemos.

Tote estaba tan convencida que el cotejo de los perfiles de ADN iba a arrojar un resultado positivo que se había olvidado de las huellas dactilares. Extrajo el primer *pen* del ordenador e insertó el segundo. Accedió al fichero de las huellas, y puso en marcha el programa de reconocimiento para cotejar cada una de ellas. Empezaron a salir, una a una, todas las identificaciones. Tote y Richie reconocían los nombres que iban apareciendo en la pantalla. Todos eran trabajadores del periódico.

—Nada fuera de lo normal —dijo Tote, quitando la vista del monitor.

De repente, Richie se levantó de la silla.

—Espera, ¿quién es este? —dijo, señalando un nombre en la pantalla.

Tote se quedó también mirando el monitor.

—No lo tengo en mi lista de invitados a la fiesta —dijo Richie—. No sé quién es.

—¡No puede ser! —dijo Tote, con cara de asombro.

—¿Por qué dices eso?

—Es la misma huella y la misma identificación que mi sobrina Rebeca consiguió con su trampa rudimentaria del celofán, hace cuatro meses —dijo Tote, completamente pasmada.

—¿Pero no me habías dicho que esa persona no trabajaba en el periódico? —preguntó extrañado Richie.

—Así es. Ese nombre no se corresponde con ningún trabajador de *La Crónica* —se explicó Tote—. Ya te he dicho que Rebeca los conoce a todos.

—Pero esta huella fue obtenida en el tentempié de tu casa. Excepto Carlota, tú y yo, todos los que estaban allí eran empleados del periódico —replicó Richie.

—Eso es cierto —Tote estaba confundida. Se quedó un momento en silencio, no sabía qué decir.

—¿A quién se corresponde esa huella, según tus datos? —preguntó la comisaria, cuando reaccionó de su desconcierto.

Richie sacó sus notas y le señaló un nombre a Tote.

Se quedó de piedra. Hoy iba de sorpresa en sorpresa. No sabía qué decir.

—Ese no es el nombre que utiliza en el periódico —dijo Tote, boquiabierta—, por eso mi sobrina Rebeca no lo reconoció cuando se lo dije.

—Sin ninguna duda su nombre verdadero es el que te aparece en tu monitor, la base de datos de la Policía no se equivoca. Está claro que usa un nombre falso en *La Crónica* —concluyó Richie—. Cuando alguien no utiliza su nombre verdadero es porque algo quiere ocultar.

—Puedo acceder a su fotografía en la base de datos.

—Hazlo, así saldremos de dudas de forma definitiva.

—Claro —dijo Tote, mientras tecleaba en su ordenador. Apareció frente a ellos la foto que se correspondía con esa huella y con ese nombre.

—Mira, ¿lo tienes claro ahora? —dijo el detective, señalándola y sin poder evitar sonreír.

Tote estaba espantada mirando la foto de la pantalla, como hipnotizada. No podía creer nada de lo que estaba sucediendo. No le veía la gracia que le encontraba al asunto el detective.

—Estoy alucinada, que diría mi sobrina —acertó a decir.

—Espera, que aún puede haber más.

—¿Más? ¿A qué te refieres?

—¿No me dijiste que Rebeca obtuvo dos huellas dactilares, que una de ellas era parcial y que el sistema no fue capaz de identificarla? Podrías cotejar esa huella parcial con las de la fiesta, a ver si obtienes algún resultado concluyente.

—Sí, esa huella parcial tan solo apareció una vez, y en un extremo de la primera carpeta, al contrario de la huella completa, que estaba por todas partes, en todos los expedientes. Pero no se me había ocurrido, tienes razón, podemos cotejarla también —contestó Tote, que aún estaba en estado de *shock*, conmocionada después de todos los acontecimientos de la tarde y de lo que estaban averiguando ahora mismo.

Así lo hizo la comisaria. Recuperó la huella parcial e hizo que el sistema de reconocimiento la cotejara.

«¡Atiza!», pensó Tote, cuando el sistema le devolvió una identificación positiva de la otra huella.

—Ahí tienes al segundo espía —dijo Richie.

—Pero esta persona sí que es conocida por su nombre auténtico —dijo Tote, sin poder dejar de mirar la pantalla—. Al menos no utiliza una identidad ficticia.

Dos personas espiaban a Rebeca en el periódico, una de ellas con identidad falsa y ninguna de ellas ajenas al periódico, como había supuesto erróneamente desde el principio. Espías en *La Crónica* y topos en el *Speaker's Club*. Tote no entendía nada, pero estaba asustada, muy asustada. Todo aquello no era nada normal, sobre todo porque no veía ninguna conexión.

Richie intentó tranquilizarla.

—Te veo agobiada Tote, pero piensa que hemos avanzado mucho. Es cierto que dónde tú tenías depositadas esperanzas, que era en los análisis de ADN, nos han arrojado más dudas que respuestas. Jamás nos pudimos imaginar que Alba Pajares y Teresa Fabregat fueran hermanas gemelas. Sin embargo, las huellas dactilares nos han dado mucha información. Gracias a ellas, ahora conocemos las dos personas que espían a tu sobrina, y son compañeros suyos en el periódico. Además, uno de ellos utiliza un nombre falso, por ese camino quizá podamos averiguar más cosas. En cuanto a la otra huella, usa su nombre real. Te repito, hemos avanzado mucho.

Tote no se tranquilizó ni un ápice.

Estaba asustada.

25 23 DE JUNIO DE 1524

Johan y Batiste llegaron al palacio del conde de Niebla. Los recibió su esposa, Ana de Aragón.

—¿Cómo os ha ido la mañana? —les pregunto, de modo muy jovial.

—Hemos conocido al nuevo inquisidor de Sevilla, un fraile de la orden de predicadores llamado fray Pedro de Mendoza —contestó Johan.

—Apenas lleva en la ciudad algo más de un mes. ¿Cómo lo habéis conocido? —les preguntó con cierta curiosidad Ana.

Johan le explicó que el fraile que buscaban también pertenecía a la orden de predicadores y que residía en el convento de San Pablo el Real, sede del Tribunal del Santo Oficio de Sevilla. También le contó que no pudieron hablar con el fraile que iban a buscar, ya que había fallecido. No le dio información del cómo ni le habló del sobre que había dejado para ellos.

—¡Vaya desgracia! Venís hasta Sevilla para hablar precisamente con esa persona y resulta que acaba de morir —dijo Ana, apenada—. Habéis hecho el viaje para nada.

—Sí, pero por lo menos os hemos visto a vosotros, que hacía tiempo que no coincidíamos —dijo educadamente Johan.

—Y he conocido a tu hijo, que no tenía el placer —dijo Ana.

—Y yo al tuyo —contestó Johan.

—Parece que tu hijo es un muchacho de pocas palabras.

—Eso es porque no tiene confianza —sonrió Johan—. En realidad, es muy parlanchín. Casi es mejor que esté callado. No le des confianza.

—La comida se servirá en treinta minutos. Si queréis podéis arreglaros —dijo Ana, mientras salía del salón en dirección a las cocinas.

Johan y Batiste subieron a su habitación.

—¿Arreglarnos? ¿Qué les pasa a nuestros ropajes? ¿No son adecuados para comer en la mesa del conde? —preguntó extrañado Batiste, en cuanto se quedaron solos.

—En Sevilla, en verano, ya habrás notado que hace bastante calor. La gente de alta alcurnia siempre se cambia para comer y para cenar. El olor a sudor puede ser desagradable —dijo Johan.

—Caramba, ¡qué delicados! —dijo Batiste.

Ambos hicieron caso a las indicaciones de la condesa y se cambiaron de ropa, se asearon y en apenas veinte minutos ya estaban en el salón, antes incluso que los sirvientes tocaran la campanilla, que indicaba la hora de la comida. Se encontraron con don Alonso, el conde de Niebla, sentado en uno de los butacones.

—Ya me ha contado mi esposa la desgracia del fallecimiento del fraile que veníais a buscar —dijo don Alonso—. ¿Qué impresión os ha causado el nuevo inquisidor?

—Es una persona más inteligente de lo que parece —se anticipó Batiste en la respuesta.

El conde se quedó mirando al hijo de Johan.

—Tienes razón. Lleva apenas un mes en Sevilla y da la impresión que sepa todo lo que ocurre en la ciudad.

—Creo que no da la impresión, en realidad lo sabe —dijo Batiste.

Johan aprovechó para preguntarle al conde.

—¿Le contaste que habíamos llegado a Sevilla, que nos alojábamos en tu palacio y que le íbamos a visitar esta misma mañana?

—¿No me digas que conocía todo eso? Tu hijo va a tener razón.

—Estaba perfectamente informado.

—Es curioso, pero también muy inquietante. Por supuesto que no le dije nada. Apenas lo conozco, no mantengo ninguna relación con él. Asistí a su toma de posesión, como muestra de cortesía, y nada más. Dicen que tiene ojos y oídos en toda la ciudad. Parece que, con lo que me acabas de contar, se confirma.

—Por lo visto hasta dentro de tu propio palacio —le advirtió Johan—. Ten cuidado con lo que dices, puede acabar en conocimiento del Santo Oficio.

Los sirvientes tocaron la campanilla, así que los tres se trasladaron al comedor. La sobremesa fue agradable. Don Alonso y Johan estuvieron contando historias divertidas y, por un momento, Batiste se olvidó del Gran Consejo y los demás problemas.

Cuando terminaron subieron a su habitación. Batiste no podía ocultar su nerviosismo. Estaba deseando leer la nota del fraile dominico.

—Ha llegado la hora de descubrir el gran secreto de fray Bautista Tarrén —dijo, emocionado.

—Igual es una simple despedida, no nos creemos falsas expectativas —previno Johan, que veía los ojos de entusiasmo en su hijo.

—Te aseguro que vamos a descubrir algo relevante. Recuerda que ese fraile no te conocía de nada. Es evidente que la nota no la dejó para Johan Corbera.

—¿Cómo qué no? —preguntó Johan extrañado—. Mi nombre está claramente escrito en exterior de la nota. ¿Por qué dices eso?

—Piensa un poco. Si no te conocía de nada, no tiene ningún sentido que te dejara sus últimas voluntades antes de morir a ti como persona, como Johan.

—¡Ah! ¿no? —preguntó Johan—. ¿Entonces cómo lo explicas?

—Te dejó esa nota que estamos a punto de leer en tu calidad de undécima puerta —aclaró Batiste—. Por eso espero que su contenido sea muy interesante y revelador.

Johan asintió con la cabeza. Su hijo, una vez más, parecía ir por delante de sí mismo en los razonamientos.

—No esperemos más, abramos la nota y salgamos de dudas —dijo Johan, mientras la extraía de su jubón.

El tamaño de los ojos de Batiste se había multiplicado por dos, parecía un búho.

26 EN LA ACTUALIDAD, MARTES 18 DE SEPTIEMBRE

Rebeca se despertó a la hora habitual y salió a la cocina. Su tía no estaba, ya se habría ido a trabajar. Se tomó su vaso de leche habitual. Pensó si coger la bicicleta o el autobús, ya que el cielo estaba plomizo y amenazaba lluvia. Al final se decidió por la bicicleta y se fue hacia *La Crónica*.

Entró en la redacción, se cruzó con la indiferencia de Alba y llegó hasta su mesa. Fabio y Tere estaban trabajando en silencio. Nada más ver llegar a Rebeca, su amiga se levantó y le plantó un par de besos.

—Menudo cachondeo ayer, tengo que reconocerte que me lo pasé fenomenal a tu costa—dijo Tere, riéndose—. No lo pude evitar, lo siento.

—No le hagas caso, quedaste de fábula —dijo Fabio, levantando la vista de la mesa.

—¿Os referís al programa de radio de ayer? —preguntó Rebeca.

—Pues claro.

—No os lo creeréis, pero aún no he tenido tiempo de oírlo.

—Estuvo muy gracioso, la verdad es que Javi y Mar son muy simpáticos —dijo Tere—. En cuanto tengas un momento, escúchalo. Te aseguro que te va a gustar.

—Después de comer lo haré. Mis colaboraciones en la radio no me eximen del trabajo en el periódico y hoy es martes. Eso significa que es el día de entrega de mi artículo semanal —dijo Rebeca, mientras encendía el ordenador y se disponía a rematarlo.

Trabajó toda la mañana hasta terminar el artículo, sin apenas levantar la vista del monitor. Lo entregó a su hora prevista para su publicación en la edición de mañana miércoles.

Miró el móvil. Había recibido varios mensajes, pero no los quiso mirar para no distraerse. Su tía le había escrito un lacónico: «te espero a comer en casa, es importante». Miró el reloj, era la una y media. Salió del periódico hacia su casa. Estaba lloviendo. «Lo que faltaba, voy a llegar calada», pensó.

Entró en casa y se dispuso a ir directamente hacia su habitación para cambiarse de ropa, cuando escuchó voces en el salón. «¿Otra vez invitados?», pensó. Entró a saludar.

—¡Sofía! —exclamó Rebeca, sorprendida—. Se está convirtiendo en una agradable costumbre verte los mediodías en casa.

—Hola, Rebeca. Estás empapada —dijo la inspectora Sofía Cabrelles, dándole un par de besos—. Te has comido la lluvia.

—Anda, ve a cambiarte que te vas a constipar —le dijo su tía Tote—. Hoy no era el día para bicicletas.

Rebeca se secó el pelo con una toalla y se cambió completamente de ropa. Regresó al salón en apenas diez minutos.

—¿Quién ha resucitado hoy? —dijo Rebeca, dirigiéndose a Sofía—. No me digas que ha aparecido Sergio Enguix, el padre de Álvaro, vivo en alguna playa del Caribe, tomándose una piña colada.

Sofía sonrió.

—No, para su desgracia sigue igual de muerto y enterrado que ayer.

—Ya sé que no hace falta ningún motivo para que vengas a comer a casa, pero ¿a qué se debe tu visita? —preguntó Rebeca, con cierta curiosidad.

—Pues hoy tengo la misma información que tú, ninguna —contestó Sofía—. He llegado hace apenas diez minutos. Tu tía me ha citado por mensaje, sin darme más explicación.

—Pues igual que a mí, ¡qué misterio! ¡Me gusta! —contestó Rebeca, sonriéndole a Sofía.

—Anda, sentaos en la mesa. Hoy no he tenido tiempo de cocinar, así que he pedido comida al chino de la esquina. Espero que os guste —dijo Tote, mientras abría unas cajas de cartón.

Empezaron a comer. Rebeca no se resistió y sacó el tema al primer bocado.

—Tía, ¿para qué nos has citado a las dos? En el mensaje ponía que era importante.

—Es que lo es —contestó, y se quedó callada.

—¿Voy a tener que sonsacártelo, o vas a hablar tú solita?

—Estoy muy preocupada —dijo Tote, al fin.

—Sí, bueno. El tema de Richie y su conversación con el difunto joyero parece algo sobrenatural. No parece haber ninguna explicación racional, por lo menos yo no se la he encontrado.

—No me refiero a eso. Hay algo más que debes saber —dijo Tote, dirigiéndose a Rebeca—. He querido que esté presente en la conversación Sofía, porque confío plenamente en ella y me gustaría escuchar su opinión. Te aseguro que los hechos son desconcertantes.

Tote explicó el verdadero motivo del tentempié que organizó con los compañeros del periódico de Rebeca, que no era otro que el camarero, que era Richie Puig disfrazado, recogiera muestras de ADN y las huellas dactilares de todos los presentes.

Rebeca no pudo evitar levantarse de la silla.

—¡Ya sabía que había algo extraño en aquella celebración! —exclamó—. Desde el principio me pareció muy rara y fuera de lugar.

—La única que parece que se dio cuenta fue Carlota. Supongo que su alusión al huevo Kinder se refería al disfraz de Richie, cuya máscara de látex le oscurecía la piel como el chocolate —dijo Tote.

—A la petarda no se le pasa una —dijo Rebeca, sentándose otra vez—, aunque parece que se ha olvidado de ese tema. No me ha vuelto a decir nada desde el fallecimiento de su madre. La pobre está bastante afectada y no creo que su mente esté, ahora mismo, para pensar en huevos de chocolate.

Sofía también estaba pasmada.

—Tote, estás chalada de verdad ¡Menudo montaje más espectacular ideaste! Parece un verdadero operativo policial de vigilancia —dijo, al mismo tiempo que reflexionaba—. Ahora que lo pienso, no lo parece, en realidad lo era. Espero que sacaras algo en claro de todo ello.

—Por eso estáis aquí hoy. Ayer recogí todos los resultados de las pruebas de ADN y de las huellas dactilares que encargué a un laboratorio privado.

—Y si estamos aquí es porque supongo que averiguaste algo —dijo Rebeca, mientras daba un trago de agua.

Tote tenía el gesto muy serio.

—Pues sí. Lo primero de lo que nos informó el laboratorio fue que tus compañeras en el periódico, Alba Pajares y Teresa Fabregat son, en realidad, hermanas gemelas —dijo así, de sopetón.

Rebeca escupió toda el agua que acababa de beber y se puso a toser de forma manifiesta. Se había atragantado y se tuvo que levantar.

—¡Pero si tienen apellidos diferentes! —exclamó Sofía, también sorprendida.

—No acaban ahí las sorpresas —dijo Tote, con un toque de misterio

—¡Ah! ¿no? —preguntó intrigada Sofía—. ¿Y qué más averiguaste?

Tote se giró hacia Rebeca.

—Alba Pajares es la persona que te espía en el periódico. Sus huellas dactilares son las que estaban por todas partes en tus expedientes. Hace cuatro meses no reconocimos su nombre porque, en realidad, no se llama así. Alba Pajares no es su nombre verdadero, es más falso que Judas.

Rebeca seguía tosiendo y medio atragantada. Tote continuó con la explicación.

—La huella incompleta que no fuimos capaces de identificar en mayo, también se corresponde con una persona que asistió al tentempié en nuestra casa, es decir, a otro empleado del periódico. Se trata de tu amiga Teresa Fabregat. Las dos hermanas gemelas, Alba y Teresa, son las espías. Debo suponer que actúan de forma conjunta y coordinada —dijo Tote, dirigiéndose a Rebeca, que no podía parar de toser. Seguía sin ser capaz de decir nada.

—Deja de hablar o tu sobrina se va a acabar ahogando —dijo Sofía dirigiéndose a Tote, mientras daba unas palmadas en la espalda de Rebeca.

«Casi prefiero toser que tener que decir algo», pensaba Rebeca, que estaba asombrada por lo que acababa de escuchar. Aquello no tenía ningún sentido, «¿o quizá sí?», se preguntaba muy preocupada.

27 23 DE JUNIO DE 1524

Johan tomó la nota de fray Bautista Tarrén y, con mucho cuidado, la rasgó por la parte superior. En el interior había una escueta nota.

—Toma, haz tú el honor de leerla, al fin y al cabo, ahora eres la undécima puerta y, según tu razonamiento, va dirigida a ti —dijo Johan, mientras le entregaba la nota doblada a su hijo.

Batiste la desdobló y la leyó en voz alta.

—A lo oscuro no se observa. Mi alma no respira. Intuyo que una emboscada.

Johan se quedó esperando que su hijo continuara. Este permaneció en silencio.

—No te quedes callado, ¿qué más pone? —preguntó Johan.

—Bueno, al final de la nota está la firma del fraile, «B. Tarrén», de Bautista Tarrén —contestó Batiste—, pero eso es todo.

—¿No hay nada más? —insistió un sorprendido Johan.

—No, eso es todo lo que hay escrito en este papel. La caligrafía es de auténtica pena. Perdona por lo irrespetuoso que pueda parecer, pero diría que la escribió cuando ya estaba colgado de la soga. Apenas se entiende e incluso parece que falte alguna palabra. De hecho, en la nota hay varios borrones.

—Desde luego no se entiende, en eso tienes razón.

—Espera, espera... —empezó a decir Batiste.

—Como nota de suicidio, no le encuentro ningún sentido —le interrumpió Johan, que estaba asombrado y no comprendía nada.

—Tú lo acabas de decir —le contestó Batiste, con una pequeña sonrisa de satisfacción en el rostro.

—Yo acabo de decir, ¿qué exactamente? —preguntó Johan, sin entender nada.

—Que no tiene sentido como nota de suicidio... porque sencillamente no es una nota de suicidio —dijo Batiste, con mucha seguridad.

—No te entiendo, si nos la entregó el señor inquisidor en un sobre a mi nombre. La había dejado en su celda fray Bautista, después de ahorcarse.

—Lo vuelves a decir —repitió Batiste.

—¡Deja de jugar conmigo! —respondió enfadado Johan—. Haz el favor de explicarte de una vez con claridad y déjate de frases enigmáticas.

—Mira la nota por ti mismo —contestó Batiste, mientras se la entregaba a su padre. Johan tomó entre sus manos y la volvió a leer.

—A lo oscuro no se observa. Mi alma no respira. Intuyo que una emboscada.

Johan se quedó mirando a su hijo.

—Sigo sin entender la nota y sin entenderte a ti. ¿Qué quieres que vea en este absurdo papel?

—Lo primero, ¿no te has percatado de lo horrible de la caligrafía y de lo arrugada que está la nota?

—Sí, está mal escrita, medio emborronada, y el papel parece viejo y ajado, ¿y qué?

—Piensa un poco. Para empezar, ponte en el lugar del fraile. Te dispones a suicidarte con una soga. Imagínate la escena. Estás sentado en tu camastro. Tomas una hoja en blanco y escribes una nota intentando justificar tus actos. Piensa que el suicidio es un grave pecado para un fraile y quieres que la gente conozca tus motivos para actuar de semejante manera. Quizá no pudo soportar la muerte de su amigo el noble. A continuación, dejas la nota en un lugar bien visible, para que sea encontrada con facilidad, porque eso es precisamente lo que pretendes con la nota, ¿no es así? —explicó Batiste—. Lo que quieres es explicarte y que se conozcan tus causas.

—Supongo que sí, pero no veo adónde quieres llegar.

—Pues que los hechos no ocurrieron así —afirmó con rotundidad Batiste.

—¿Y tú cómo lo puedes saber si no estabas presente? —preguntó asombrado Johan.

—No estaba físicamente, pero lo estoy ahora en espíritu.

—Anda, deja de decir tonterías y explícate de una vez —le apremió Johan.

—El fraile se suicidó, eso parece lo único claro, pero el resto no concuerda nada. Fray Bautista deja una nota en la que no justifica sus actos, dirigida a una persona que no conoce y escondida en el fondo de un jubón, tapada por un montón de ropa sucia, es decir, escondida, no a la vista. La nota está mal escrita, es poco clara y está muy arrugada. Además, ¿no lo adviertes? No da un solo motivo que justifique con nitidez el suicidio, que no olvides que es un grave pecado, sobre todo para un fraile. Lo siento, no tiene ningún sentido y no me lo creo.

—¿Qué es lo que no te crees? —preguntó Johan, que no seguía el razonamiento de su hijo.

—No me creo que sea una nota de suicidio y ni siquiera me creo que la escribiera fray Bautista.

—¿Qué es lo que dices, insensato? ¿Dudas de la palabra del inquisidor fray Pedro de Mendoza?

—No, no dudo que nos dijera la verdad cuando afirmó que encontró la nota, lo único que afirmo es que la debió escribir el propio don Bertrán en el momento en que fue emboscado. Eso justificaría la horrible caligrafía, los borrones y el estado de conservación del papel, tan arrugado. El fraile la debió trasportar en su huida hasta Sevilla en el fondo de algún recoveco de su jubón, que fue donde la encontró el señor inquisidor, después de que el fraile se quitase la vida en su celda.

Por fin, ahora Johan comprendía el razonamiento de su hijo.

—Si esa explicación fuese cierta, ¿qué me pretendía decir don Bertrán en esa nota dirigida a mí? —preguntó Johan.

—Eso no lo sé, supongo que informarte que iba a morir y que estaba siendo emboscado. También supongo que pensaría que, como undécima puerta, debías conocer lo que le estaba sucediendo al número uno. Piensa que la situación era muy grave e imprevista —razonaba Batiste—. Acababan de nombrar número uno a don Bertrán, en consecuencia, debía contactar contigo, el número once, sin embargo, se encontraba a minutos de morir emboscado por sorpresa. Imagínate la escena. De alguna manera debía informarte. Supongo que la nota fue lo mejor que se le ocurrió en aquellos minutos desesperados. Tampoco es que tuviera muchas más opciones, dadas las circunstancias.

Johan estaba sorprendido por la lógica de su hijo.

—Y si la escribió don Bertrán, ¿cómo te explicas que la firmara el fraile? Recuerda que al final de la nota aparece su nombre, «B. Tarrén», es decir, Bautista Tarrén.

—Para eso no tengo respuesta, como tampoco la tengo para el extraño contenido de la carta, más allá de que sea una simple advertencia, pero desde luego debe haber una explicación para todo. Piensa en las molestias que se tomaron para que esa nota llegara a España y estuviera ahora mismo en tu poder. Demasiadas para no significar nada. No olvides que ha muerto gente para que tú tengas ese pedazo de papel en tus manos.

—Pues no tengo ni idea qué significa. Para empezar, tampoco tengo claro quién la escribió. No sé si creer tu teoría, porque lo único que veo claro de la nota es que está firmada por el fraile, no por don Bertrán. Si era el noble el que me quería decir algo, ¿por qué no la firmó directamente él con su propio nombre?

—Igual por seguridad, por si era descubierta. Piensa que estaba siendo emboscado por el ejército francés. El conde era una persona conocida.

—Lo siento, me cuesta creer toda esa historia que ha salido de tu mente desquiciada —dijo Johan—. La firma es del fraile y punto. Eso es lo único claro e intentas ponerlo en duda.

—No dejes que las meras palabras cieguen tu entendimiento, abre tu mente —dijo Batiste.

—Lo que voy a abrirte es tu cabeza como no dejes de decir tonterías —le contestó Johan, mientras le tiraba un almohadón a la cabeza.

Aún había oscuridad en sus mentes, pero la niebla se iba disipando poco a poco, aunque no fueran conscientes.

28 EN LA ACTUALIDAD, MARTES 18 DE SEPTIEMBRE

Poco a poco, Rebeca fue recuperándose del atragantamiento. Estaba alucinada por lo que acababa de escuchar en boca de su tía.

—Supongo que todo esto no es una broma —dijo al fin, cuando consiguió ser capaz de articular alguna palabra.

—Te aseguro que no lo es. Lo tengo todo documentado y contrastado con nuestra base de datos —contestó Tote—. Alba Pajares, cuyo nombre es falso, es hermana gemela de Teresa Fabregat, cuyo nombre es verdadero.

—Pues las implicaciones son muy serias —dijo Rebeca, que estaba claramente afectada por la noticia.

Tote se giró hacia la inspectora Sofía Cabrelles.

—Precisamente por eso necesito tu ayuda, Sofía. Este tema cada vez se complica más. Tú tienes más experiencia operativa que yo. Aunque sea comisaria, llevo demasiado tiempo detrás de una mesa y estoy algo oxidada —dijo Tote.

—Por supuesto, en lo que os pueda ayudar, lo haré —dijo Sofía.

—De momento Richie sigue con las investigaciones. Está dedicado a este asunto, pero quiero conocer tu opinión profesional —le pidió Tote.

Sofía se puso de pie, como si fuera a soltar un pequeño discurso. Después de una pequeña pausa, inició su reflexión.

—Desde luego ahora tenéis una ventaja operativa importante, por primera vez desde el inicio de este asunto. Hasta ahora han jugado con superioridad porque desconocíais su existencia, pero ahora ellas no saben lo que habéis averiguado y así tiene que seguir. Sacar partido de la situación

—dijo Sofía—. En resumen, yo continuaría actuando como si nada hubiera ocurrido.

—Me va a costar mucho —dijo Rebeca—, sobre todo con Teresa.

—Menos de lo que te crees, eres lo suficientemente inteligente como para disimular —Sofía miró el reloj—. Ahora os tengo que dejar, el deber del trabajo me llama.

—Estaremos en contacto, gracias por venir Sofía —dijo Tote, mientras la acompañaba a la puerta.

Rebeca y Tote se quedaron solas.

—Tía, cada paso que damos la situación se vuelve más confusa y complicada. No sé qué pensar de todo esto.

—Ya has oído a Sofía, deberíamos aprovecharnos de que no conocen lo que nosotras sabemos ahora. Creo que tiene razón.

—Eso es muy fácil de decir, pero difícil de hacer. Por ejemplo, hoy es martes y dentro de un rato hay reunión del *Speaker's Club*. ¿Qué debo hacer?

—¿Por quién pondrías la mano en el fuego de todos tus amigos? —preguntó Tote.

Rebeca se quedó pensativa durante un momento.

—Desde luego por Carlota. Como la conozco y temo sus reacciones, siempre que ocurre algo fuera de lo normal me fijo especialmente en ella. Jamás le he pillado ninguna reacción extraña, más allá de sus extravagancias habituales. También necesitamos confiar en Álvaro Enguix, no puede contar en el *Speaker's Club* que su padre falleció hace dos años —Rebeca siguió pensando—. Supongo que también me podría fiar de Carol Antón. Al fin y al cabo, ella no estaba en el mes de mayo, cuando se inició todo el asunto de *Las doce puertas*, y no participó de los acontecimientos.

—¿No te fías de nadie más? —preguntó sorprendida Tote.

—Quizá de Xavier, por su manera de pensar no lo veo implicado en una confabulación de estas características. También podría incluir a Bonet, siempre va por libre, es un espíritu solitario. Tampoco lo veo formando parte de ningún grupo secreto.

—¿Y Charly y Fede? ¿No dices nada de ellos?

—Me caen bien y son muy simpáticos, pero me has preguntado si pondría la mano en el fuego por ellos. No lo haría.

—¿Qué opinas de Carmen y de su jefe Jaume?

—Parecen buena gente y en el pasado han colaborado activamente en la resolución del enigma de *Las doce puertas*, pero siento que no los conozco lo suficiente para poner la mano en el fuego por ellos.

—¿Y tu amiga de toda la vida, Almu? Me sorprende que no la hayas nombrado en el grupo de confianza.

Rebeca sonrió de forma enigmática antes de contestar.

—Es cierto que es mi amiga más antigua y nos llevamos muy bien, pero tengo mis propias ideas con respecto a ella —contestó, en un tono algo misterioso que sorprendió a Tote.

—Entonces, ¿el grupo de máxima confianza lo formarían Carlota, Álvaro, Carol y quizá Xavier y Bonet? —preguntó Tote, sorprendida por la poca gente de la que su sobrina se fiaba.

—Se podría añadir a Richie, a Sofia, y por supuesto a ti —respondió Rebeca, reflexiva—. Ocho personas, no más. Ni siquiera podríamos formar un Gran Consejo paralelo, no llegamos a diez —bromeó.

—Lo más importante ahora es que no debes dar información innecesaria en el *Speaker's Club* sin conocer la identidad del topo. Quiénes sean los miembros del grupo secreto llevan jugando con ventaja mucho tiempo, y eso se tiene que acabar —dijo con firmeza Tote.

—Va a ser complicado. Voy a tener que informar a Carlota, aunque sea de lo estrictamente necesario. Ella deberá hablar con Álvaro, para que este no cuente la fecha de defunción de su padre y nuestra excursión dominical a su obrador de joyería. Eso abriría la caja de los truenos.

—Desde luego, y en cuanto al periódico, ya sabes quiénes son, en realidad, Alba y Tere —advirtió Tote—. Ten cuidado y mide tus palabras. No dejes en los cajones nada que no quieras que sepan.

—Lo que no consigo entender qué conexiones tienen ellas dos con el resto de la historia y con el *Speaker's Club* —reflexionó Rebeca—, si es que existe esa conexión.

Ni se la imaginaba.

29 28 DE JUNIO DE 1524

Johan y su hijo Batiste estuvieron disfrutando de la hospitalidad de don Alonso Pérez de Guzmán, conde de Niebla, y de su amable esposa, Doña Ana de Aragón, durante unos días más. Sevilla era una ciudad preciosa, y ya que se habían tomado la molestia de hacer el largo viaje, por lo menos la saborearon.

No querían abusar de su confianza, así que en un par de días tenían previsto retornar a su ciudad. Johan, entre su viaje a Brujas y este a Sevilla, había estado demasiado tiempo sin trabajar y era el maestro cantero jefe de la ciudad de Valencia. Como tal tenía sus privilegios, pero ya llevaba tres meses de ausencia.

—Es una pena que nos abandonéis tan pronto —dijo don Alonso—. Ahora que estabais empezando a integraros en Sevilla.

—En Sevilla quizá, pero no en su clima —contestó Johan—. No hay manera de quitarse este calor de encima.

—No exageréis, que venís de Valencia —respondió el conde con una sonrisa—, y allí no hace precisamente frío.

En ese momento entró un criado portando una nota. Se dirigió hacia su señor, el conde de Niebla. Tomó el sobre y lo leyó.

—Mirad si os estáis integrando bien que hasta os invitan a comer personalidades notables de la ciudad.

—¿Quién? —contestó intrigado—. Si apenas conocemos a nadie.

—Pues la nota es para vosotros —dijo don Alonso, entregándosela a Johan.

Tomó el sobre en sus manos y lo abrió.

—Vaya, fray Pedro de Mendoza tiene el honor de invitarnos a comer hoy mismo —leyó Johan—. Dice que tiene algo para nosotros.

—Apenas lleváis seis días en Sevilla y ya os agasajan con regalos. Además, nada más y nada menos que uno de los inquisidores de la ciudad. Estáis más relacionados que yo mismo —bromeó don Alonso.

—Es curioso. No sé qué nos querrá dar. Tan solo hablamos con él una media hora y no lo conocemos de nada más.

—Anda, debéis arreglaros para el ágape, apenas queda una hora para la cita —dijo el conde—. No debéis hacer esperar al señor inquisidor, no sea que os encierre en una de las mazmorras del convento de San Pablo el Real. Es un conjunto de edificios precioso, con sus jardines muy cuidados, pero tiene su lado oscuro y lóbrego. He visitado la sala de torturas y las mazmorras, y os aseguro que no son nada agradables —continuó bromeando.

Johan y Batiste subieron a su habitación, se asearon y se cambiaron de ropa. En treinta minutos salieron hacia el convento de San Pablo el Real.

—Padre, ¿no nos trata con una especial deferencia el señor inquisidor? Al fin y al cabo, tan solo somos dos forasteros haciendo preguntas impertinentes —reflexionó Batiste.

—Ten en cuenta quién soy yo. No tengo ningún título nobiliario, pero soy eclesiástico y compañero de orden de fray Pedro de Mendoza —le contestó Johan.

Cuando llegaron al convento el alguacil de la puerta los estába esperando y les franqueó el acceso. Fray Martín Mellado los acompaño al despacho del señor inquisidor, tal cual lo hizo la última vez que estuvieron en el convento.

—Buenos días, fray Pedro —dijo Johan, nada más entrar en su enorme y lujoso despacho—. Recibimos su nota con curiosidad y aquí estamos.

—Adelante, mis queridos invitados. ¿Qué tal por Sevilla? Me han comentado que han hecho algunas visitas interesantes —contestó el inquisidor.

—Así es, ya que habíamos venido desde Valencia, hemos aprovechado para recorrer la ciudad, que es preciosa.

—Sevilla es casi tan bonita como Córdoba, pero es verdad, aunque no aguante una comparación, tampoco está nada mal.

Johan recordó que fray Pedro de Mendoza les había dicho que hacía algo más de un mes que había tomado posesión como inquisidor de Sevilla y que, hasta ese momento, había residido en el convento del mismo nombre situado en Córdoba, también de la orden de predicadores, es decir, los dominicos.

—Nos servirán la comida aquí mismo —continuó hablando fray Pedro—. Fray Manuel Camarena tiene una mano extraordinaria para la cocina—. No creo que tarde mucho. La había pedido para la una, y sabe que la puntualidad es una de mis manías.

Efectivamente, no había terminado de pronunciar la frase cuando llamaron a la puerta. Entró un fraile arrastrando un carrito, con varios platos. Los puso encima de la mesa redonda, que se encontraba en una esquina de aquel gigantesco despacho. Tan grande era que ni habían reparado en ella.

—Sentémonos, disfrutemos de la comida y de una buena conversación —dijo fray Pedro, dirigiéndose a la mesa.

Aquello era cualquier cosa menos frugal. «Al señor fraile inquisidor le gustan los placeres terrenales», pensó Batiste, mientras miraba las viandas servidas en la mesa. Se esperaba algo más austero.

Charlaron de temas intrascendentes, hasta que llegó el final de la comida.

—Se preguntarán por qué los he citado a comer, aparte de disfrutar del placer de una buena compañía —dijo fray Pedro.

—La verdad es que sí, nos ha intrigado —contestó Johan.

—Habían venido adrede desde Valencia para hablar con fray Bautista Tarrén, y cuando llegan se enteran que se había quitado la vida.

—Así es, la verdad es que lo lamentamos mucho.

—Lo curioso del tema es que ustedes han sido los únicos que se han interesado por el fraile desde que falleció. Nadie de Sevilla lo ha hecho, y tienen que venir unos forasteros a preocuparse por él.

Johan se extrañó un tanto, no era un fraile cualquiera, había sido el confesor de don Bertrán.

—¿No tenía familiares?

—En el convento nadie conocía que los tuviera. Ya les dije la anterior vez que nos vimos que era una persona muy solitaria y reservada, además viajaba bastante. Me da la impresión que su único amigo era don Bertrán y, como ya conocen, también está muerto.

—Es triste —dijo Johan, recordando a su amigo.

—Por ello he pensado que quizá sean los más adecuados para hacerse cargo de sus escasos bienes materiales.

—¡Pero si no lo conocíamos!

—¿Está seguro de ello? —preguntó fray Pedro, fijando una mirada inquisitiva hacia Johan—. Creo recordar que le dejó una nota dirigida a su persona antes de quitarse la vida. No es muy normal si no le conocía de nada, como insiste en afirmar.

—No le quepa ninguna duda de ello, fray Pedro. Vinimos a Sevilla buscando a la única persona que había logrado escapar a la emboscada que sufrió mi gran amigo, el noble don Bertrán. Hasta que no llegamos a la ciudad ni siquiera sabíamos que era un fraile, de hecho, pensábamos que era un escudero.

Fray Pedro de Mendoza no parecía demasiado convencido con las explicaciones de Johan.

—De todas maneras, permítame que insista en que se hagan cargo de sus bienes. No piensen que disponía de grandes propiedades, apenas unos libros usados, una pequeña figura de una virgen y algo de ropa.

Johan estaba extrañado.

—No es que no quiera aceptarlos, pero supongo que alguien se haría cargo del entierro del fraile, no sé, aunque no tuviera familiares conocidos, quizá algún amigo o hermano en la orden.

—Ese fue otro de los misterios de este caso —dijo fray Pedro.

—¿Otro misterio? —repitió Johan—. ¿A qué se refiere?

—Cuando nos lo encontramos ahorcado, dejé el cuerpo en su celda, con el objeto de darle cristiana sepultura al día siguiente, como es habitual en los casos en los que fallece un fraile. Pues bien, cuando fueron a buscar su cadáver para enterrarlo a la mañana siguiente, había desaparecido —explicó fray Pedro—. Su camastro estaba vacío y en perfecto orden. Parecía que allí no hubiera ocurrido nada.

Johan y Batiste se quedaron mirando a fray Pedro asombrados.

—Pero nos dijo que usted mismo vio su cuerpo ahorcado —dijo Johan, que no entendía nada.

—No solo lo vi. Yo mismo lo descolgué, aún tengo esa imagen en mi cabeza. No hay ninguna duda de que estaba muerto. Por su aspecto y temperatura llevaría varias horas colgado. El cadáver estaba muy frío.

—¿Cómo puede desaparecer un cuerpo del interior de un convento? —preguntó sorprendido Johan.

—Ya saben que este convento hace las funciones de sede del Tribunal del Santo Oficio de Sevilla. Tenemos mazmorras, y en ocasiones fallecen presos. Hay habilitada una pequeña estancia para guardar los cadáveres antes de ser incinerados. Después de una discreta investigación entre nuestros miembros, llegamos a la conclusión de que, por error, trasladarían a fray Bautista a esa sala. De hecho, esa misma mañana daba la casualidad de que se había quemado a varios cadáveres. Suponemos que uno de los desgraciados sería nuestro fraile.

—¿Eso pudo ocurrir? —preguntó extrañado Johan. ¿No se documenta a los fallecidos?

—Como poder ocurrir, supongo que sí, porque es la única explicación posible, así que quiero creer que eso fue lo que sucedió —contestó fray Pedro—. En cuanto a la documentación de los cadáveres, ya sabe, son pobres desgraciados que en algunos casos ni conocemos quiénes son en realidad. Ya sabe que el procedimiento inquisitorial obliga a hacer un montón de documentación e identificar a todos los reos, pero eso es la teoría. En la práctica, a veces, nos es imposible.

—¿Pero no le parece muy extraño? —siguió preguntando Johan.

—Lo es. De hecho, estuvimos interrogando al personal que se encarga habitualmente de esas tareas. Lógicamente todos lo negaron. No lo hubieran reconocido, aunque lo hubieran hecho. Sabían que les esperaba un importante castigo. Es lógica su actitud, pero es lo que debió pasar. Insisto, no hay otra explicación racional. Nadie puede salir por la puerta del convento que, cómo ya habrán comprobado, está fuertemente vigilada, con un cadáver a cuestas ni nada que se le parezca.

Johan y Batiste no se quedaron demasiado convencidos por las explicaciones. El inquisidor les entregó las propiedades de fray Bautista, que guardaron sin prestarles demasiada atención. Se despidieron de fray Pedro de Mendoza, agradeciéndole la invitación y regresaron al palacio del conde de Niebla, con una expresión de auténtica sorpresa en su rostro.

«No me creo el cuento de que quemaran el cuerpo del fraile junto con los presos fallecidos de las mazmorras de la inquisición», pensaba Batiste.

Lo que ocurría era que tampoco tenía otra respuesta al enigma de la desaparición del cadáver.

30 EN LA ACTUALIDAD, MARTES 18 DE SEPTIEMBRE

Rebeca mandó un mensaje a Carlota, «a las seis y media en el *pub* Kilkenny's», sin más explicación. Necesitaba hablar con ella treinta minutos antes del inicio de la reunión semanal del *Speaker's Club*. Tenía que ponerla en antecedentes.

El cielo se había despejado, así que a las seis tomó su bicicleta para ir a la plaza de la Reina. Nada más llegar al *pub* se dirigió a su rincón habitual, donde todos los martes tenían su mesa reservada. Carlota ya había llegado, estaba claro que su mensaje había despertado su curiosidad, que no era poca.

Nada más verla entrar por la puerta, se levantó de la mesa y le dio un abrazo. Carlota siempre era muy efusiva con sus saludos.

—¿Por qué me has citado media hora antes del inicio de la reunión del *Speaker's Club,* además a mi sola? —preguntó, yendo al grano.

—Ya veo que he conseguido llamar tu atención.

—¿Tú qué crees? ¡Pues claro! —exclamó Carlota, haciendo un gesto de impaciencia con sus brazos.

Rebeca pidió a Dan dos *Murphy's Irish Red,* su cerveza habitual.

—Tengo algo muy importante que contarte —le dijo.

—Eso ya lo suponía, jamás me has citado con anterioridad de una reunión del *Speaker's Club.*

—Lo que no creo que supongas es lo que vas a escuchar ahora. Estoy seguro de que te vas a sorprender.

—¿Tan urgente es que me citas de esta manera?

—Sí, es fundamental que lo sepas antes de que comience la reunión del club. Primero de empezar a hablar, llama a Álvaro y dile que olvide todo lo referente a su padre, incluida la visita del domingo a su obrador de joyería. No puede contar nada de todo eso en la reunión de hoy del club. Ni una sola mención. Esa visita jamás existió. Que la borre de su mente.

—¿Quieres que lo llame ahora mismo para decirle eso? —preguntó incrédula Carlota.

—Quiero que lo llames ya —le respondió rotunda Rebeca—. Luego te contaré una historia sorprendente, de las que te gustan a ti, y comprenderás el porqué.

Carlota obedeció a su amiga e hizo la llamada. Rebeca pudo escuchar cómo Álvaro se extrañaba de lo que le pedía su amiga, pero aceptó no decir nada de lo sucedido el fin de semana.

Carlota colgó el móvil y se giró hacia su amiga.

—Ya he cumplido con mi parte del trato, ahora te toca a ti cumplir con la tuya. Cuéntame esa historia sorprendente que dices que me va a gustar —dijo, superada por su curiosidad.

Rebeca le contó todo lo sucedido en el tentempié con sus compañeros de *La Crónica* aquel sábado por la tarde. El plan real de su tía, lo que había averiguado con las muestras de ADN y con las huellas dactilares. También le contó sus sospechas. Carlota estaba alucinada con todas las revelaciones de su amiga. Aquello le parecía emocionante y se le notaba en su rostro.

Cuando terminó el relato, Carlota no pudo evitar levantarse de la silla.

—¡Tenía razón! Aquella reunión en tu casa con tus compañeros del periódico fue de lo más extraña —dijo, mientras se ponía a dar vueltas alrededor de la mesa.

—¡Anda! ¡Estate quieta y siéntate! Me estás poniendo nerviosa.

¿Recuerdas nuestra conversación en el rellano, delante del ascensor, cuando nos despedimos aquel día? —preguntó Carlota.

—Claro que me acuerdo. Me preguntaste que si era capaz de averiguar qué es lo que había desentonado de forma estridente en la fiesta. Yo te contesté que, sin duda, nosotras dos enfundadas en mallas deportivas y sudadas, delante de toda la gente del periódico, que iban vestidos de forma muy elegante.

—Muy bien, ¿y qué más? —siguió preguntando Carlota.

—Me dijiste que pensara en un huevo Kinder, y que si no resolvía el misterio me lo dirías el lunes siguiente. También creo que comentaste que era curioso y extraño al mismo tiempo.

—Lo recuerdas bien, eso fue exactamente lo que dije. Tienes casi tan buena memoria como yo —comentó Carlota, con un tono burlón.

—Desgraciadamente, al día siguiente falleció tu madre y nos olvidamos del asunto.

—Te olvidarías tú, yo no lo hice, lo que pasa es que no habíamos sacado el tema hasta ahora. Tampoco habíamos encontrado la ocasión adecuada para comentarlo.

Rebeca también fue al grano, como le gustaba a Carlota.

—¿Cómo descubriste que el camarero era, en realidad, el detective Richie Puig disfrazado? Porque supongo que te referías a eso con el huevo Kinder de chocolate. Su máscara de látex le daba ese tono a su piel. Fue muy ingeniosa la comparación por tu parte, tengo que reconocer que no caí en ello.

Para sorpresa de Rebeca, Carlota se echó a reír.

—¡Qué imaginación tienes! ¡Para que luego vayas contando que soy yo la fantasiosa de las dos!

Ahora la que se echó a reír fue Rebeca.

—¿No me digas que no te habías dado cuenta del disfraz de Richie? —preguntó.

Carlota terminó de reír y le dio un sorbo a su cerveza.

—Claro que advertí que el camarero iba disfrazado, pero no sabía quién era ni por qué iba de incógnito. Ahora sé que era Richie Puig, porque me lo acabas de contar tú.

—Entonces, ¿no te referías a él cuándo me dijiste lo del huevo Kinder?

—Por supuesto que no— dijo Carlota, que aun continuaba riéndose.

Rebeca se quedó seria, sin saber reaccionar. Carlota, para variar, parecía divertida con la situación. Le encantaba jugar con su amiga y siempre parecía llevar la iniciativa. Siguió hablando, con media sonrisa en su boca.

—Como veo que, a pesar de lo evidente del tema, aún no lo has averiguado, te voy a dar una primera pista. Es muy simple. Dile a tu tía que cuente el número de muestras de ADN que el detective obtuvo en la fiesta en tu casa.

Rebeca estaba pasmada.

—¿Esa qué clase de pista es? No comprendo qué quieres decir.

—Tú simplemente limítate a hacerlo, a ver si con la respuesta que obtengas por parte de tu tía se te ilumina ese cerebro que te empeñas en decir que es igual al mío, pero que por lo que veo, se parece como un huevo a una castaña, o sea, nada. Dicen que nos parecemos, pero cada vez lo veo más difícil.

Rebeca no entendía a su amiga, para variar. Se suponía que la iba a sorprender con sus revelaciones casi increíbles y resulta que, al final, la desconcertada era ella, una vez más. No había manera de llevar la iniciativa con Carlota, era imposible, siempre les daba la vuelta a las cosas para que la perpleja fuera ella. Lo había hecho otra vez.

Estaba claro que Carlota era imprevisible, pero con los años ya había aprendido que había que tomarla muy en serio. No bromeaba con sus deducciones. Además, era extremadamente observadora, muy rara vez se le pasaba alguna cuestión por alto.

De repente escucharon una voz a sus espaldas.

—Hola, pareja. ¿Qué hacéis diez minutos antes de la hora? ¿Teníais ganas de tomaros una cerveza extra sin nosotros?

Eran Charly y Fede.

31 2 DE JULIO DE 1524

—Ha sido un verdadero placer recibiros en nuestra casa —dijo don Alonso—. Os vais porque queréis. Podríais quedaros un tiempo más en Sevilla, apenas la habéis disfrutado.

—Desgraciadamente llevo fuera de Valencia demasiado tiempo. Entre la estancia en Brujas por la boda de Luis Vives y ahora este viaje, ya son casi tres meses. Debo regresar, tengo obligaciones que atender —contestó educadamente Johan—. Al final conseguiré que prescindan de mis servicios, y me gustaría que mi cargo lo heredara Batiste.

—Que conste que lo he intentado —insistió el conde.

—Y sabes que te lo agradecemos de verdad.

—Tenéis vuestros caballos frescos y preparados.

—Como siempre has sido un anfitrión fantástico. Saluda a tu esposa de nuestra parte, tenéis un hijo precioso.

—Gracias, buen amigo.

Batiste no pudo evitar acordarse de su amigo Jero. «En realidad mi padre le tuvo que decir que tenía dos hijos preciosos, no uno», pensó. «Pero claro, eso él no lo sabe».

Johan y Batiste abandonaron el palacio del conde de Niebla en dirección a Valencia. Les quedaban bastantes jornadas de viaje por delante.

A su llegada a Córdoba se alojaron en la posada del Potro, la más conocida de la ciudad, cuyos orígenes se remontaban dos siglos atrás. También era conocida como *corral de vecinos*, ya que todas las estancias estaban dispuestas alrededor de un corral común, siendo la planta baja las cuadras para los animales y el piso superior para las habitaciones, que tenían un pequeño balcón con una baranda de madera, con vistas al corral. Cenaron algo frugal y se retiraron a sus aposentos lo más pronto que pudieron.

—Aún no hemos visto las pertenencias de fray Bautista Tarrén —dijo Batiste con cierta curiosidad—. Las metimos en nuestras alforjas, pero ni siquiera les hemos echado un vistazo.

—No me interesan. No las rechacé porque el inquisidor fray Pedro insistió y no quise hacerle un feo, pero como comprenderás, no sé quién era ese fraile y no tengo el menor interés en perder el tiempo con sus objetos personales —contestó Johan.

—Tú no lo conocerías, pero él tenía en su jubón una carta para ti —replicó Batiste—. Eso debe querer decir algo.

—Eso ya lo discutimos. ¿No habías deducido que esa nota, en realidad, la había escrito don Bertrán, mientras era emboscado? —dijo Johan.

—Fue tan solo una suposición, por el contenido de la misma y su estado de conservación. ¿Recuerdas el texto?

—La verdad es que no. Decía algo que estaba oscuro y que intuía una emboscada —dijo Johan, intentando acordarse.

—Algo así. Exactamente decía «a lo oscuro no se observa. Mi alma no respira. Intuyo que una emboscada», entre varios borrones.

—Pues estoy de acuerdo contigo, parece escrita por don Bertrán, no por el fraile ese —dijo Johan—. Se vio venir la emboscada y apenas tuvo tiempo de garabatear esas letras de advertencia de lo que iba a ocurrir de inmediato.

—Seguramente sea así, pero lo que me extraña es que no tengas interés en echar un vistazo a los bienes del fraile ese, que ni siquiera nombras.

—¿Y por qué te extraña si no lo conocí jamás?

—Porque quizá fuera el último número uno del Gran Consejo, el *Keter,* su raíz —contestó Batiste—. Ya lo habíamos hablado y tú pensabas lo mismo. Si don Bertrán vio que iba a morir, igual lo inició e hizo que huyera de la emboscada. Estamos hablando de las pertenencias del número uno, no de un simple fraile dominico.

Johan se quedó pensativo durante un instante.

—No se me había ocurrido darle ese enfoque. De todas maneras, si lo llegó a ser en algún momento, ahora está muerto. Siguen sin interesarme sus bienes personales.

—¿Ni siquiera sientes un poquito de curiosidad?

—No —contestó tajante Johan.

Batiste decidió cambiar de enfoque en el tema, vio a su padre demasiado cerrado con el asunto de fray Bautista.

—Por otra parte, ¿no te extrañó la excesiva amabilidad del señor fraile e inquisidor? En todo momento se dirigió a nosotros hablándonos de usted, con gran respeto. Éramos unos simples forasteros que habíamos acudido a su convento, en realidad, a tocarle las narices.

—¿Por qué dices eso? ¿Insinúas que nuestra presencia no era deseada?

—¡Por favor, padre! Nos presentamos en su convento y le obligamos a recordar y relatarnos un incidente muy desagradable para la orden de predicadores, nada más y nada menos que el ahorcamiento de un miembro en su propia celda. Está claro que intentaron ocultarlo y no dar ninguna información de ello. Tú mismo dijiste que, a pesar de pertenecer a la misma orden, no te habías enterado de esta muerte.

—Eso no es tan extraño, Sevilla está lejos de Valencia y tampoco llegan todas las noticias —se defendió Johan.

—Luego está el hecho de que hicieran desaparecer el cadáver, quemándolo de forma intencionada al día siguiente de su suicidio, amontonado junto con otros desgraciados presos de la inquisición.

—¿Insinúas que su desaparición no fue tal? ¿Qué lo quemaron de forma intencionada?

—Padre, ¿tú crees posible que desaparezca el cuerpo de un fraile del interior de un convento que es la sede del Tribunal del Santo Oficio de Sevilla, el más importante y vigilado de toda España? Eso no ocurre ni en la Torre de la Sala de Valencia, y eso que no tiene nada que ver ni en tamaño ni en relevancia. No seamos idiotas. ¡Pues claro que lo quemaron de forma intencionada!

Johan se quedó pensativo. Estaba claro que Batiste podía tener razón.

—Todo ello ocurrió el mismo día que fray Pedro de Mendoza tomaba posesión como inquisidor de Sevilla —continuó su explicación Batiste—. A pesar de todo ello, nos trató con exquisita educación. En ocasiones daba la impresión de que estaba encantado con nuestra presencia, incluso invitándonos a comer, cuando supongo que debía ser exactamente lo contrario, debía estar deseando que nos fuéramos y retornáramos a Valencia —explicó Batiste.

—A mí no me dio esa impresión. En cuanto a sus modales, ya te contesté a esa pregunta. ¿Por qué no se iba a comportar con educación? Se nota a la legua que fray Pedro de Mendoza es una persona refinada, no un simple fraile más.

—Dirás lo que dirás, pero todo ha sido muy extraño. La existencia y la muerte de fray Bautista Tarrén está envuelta en un halo de misterio —dijo Batiste, con un tono enigmático—, y la actitud de fray Pedro ha confirmado está sensación. Aquí tenemos un enigma, además curioso e interesante a la vez.

—Tú ves misterios en cada esquina —dijo Johan—. Te sobra imaginación, como con las posesiones de ese desgraciado fray Bautista Tarrén.

—¿Sabes, padre? Hay veces que las pertenencias de un difunto nos hablan, nos susurran al oído historias ocultas de su propietario y nos desvelan secretos arcanos —dijo, en un tono deliberadamente misterioso.

—¿Dónde has escuchado semejante tontería? ¡Vaya estupidez!

Una vez más, Batiste no iba desencaminado.

Desde luego su pensamiento no era una tontería, como creía su padre.

32 EN LA ACTUALIDAD, MARTES 18 DE SEPTIEMBRE

Poco a poco fueron llegando todos los miembros del *Speaker's Club*. A falta de Álvaro, que acudiría cuando cerrara la joyería, el último en presentarse en la mesa fue Xavier, que acababa de llegar de viaje de trabajo.

Hacía dos semanas que no se reunían. El martes pasado suspendieron su habitual reunión para acudir al tanatorio y acompañar a su amiga Carlota, para arroparla por el desgraciado fallecimiento de su madre.

Todos se preocuparon por ella, preguntándole cómo llevaban ella y sus hermanos la falta de su madre.

—Cuando pasan unos días es cuándo notas la ausencia de verdad —dijo Carlota—. Al principio estás en una nube y no eres demasiado consciente de lo que ha ocurrido, pero después viene lo peor, cuando de verdad lo asumes.

Rebeca observaba con detenimiento a su amiga. Sabía que su madre no era su auténtica madre biológica, porque así se lo había confesado en su lecho de muerte, pero hablaba de ella con total naturalidad.

De repente, para sorpresa de todos, Carlota se levantó de la silla y pidió silencio al grupo.

—¡Atención todos los presentes! Tengo algo importante que comunicaros. Me acabo de enterar hoy y desde luego es un hecho que va a tener consecuencias inmediatas.

«¡Ay, madre!», pensó Rebeca asustada. «¿Qué va a hacer la petarda? ¡Mira que estaba avisada de que no dijera nada!».

—Rebeca, ¿no tienes nada que contarnos? —dijo en voz alta Carlota, dirigiéndose a su amiga.

Rebeca no sabía cómo ponerse. Dudaba si salir corriendo hacia la puerta o estrangular primero a su amiga y luego entregarse a la policía.

—No sé a qué te refieres, Carlota —dijo, intentando salir del paso y ganar algo de tiempo.

—Venga, no nos tengas en ascuas, que sabes que es muy importante —insistía Carlota.

—Rebeca, no sé de qué va esto, pero estamos contigo. Cuéntanos lo que sea —dijo Charly—. Si Carlota dice que es importante, seguro que lo debe de ser.

Rebeca seguía callada, con cara de susto.

—Como veo que no se atreve, lo tendré que contar yo misma —dijo Carlota, con una voz muy teatral.

—¡Espera! ¿No te apetece una cerveza? Las nuestras ya están vacías —dijo Rebeca a la desesperada, dirigiéndose a su amiga, con la intención de apartarla del grupo y llevársela a la barra.

—Si de eso se trata precisamente... —le contestó Carlota.

—¿Se trata de qué? —preguntó Rebeca, que no se esperaba esa respuesta. Ahora mismo estaba completamente descolocada.

—Ya sabemos que nuestra amiga no le gusta contar determinadas cosas, prefiere que sean secretas, pero esto es un club abierto, siempre lo ha sido y siempre lo debe ser —continuó Carlota.

—Muy bien dicho, me gusta eso de un club abierto —gritó Fede.

—Hasta el amanecer —añadió Charly, acordándose de Tarantino.

Rebeca seguía asustada. Carlota golpeó un vaso de cerveza para captar la atención de todos.

—Señoras y señores, nuestra amiga común acaba de fichar por el programa radiofónico nacional *Buenos días* con un contrato de futbolista, con unos emolumentos acordes a su enorme talento —dijo Carlota, mientras les enseñaba la portada del periódico *La Crónica* de hoy. En la esquina inferior derecha iba la foto que se había sacado Rebeca con el presidente de la cadena, Fernando López Bajocanal. Bajo ella figuraba el escueto titular «Rebeca Mercader fichada».

Rebeca había mutado su cara desde el miedo hasta la sorpresa total. Estaba estupefacta.

—Por tu expresión, deduzco que no te lees ni tu periódico —dijo Xavier, con su guasa característica—. En mi empresa si no me leo los comunicados me despiden, en cambio, tú pasas ampliamente de tu periódico y te premian. En este país siempre habrá clases. Sin duda, en el pasado se ha ajusticiado poco y mal. Una buena limpieza a tiempo hubiera venido de maravilla.

Rebeca tenía la cara más sorprendida de todos los presentes.

—De verdad que no tenía ni idea que habían publicado la noticia. La foto me la tomaron ayer mismo, en la emisora de radio, y no me dijeron nada que la sacarían en portada hoy —intentó explicarse Rebeca.

—Porque en el titular del periódico pone tu nombre, si no parece que *La Crónica* haya fichado a Taylor Swift —dijo Charly—. En esa foto parecéis hermanas gemelas, sois clavadas.

—¡Dónde va a parar! La vieja de la Swift tiene un montón de años más que nuestra Rebeca —replicó Fede—. Ya le gustaría a la americana...

—¡Esa bromita ya cansa! —les contestó riéndose, mientras le tiraba un posavasos a la cabeza a cada uno.

—¡Silencio! Al principio de mi discurso había dicho que la noticia tendría consecuencias inmediatas —continuó hablando Carlota—. ¡Todos a la barra! La próxima ronda corre a cargo de nuestra *celebrity*.

Todos se pusieron a aplaudir, mientras se levantaban camino de la barra del *pub*. Rebeca se quedó atrás con Carlota.

—¡Te mato, petarda!

—¿De qué te quejas? Lo he hecho adrede, así tienes al personal entretenido con temas banales. Ahora, con la segunda pinta de cerveza, ya no tienes nada que temer, todos domesticados, y con la tercera empezamos con el *We are the Champions*, y si pasamos a la cuarta cantamos con el camarero inglés Dan el *God Save The Queen,* aunque ahora sería *God Save The King* —dijo Carlota, riéndose— ¿No lo entiendes? Se acabó cualquier atisbo de tratar ningún tema con la más mínima trascendencia o seriedad.

—Casi se me sale el corazón por la boca —insistió Rebeca, que no acertaba ni a sonreír—. Me podías haber avisado antes y me ahorro el sofoco, que aún debo estar colorada.

—Tú no te olvides de hacerle la pregunta que te he dicho antes a tu tía, ¿te acuerdas? Quizá entonces sí que se te salga el corazón por la boca, no por esta tontería de las cervezas.

33 2 DE JULIO DE 1524

—¿En serio no tienes curiosidad? No me lo puedo creer. Imagínate que, entre sus pertenencias, encontramos que el fraile era el número uno y que había designado sucesor en el Gran Consejo —dijo Batiste.

Johan y su hijo estaban en sus aposentos de la posada del Potro, en Córdoba, primera etapa de su viaje hasta Valencia. Batiste intentaba convencer a su padre de que le echaran un vistazo a los bienes del difunto fray Bautista Tarrén.

—Hasta que no lo haga no me vas a dejar en paz, ¿verdad? —dijo Johan, un tanto harto de la insistencia de su hijo.

—Verdad.

—Aunque no creo que unos libros ajados, ropa andrajosa y una pequeña figura religiosa nos vayan a susurrar nada al oído ni a desvelar ningún misterio arcano, pero, por no escucharte más, acepto.

Batiste corrió hacia las alforjas, y sacó una pequeña bolsa de cuero. La abrió de inmediato y la vació sobre la mesa.

—Empecemos registrando su ropa. Recuerda que la nota a tu nombre la encontraron en un bolsillo de un jubón. Podría haber algo más —dijo un emocionado Batiste.

Revolvieron entre las siete u ocho prendas del fraile. Sorprendentemente no se encontraban en tal mal estado como aparentaban a simple vista. De hecho, una vez observadas de cerca, aunque arrugadas, parecían de muy buena calidad.

—¡Caramba con el fraile! El día que en su convento pronunciaron el voto de pobreza, le debió pillar de viaje con su noble de cabecera —dijo Batiste.

—No te burles de fray Bautista. Piensa que viajaba de forma habitual con don Bertrán. No creo que le faltara de nada, y menos el dinero.

—¿Era rico don Bertrán?

—No conocía sus finanzas al detalle, pero me consta que no se privaba de nada. Siempre viajaba con un buen séquito, incluso con una reducida guardia armada.

—Para lo que le sirvió… —empezó a decir Batiste.

—¡No seas irreverente! —le interrumpió Johan—. Si el ejército francés iba a por él, te aseguro que daba igual lo numeroso de la escolta que llevara, lo hubieran capturado y dado muerte de cualquier manera.

—Disculpa padre, continúa.

—Como te estaba diciendo, cada desplazamiento le debía costar una pequeña fortuna, ya que movía mucha gente con él, y te aseguro que viajaba bastante —explicó Johan—. También se hizo cargo de los últimos meses de la estancia de Luis Vives en Lovaina, antes de que embarcara en Amberes rumbo a España, viaje que el noble también pago de su peculio particular.

—Viaje que terminó por sorpresa en Dover, Inglaterra, no en España —apuntó Batiste.

—Sí, pero eso es otra cuestión. Los elementos se pusieron en contra de Luis Vives y una galerna hizo que el barco tuviera que recalar en el puerto seguro más cercano. Luego el cardenal Wosley echó el resto y lo convenció para que aceptara una cátedra en Oxford, pero bueno, eso ya es otro tema. Nos estamos desviando de la conversación original.

Batiste recondujo el tema.

—Volviendo a fray Bautista, supongo que era el confesor de don Bertrán. Recibiría un buen salario por sus servicios, de ahí que se pudiera permitir semejantes ropajes de calidad —dijo, intentando buscar una explicación coherente.

—Supongo —contestó Johan.

Siguieron registrando por todos los recovecos posibles de aquellos ropajes, pero no encontraron nada.

—No hay más notas secretas, está claro —dijo Batiste, con cierta decepción en su voz.

—¿Qué esperabas encontrar? En el convento de Sevilla, los hombres de fray Pedro de Mendoza ya lo habrían registrado a conciencia antes de entregárnoslo a nosotros.

—Mira la figura de madera. No me suena, ¿qué virgen es esa? No la conozco.

—Creo que es una imagen de Santa Catalina de Alejandría, una virgen y mártir del siglo IV, aunque su culto tuvo gran difusión entre los siglos XI y XII. La talla parece antigua y de gran calidad, igual hasta es valiosa. Supongo que fray Bautista la conseguiría en alguno de sus viajes, porque no es una santa española.

—¡Caramba con nuestro humilde fraile! —exclamó Batiste—. Tenía gustos refinados y caros.

—Lo que no parecen en absoluto refinados son esos tres libros, están muy ajados y manoseados —dijo Johan, mientras los señalaba, sin querer ni siquiera tocarlos.

Batiste los tomó en sus manos y se quedó hojeándolos por un momento.

—Te advierto que te vas a sorprender. Creo que esto es lo más curioso de las posesiones del fraile —dijo, al final de un rato.

Johan levantó la vista.

—A ver, sorpréndeme —le retó.

—Son tres libros, un ejemplar de la Biblia, uno del *Corán* y otro de la *Torah* —dijo desafiante Batiste—. ¿No me digas que no es curioso?

Johan levantó las cejas en cuánto escuchó a su hijo.

—¿En serio?

«Pues lo ha hecho, me ha sorprendido», pensó Johan. «Un fraile católico con tres libros sagrados de tres religiones diferentes es algo completamente inusual». No le dijo nada más a su hijo, se limitó a poner cara de indiferencia, pero aquello lo había dejado intrigado de verdad.

«A ver si iba a ser cierto que sus posesiones nos susurrarían al oído misterios y secretos arcanos».

34 EN LA ACTUALIDAD, MARTES 18 DE SEPTIEMBRE

—¡Menuda juerga hay aquí montada!

Álvaro Enguix acababa de llegar al *pub*, después de cerrar la joyería, y estaba siendo testigo de un descontrol por todo lo alto.

—Hola, amigo —le dijo Charly—. Únete a la fiesta y pídete una pinta de *Murphy's Irish Red.*

Saludó a todos los miembros del club. Rebeca se dio cuenta de que a Carlota le daba un beso en los labios. Parecía que la relación entre ellos se consolidaba. En el fondo se alegraba por su amiga, Álvaro le parecía un tío legal.

—¿No vais un poco contentos? —dijo el joyero, cuando observó la mesa del *Speaker's Club* llena de pintas de cerveza, la mayoría vacías.

—¿Contentos? No, en realidad estamos muy tristes, por eso ahogamos nuestras penas en cerveza —contestó Fede.

—Las ahogarás tú, que yo sé nadar y soy capaz hasta de surfear en una ola de cerveza tostada —le replicó Xavier—. ¡Viva Cork y viva Irlanda!

—Madre mía —respondió Álvaro mientras los miraba y se reía—. No voy a ser capaz de ponerme a vuestro nivel.

Empezaron a entonar el tema *We are the Champions* de Queen. Era la señal que la tercera ronda había caído.

Charly vio la cara de Álvaro e intentó disculparse.

—No te creas que siempre estamos así. A veces es incluso peor.

Álvaro no pudo evitar reírse.

—¿Y tú, Carlota? Pensaba que no te gustaba mucho el alcohol, eso me dijiste —le comentó divertido, viendo a su amiga en un estado de evidente euforia.

—Y no me gusta. Para las heridas prefiero el agua oxigenada. Ahora de la cerveza no recuerdo haberte dicho nada.

«¿Carlota le ha dicho que no le gusta el alcohol? Bueno, no es una borracha ni mucho menos, pero a cervezas no la tumba casi nadie», pensó divertida Rebeca.

A la vista del panorama general, Álvaro renunció a mantener ninguna conversación coherente. Iba a ser muy complicado.

—Bueno, voy a pedirme una también —dijo—. Por cierto, ¿hay algún motivo especial para esta celebración?

—Sí, que Rebeca ha fichado por el Real Madrid —dijo Fede—. Ha salido en la portada del periódico de hoy.

—¡Por el Barcelona! —le contestó Charly.

—Anda, dejad de decir tonterías —intervino Xavier—. Cuando vayas a la barra dile a Dan que venga para cantar con nosotros el tema *God Save The Queen* —dijo, dirigiéndose a Álvaro. Era el síntoma que la cuarta ronda estaba a punto de caer.

Carlota se acercó a Rebeca con una gran sonrisa.

—¿Te das cuenta? Ahora no seríamos capaces de tratar ningún tema serio. Objetivo cumplido.

—El problema es que me temo que mañana tampoco, con la resaca que nos espera —contestó Rebeca, mientras le daba otro sorbo a la pinta.

Álvaro volvió de la barra con su cerveza y se dirigió hacia Carlota y Rebeca, dando un brindis con ellas.

—¿De verdad has fichado por el Barça? —le preguntó a Rebeca.

A las dos amigas, que les pilló la pregunta bebiendo cerveza, se les salió hasta por la nariz, con la carcajada que no pudieron evitar. Hasta se pusieron a llorar de la risa.

Álvaro parecía buena persona, quizá demasiado y todo. Rebeca no pudo evitar reírse, al pensar qué sería capaz de hacer Carlota con él.

Lo que quisiera, no le cabía ninguna duda.

35 13 DE JULIO DE 1524

—He conocido a tu padre.

—¡Qué dices! ¿Me tomas el pelo?

Batiste había regresado ayer mismo de Sevilla y le había faltado tiempo para reunirse con sus amigos, Amador y Jero. Hacía más de un mes que no se veían. «Es curioso, les he echado de menos», pensaba Batiste. Tenía ganas de hablar con ellos, sobre todo con Jero. Lo que había averiguado de su familia era sorprendente y quería compartirlo con él cuánto antes.

—¿Cómo te voy a gastar una broma con una cosa tan seria? —le dijo Batiste—. Jamás me atrevería.

—Sevilla es una gran ciudad, ¿cómo has podido tropezarte con mi padre? —Jero aún se mostraba incrédulo.

—No me tropecé por casualidad con él.

—Entonces, ¿qué ocurrió?

—Tenías razón, mi padre y tu padre son amigos.

—¿Y te lo presentó? —preguntó Jero, que ya empezaba a pensar que aquello pudiera ir en serio.

—No solo eso. Estuvimos alojados en su palacio durante toda nuestra estancia en Sevilla.

—¿En su palacio? ¡Entonces tenía razón! Es alguien importante.

—Y tanto. Tu padre es don Juan Alonso Pérez de Guzmán.

Jero se le quedó mirando con cara de no comprender nada.

—¿Y quién es? Por el nombre completo no lo conozco. En mi presencia todo el mundo se dirige a él como don Alonso, con mucho respeto.

—Y no es para menos. Es uno de los nobles más importantes de España, de la casa de Medina Sidonia. Si no recuerdo mal, es el octavo conde de Niebla, el sexto duque de Medina Sidonia, el undécimo señor de Sanlúcar de Barrameda y el cuarto marqués de Cazaza. Duque, conde, señor y marqués, tiene una amplia colección de títulos nobiliarios. Debe de ser una persona muy poderosa en todo el país.

—Vaya, es todavía más importante de lo que me imaginaba, y te aseguro que tengo una gran imaginación —contestó Jero, que parecía impresionado de verdad por lo que le estaba contando su amigo.

—Para vivir con el lujo con que lo haces en el Palacio Real, tu padre debía de ser alguien así —dijo Batiste—. No creo que muchas personas tengan las influencias necesarias para conseguir que residas en el palacio.

—Supongo —contestó Jero, con un tono algo triste.

—Aún hay más.

—¿Qué más?

—Tienes un hermano pequeño.

—¡Ah! ¿sí? —ahora Jero pareció animarse.

—Se llama Juan y tiene cinco años, tres menos que tú. Es muy guapo, aunque de complexión más grande y bastante más grueso que tú.

De repente, Jero pareció cambiar de actitud. Su alegría había sido fugaz y ahora se había trasformado en melancolía.

—¿Y por qué no estoy con ellos en su palacio? Mi hermano será feliz en el calor de un hogar y yo vivo encerrado en cárceles. Aunque sean lujosas, no dejan de ser eso, casas con barrotes de oro.

Johan no sabía cómo abordar el tema de una manera delicada.

—No te tomes a mal lo que te voy a decir.

—Adelante, no tengas miedo de contarme lo que sea. Ya sabes que estoy curado de espanto —dijo Jero—. Se podría decir que mi corazón es de esparto.

—Tu padre está casado con Ana de Aragón, que es la nieta del rey Fernando el Católico. Creo que tú eres su hijo bastardo, es decir, eres hijo de don Alonso, pero no de su esposa, Doña Ana.

Batiste temía la reacción de su amigo al enterarse de la noticia. Se quedó observándolo con detenimiento, sin embargo, no pareció ni inmutarse con lo que acababa de escuchar.

—Ya sé lo que significa la palabra bastardo. Por otra parte, no me descubres nada nuevo, eso ya me lo imaginaba —contestó con serenidad Jero—. Es lo único que explica mi situación.

Batiste estaba sorprendido.

«Una vez más no demuestra la edad que tiene, parece mucho más maduro. Sin duda las circunstancias de su vida han acelerado su desarrollo», se dijo Batiste, que sentía un especial afecto por aquel niño.

—Pensaba que te ibas a entristecer al conocer la noticia.

—A estas alturas ya he llorado lo suficiente. Vivir encerrado en un convento en Sevilla, para ahora vivir en un palacio en Valencia, completamente solo, ya ha gastado todas mis lágrimas. Creo que no me quedan más que derramar.

—Cada día me sorprendes más, Jero. Siendo todavía un niño, en ocasiones te comportas como un adulto —no pudo evitar decirle.

Se quedaron un momento en silencio.

—¿Y cómo puedes estar seguro de que el conde de Niebla es mi padre? —preguntó intrigado Jero, después de la pequeña pausa.

—Ya tardabas en hacerme esa pregunta. Es muy sencillo. En una ocasión me dijiste que nuestros padres se conocían, porque habías escuchado el nombre de mi padre en boca del tuyo, ¿no es así? —preguntó Batiste.

—Tal cual —contestó Jero.

—Pues el único noble sevillano que mi padre conoce que se llame Alonso es don Juan Alonso Pérez de Guzmán. Se lo pregunté expresamente antes de partir de viaje, a pesar de que me miró con cara de no comprender la pregunta. No hay otro candidato posible. Está claro que es tu padre.

Jero se encogió de hombros.

—Por lo menos algo he avanzado. Aunque bastardo, ya sé quién soy —dijo, en un tono un tanto melancólico.

Batiste intentó animar a su amigo al verlo tan decaído, incluso al conocer quién era, en realidad, su padre.

—Aunque no tengas el calor de un hogar familiar, piensa en lo positivo. Tu padre ni te ha repudiado ni se ha olvidado de ti. Te está dando una educación magnífica, y eso quiere decir que guarda algún plan para tu futuro. En caso contrario no se estaría tomando tantas molestias. Aunque ahora la situación te parezca dura, estoy seguro de que mejorará, y no creo que tarde mucho en llegar ese momento. Sin duda, te espera un porvenir brillante.

—Que mejorará también lo creo, es difícil que, ahora mismo, vaya a peor. No sabes el vacío interior que siento.

Amador, que había permanecido en silencio durante toda la conversación, intentó animar a su joven amigo.

—Anda, vayamos a celebrarlo pescando renacuajos al río.

Los tres se fueron a jugar, ajenos a todos los problemas que se avecinaban. Aunque Jero no lo supiera, aún le esperaba alguna sorpresa en la vida, e importante.

Las últimas palabras de Batiste eran premonitorias.

36 EN LA ACTUALIDAD, MIÉRCOLES 19 DE SEPTIEMBRE

Eran las siete de la mañana, y ese instrumento creado por el mismísimo Belcebú no cejaba en su diabólico empeño de despertarla, y mira que Rebeca se esforzaba en que no lo consiguiera. Ayer había sido una tarde dura en el *Speaker's Club* con la tontería de Carlota, y ya se estaba arrepintiendo de los excesos. Al final fueron cuatro rondas de pintas de la cerveza *Murphy's Irish Red* las que tuvo que pagar por su fichaje radiofónico. Tenía tan mal cuerpo que ahora mismo maldecía a los propios Tesla y Marconi, los pioneros e inventores de la radio. Seguro que ellos no tenían que madrugar.

«Si no me levanto va a entrar mi tía a darle un golpe al despertador y de paso a mí también», se dijo, dándose ánimos para salir de la cama.

Después de varios intentos fallidos, por fin consiguió levantar la cabeza de la almohada y sentarse en el borde de la cama. Era un pequeño paso para Rebeca, pero un gran salto hacia la ducha, que era su próxima etapa. Se había marcado objetivos realizables en tiempos prudenciales, así que disponía de cinco minutos hasta llegar al cuarto de baño. De forma sorprendente consiguió alcanzarlo en tan solo cuatro. Estaba orgullosa de sí misma, se estaba comportando con gran coraje. Cuando salió a la cocina mostraba una cara que trasmitía una mezcla entre sueño y satisfacción. Su tía se le quedó mirando.

—Te prometo que no sé cómo interpretar esa expresión en tu rostro —dijo Tote extrañada.

—Mejor no me lo preguntes —respondió Rebeca, que abrió el frigorífico para cumplir su ritual matutino del vaso de leche fresca.

—Supongo que tendrá algo que ver con Alba y Tere, que las vas a ver en un momento, aunque no termino de interpretar tu gesto.

—¡Por favor! Ni siquiera me acordaba de ellas —dijo desganada Rebeca—. Ahora sí que me has alegrado el desayuno. ¡Tostada de gemelas!

—A ver cómo te comportas. Ya escuchaste a la inspectora Sofía, ellas no saben que conocemos su secreto, y así tiene que seguir. No tienen que notar nada diferente a cualquier otro día en la oficina. Ya sé que no será fácil, pero tienes que hacer un esfuerzo.

Rebeca no pudo evitar acordarse de la película americana de terror *The belko experiment* de James Gunn, dónde los trabajadores de una empresa se sienten enjaulados y empiezan a matarse entre ellos. «Curiosa la asociación mental matutina», pensó, «matar o morir».

—Con Alba será sencillo, al fin y al cabo, no hablamos casi nunca, pero con Tere es otra historia. Se sienta justo enfrente de mí —dijo Rebeca—. Resulta imposible evitarla a ella y a la conversación.

—Por cierto, tienes una cara horrible esta mañana. ¿Ocurrió algo malo en la reunión del *Speaker´s Club* de ayer?

—Sí —contestó lacónica.

—¡No me asustes! Supongo que no hablasteis de nada inconveniente ni comentasteis nuestros avances y descubrimientos.

Rebeca no le contestó. Se levantó, abrió su bolso y le entregó el ejemplar de *La Crónica* de ayer, el mismo que Carlota había mostrado en el club, con su foto en la portada.

Tote puso los brazos en jarras.

—¡Pero bueno! No me habías contado nada. ¿Siempre me voy a tener que enterar por la prensa de estas cosas? ¿No te da vergüenza no contarle nada a tu propia tía?

—No tenía ni idea que lo iban a publicar ayer, nadie me dijo nada. Carlota enseñó esa misma portada del periódico en el club y me hicieron pagar unas rondas de cerveza para celebrarlo. Por eso esta mañana no estoy en mi mejor versión. Estoy algo espesita.

—Carlota no tiene ni una idea buena. Supongo que pudiste hablar con ella antes de la reunión, para que no contara nada del joyero.

—Sí, quedé con ella media hora antes y le expliqué todo. Llamó a Álvaro y le puso al día. Puedes estar tranquila, no se habló de nada inconveniente en la reunión. Quienquiera que sea el topo, ayer tan solo sacó en limpio del *Speaker's Club* cuatro pintas de cerveza a mi costa, que tampoco está mal, y unos cuantos *We Are The Champions* y *God Save The Queen*, poco más.

—Supongo que, aunque Carlota ya sabía que el camarero era Richie, se sorprendería mucho con todos nuestros avances. También supongo que, por una vez, sería una satisfacción para ti llevar la iniciativa frente a tu amiga. Siempre te quejas de que suele ir varios pasos por delante de ti.

—Te equivocas de pleno. En realidad, Carlota es Carlota, parece que, como siempre, sigue yendo varios pasos por delante de nosotras.

—¡Qué dices! —exclamó extrañada Tote. ¿No me digas que conocía nuestros descubrimientos?

—No, no los sabía, ni que el camarero era Richie, ni el sentido de la fiesta, ni los análisis de ADN ni todo lo demás. En eso sí que se sorprendió.

—¡Pero si eso es todo! ¿Entonces a qué se refería cuando hablaba de un huevo Kinder si no era por el disfraz de Richie? —preguntó extrañada Tote.

—Esa es la parte intrigante. No me lo quiso decir, pero me dio una pista de lo más curiosa. Me dijo que comprobaras cuántas muestras de ADN se tomaron en la fiesta.

Tote puso cara de no comprender nada.

—¿Qué clase de pregunta estúpida es esa? —dijo extrañada—. Tantas como personas asistieron a la fiesta, vaya tontería.

—Ya conoces a Carlota, nunca da puntada sin hilo. Podrá ser muchas cosas, pero nunca idiota. ¿Tienes los análisis a mano? —preguntó Rebeca, que temía a su amiga y a su mente desconcertante.

—¿En serio me los pides? —preguntó Tote, que seguía manteniendo una actitud incrédula con todo aquello.

—Completamente.

—Tengo en la comisaria la memoria USB con todas las muestras de los resultados, pero creo que tengo aquí los sobres que me entregó el laboratorio. Te repito, ¿en serio quieres que los cuente?

—Tía, se trata de Carlota, que es el ser más parecido a una bruja adivina que conozco, incluso no me extrañaría que tuviera una bola de cristal en su casa. Por supuesto que quiero que los contemos ahora mismo, las dos juntas.

—Voy a buscarlos —dijo Tote, mientras se levantaba, aún con ciertas reticencias.

Al momento los trajo y los depositó encima de la mesa.

—No tienen nombre —observó Rebeca, en cuanto vio los sobres.

—No, por seguridad el laboratorio no sabía a quién pertenecía cada una de las muestras. Para ellos eran tan solo números. La información de sus titulares la tenía tan solo Richie.

Rebeca se quedó pensando en los participantes de la fiesta.

—En el tentempié, además de ti, Richie, Carlota y yo, estaba el director Bernat Fornell y su secretaria Alba, el jefe de la sección de política local, Ernest Ballester y su becario Fabio Astolfi. También estaba el jefe de nacional, Jaime Talens, de internacional Javier Puchau, de sucesos Pere Devesa y de deportes Tommy Egea, además de mi compañera Tere Fabregat. Creo que no me dejo a nadie.

—No, ese era el grupo. Eso hace un total de trece personas —dijo Tote.

—¿Y cuántos sobres hay?

Tote los contó. Terminó y se quedó mirando a Rebeca con incredulidad. Los volvió a contar. Su cara era todo un poema, estaba atónita.

Tomó los sobres en su mano y se los pasó a Rebeca.

—Anda, cuéntalos tú también —le dijo, con cara de absoluto desconcierto.

—No hace falta, los he contado a la misma vez que tú. Ya sé los que hay.

Se quedaron mirando sin comprender nada.

—¿Cómo es posible que Carlota conociera esto, si me acabas de decir que no tenía ni idea del tema de los análisis de ADN hasta que se lo contaste ayer mismo por la tarde? —dijo Tote, que no salía de su asombro. Aquello era absolutamente increíble.

—¿Quizá por el huevo Kinder? —aventuró Rebeca.

—O por la bola de cristal que debe tener en su casa —dijo Tote, pasmada.

No lo podía creer.

37 15 DE JULIO DE 1524

Batiste estaba en su habitación de casa, tumbado en su cama. Tenía enfrente de él las posesiones de fray Bautista, ya que su padre se había desentendido de ellas desde el principio. La talla en madera de la virgen la había colocado en un estante de la librería, la ropa la había doblado y guardado en uno de sus cajones y tenía la supuesta nota de suicidio en su mano.

«Anda, descúbreme tus secretos», le decía en pensamiento a aquella carta. Tenía la sensación de que era algo más. Tenía toda la lógica que la hubiera escrito don Bertrán y no el fraile dominico al que no conocían de nada. Parecía que le advertía de su emboscada, pero, sin embargo, la firmaba el fraile, no el noble. Aquello lo tenía descolocado.

Era de noche, tarde y tenía algo de sueño, pero no podía dormir. La sensación de que algo se escapaba a su entendimiento era muy intensa, pero no acertaba a averiguar qué es lo que era.

Intentó imaginarse la escena de la emboscada. El noble y su escolta estaban atravesando el territorio francés, cuyo rey Francisco I estaba en guerra con Carlos I de España. Don Bertrán debía conocer los peligros del viaje y aun así decidió hacerlo. Algo muy importante debía tener que hacer en España. Don Bertrán podría ser un valiente, pero, desde luego, no era un inconsciente ni le parecía un temerario loco. Algo de todo aquello no cuadraba, debió tomar medidas de seguridad acordes con el verdadero peligro de aquel viaje, que era muy elevado.

Batiste estaba reflexionando, con su cerebro a punto de estallar.

«¿Qué hubiera hecho yo en su situación?», se preguntaba. «Estoy en una posición de alto riesgo, ¿qué haría para garantizar mi seguridad?».

Su mente pensaba a toda velocidad.

De repente, una idea fugaz cruzó por su mente. Se sentó en la cama, como si tuviera un muelle en el culo. Le vino una visión.

Quizá estaban equivocados en el planteamiento inicial, quizá no habían valorado la situación de una forma correcta desde el principio. Volvió a tomar la nota del fraile en sus manos y la releyó.

Se hizo la luz.

«¡Claro, qué idiotas hemos sido!», pensó casi a gritos, mientras se terminaba de levantar de su cama de un brinco.

Salió de su habitación en dirección al cuarto de su padre, que ya se había dormido.

—¡Padre, despierta! —gritó Batiste, entrando a toda prisa.

Johan se incorporó de la cama como si la vivienda se estuviera en llamas.

—¿Qué ocurre? —preguntó alarmado, mirando a su hijo.

—¿Cuándo se supone que falleció don Bertrán?

—¿Qué? —le contestó su padre, que aún estaba medio dormido.

—¿En qué fecha falleció el noble don Bertrán? —insistió Batiste.

—¿En serio me despiertas para eso? —preguntó Johan, que no entendía nada.

—Sí, padre, es importante de verdad.

—Pues me has dado un susto de muerte, te podrías haber esperado a mañana —contestó soñoliento y sorprendido Johan—. La respuesta que te iba a dar no iba a cambiar de un día para otro.

—Contesta la pregunta, padre, por favor —urgió Batiste. De verdad es importante.

En otras circunstancias Johan hubiera reñido a su hijo por semejante comportamiento, pero lo miró a los ojos. Estaba claro que algo muy grave lo perturbaba. Ya había aprendido a no minusvalorar su mente.

—Déjame que piense, sucedió un par de meses antes de que Luis Vives embarcara rumbo a Inglaterra.

—¿Y eso cuándo fue?

—Luis embarcó en Amberes en los primeros días del año 1523, por lo tanto, la emboscada debió ocurrir a finales de 1522, creo recordar que a finales del mes de noviembre o quizá principios de diciembre. Si quieres una fecha más precisa lo debería consultar. Como comprenderás, me acabas de despertar.

—Esa respuesta me sirve —contestó Batiste, que tenía los ojos como platos.

—Ahora que ya he respondido a tu pregunta, ¿me puedes contar qué sucede para haberme despertado por semejante cuestión, que no podía esperar a mañana?

—Sucede que estoy seguro de que don Bertrán no falleció en aquella emboscada —dijo Batiste, en un tono solemne pero a la vez muy seguro.

Ahora sí que consiguió llamar la atención y despertar del todo a Johan.

Se quedó mirando a su hijo fijamente.

38 EN LA ACTUALIDAD, MIÉRCOLES 19 DE SEPTIEMBRE

Rebeca llegó a la redacción de *La Crónica.* Solía entrar con buen humor, pero hoy se hubiera quedado en casa muy a gusto. Estuvo jugando con la idea de llamar por teléfono al director Fornell y decirle que se encontraba mal, además no era del todo mentira, ya que aún arrastraba algo de resaca de la reunión del *Speaker's Club.*

Ayer había entregado su artículo semanal, así que tampoco hubiera pasado nada si se hubiera quedado en casa. Luego reflexionó. En algún momento tendría que afrontar la presencia de Alba y su hermana gemela Tere. Le espantaba la idea, pero cuanto antes hiciera frente a la realidad, mejor. No tenía claro si iba a ser capaz de disimular, pero tenía que intentarlo.

Alba no estaba detrás de su mostrador.

«Primer obstáculo superado», pensó con alivio. Se dirigió a su mesa. Esta vez no iba a poder evitar a Tere, se encontraba hablando con Fabio.

—Buenos días, Rebeca —dijo Tere, con buen humor.

—Hola —contestó.

Tere notó la actitud extraña de Rebeca.

—¿Qué te pasa? ¿Te has levantado con el pie izquierdo?

—No, me he levantado después de que ayer me bebiera cuatro pintas de cerveza con mis amigos. Aún arrastro sus efectos —intentó justificarse lo mejor que pudo.

—Ahora me explico esa cara. Anda, siéntate y camúflate detrás del monitor del ordenador. Haz como si trabajaras —le contestó Tere, que seguía risueña—. Yo lo hago en ocasiones.

—Además, esta mañana no han venido ni el director Fornell ni Alba. Están en Madrid, así que, de momento, estamos tranquilos —dijo Fabio—. No se prevén nubarrones en el horizonte, puedes ocultarte tras la pantalla.

—No quiero interrumpiros. De camino a mi mesa he visto que estabais hablando, por mi continuar haciéndolo —dijo Rebeca, intentando quitarse de en medio.

—No te preocupes, era una conversación sin importancia. Fabio me estaba contando que su hermana acaba de ser admitida en el MIT. Está muy contento. Es todo un logro.

—¿El MIT? ¿Te refieres al Instituto Tecnológico de Massachusetts? —preguntó sorprendida Rebeca.

—Al mismo.

—Tiene mucho prestigio, tu hermana debe ser una *cerebrina*, supongo que le viene de familia —dijo Rebeca, intentando emular algo parecido a una sonrisa.

—Vive en Estados Unidos desde hace dos años. Le ha costado mucho esfuerzo conseguirlo. Es mucho más inteligente que yo.

Rebeca decidió aprovechar la oportunidad que le brindaba la conversación familiar.

—¿Y tú, Tere? ¿Tienes hermanos? Nunca me has comentado nada de tu familia —preguntó, con aparente inocencia.

Rebeca notó como le cambiaba la expresión al rostro de su amiga.

—Mi madre dio a luz gemelas. Yo era una de ellas.

—¿Por qué lo dices de esa manera tan triste? —preguntó Rebeca, entre sorprendida por la revelación y extrañada por el semblante de su amiga.

—Porque mi hermana gemela falleció cuando aún era un bebé. Ni siquiera me acuerdo de ella ni he visto ninguna fotografía suya jamás.

—¿Y eso por qué? —preguntó asombrada Rebeca.

—Me preguntabas el motivo por el que nunca había comentado nada de mi familia. Pues aquí lo tienes. Fue una auténtica tragedia. Mis padres lo llevaron fatal. Rompieron todas las fotografías donde aparecía mi hermana fallecida, así que ni siquiera conservo ningún recuerdo de ella.

—Lo siento, no sabía nada —se disculpó Rebeca—. Lamento la pregunta tan impertinente.

—No te preocupes, tú no sabías nada y pasó hace mucho tiempo. Yo ni me enteré de todo aquello hasta bastantes años después. Como ya te he dicho, cuando ocurrió tenía apenas un año de edad. Ahora ya lo hemos superado todos, pero los primeros pasos de mi infancia fueron muy tristes.

—No creo que te sirva de consuelo, pero yo me quedé huérfana a los ocho años, cuando mis padres fallecieron en un accidente de tráfico —dijo Rebeca,

—Lo sé, me lo contó tu tía el día del tentempié en tu casa —le respondió Tere—. Supongo que también sería muy duro.

—Lo fue, pero como tú, ya lo tengo superado. También ha pasado mucho tiempo. ¿No dicen que el tiempo lo cura todo?

—Vaya conversación más triste he iniciado con la noticia de mi hermana y el MIT. Si lo llego a saber me callo. Anda, vamos a cambiar de tema —dijo Fabio, intentando animar a sus dos compañeras, que estaban contándose sus penas familiares.

Rebeca estaba pensativa. Una gran duda le asaltaba. «¿Sería posible que Alba fuera la hermana gemela que Tere creía muerta, y que su amiga no lo supiera?». No sabía si creerlo, lo que estaba claro era que los análisis genéticos eran prácticamente infalibles al 99,99 %. Si su ADN era idéntico es que, sin duda, eran hermanas gemelas. Lo que desconocía era si lo conocían y actuaban coordinadamente o no.

Lamentablemente, la presencia de las huellas dactilares de las dos gemelas en el interior de su cajonera, parecía inclinarla hacia la opción de que trabajaban de forma conjunta, aunque le costaba ver a Tere en ese papel. No tenía nada que ver con Alba, o al menos eso le parecía a Rebeca. «Aunque a veces las apariencias engañan», se dijo.

En resumen, estaba hecha un auténtico lío.

39 15 DE JULIO DE 1524

—Estábamos equivocados desde el principio —dijo Batiste.

Después de que despertara a su padre, bajaron al salón y se sentaron en unas sillas. Johan no comprendía qué quería decir su hijo, ni siquiera por qué lo había sacado de la cama, pero lo siguió.

—Equivocados con don Bertrán, ¿en qué exactamente? —preguntó.

—En todo el planteamiento.

—Pues ilumíname con tu conocimiento, porque no tengo ni idea a qué te refieres.

—Partimos de un supuesto erróneo. Ni nuestra lógica ni nuestro punto de vista era el adecuado en todo este asunto.

—¿Qué supuesto? ¿Qué lógica? ¿Qué punto de vista? Anda, que ya es tarde, explícate bien y volvamos a la cama a dormir —dijo Johan, que a pesar de que su hijo había conseguido captar su atención, aún tenía mucho sueño.

Batiste empezó a explicarse.

—Trata de imaginarte la situación. Don Bertrán está en Lovaina con Luis Vives. Ha ido a llevarle en mano la carta de la Universidad de Alcalá de Henares, ofreciéndole la cátedra que había dejado vacante Antonio de Nebrija. Una vez que Luis ha aceptado, se dispone a organizar su viaje de retorno a España desde Flandes. Te promete que la seguridad de Luis será lo primero, por lo que no se fía de atravesar el territorio francés, ya que estamos en guerra con ellos. Por ello compra pasajes en un barco que zarpa del puerto de Amberes rumbo a España en los primeros días de 1523.

—Hasta ahora todo es correcto, no veo dónde está el supuesto ni la lógica errónea —interrumpió Johan.

—Aún no hemos llegado allí, ten un poco de paciencia.

—Tengo un poco de sueño.

—Déjame continuar y lo entenderás. Poco después de comprar los pasajes, de repente, le comunica a Luis que debe regresar de forma urgente a España y no se puede esperar a volver con él en el barco. Decide regresar por vía terrestre, cruzando Francia. Es decir, lo que no era seguro para Luis, súbitamente se vuelve seguro para don Bertrán.

Johan intentó justificarlo.

—Algo muy importante tuvo que reclamarlo desde España para tomar esa decisión tan arriesgada.

—Te compro el argumento. Don Bertrán tiene que regresar a su país con urgencia, atravesando un territorio en guerra, dónde su cabeza tiene precio. Ten en cuenta que es un noble de la corte del rey de España. Ahora viene la reflexión importante. ¿Tú irías subido en tu caballo con tus mejores ropajes? —le preguntó Batiste.

—¿Qué quieres decir? ¿Dónde quieres llegar?

—Que no tiene ningún sentido ir llamando la atención. Sabía que existían muchas posibilidades de que fuera emboscado. Nosotros razonamos que, una vez sorprendido por las tropas francesas, y viéndose acorralado y perdido, inició a fray Bautista Tarrén, que era su confesor, como número uno del Gran Consejo y facilitó su huida, mientras él y sus soldados hacían frente valientemente a las tropas enemigas.

—Sí, eso es lo que supongo que ocurrió. Es lo más lógico.

—Pues no. Es lo más estúpido, no lo más lógico —respondió Batiste con rotundidad.

Johan se quedó mirando a su hijo.

—¿Por qué? —preguntó intrigado.

—¿Para qué iba a hacer todo eso? Si lo piensas bien no tiene ningún sentido desde el principio. Parece un cuento de caballeros, no parece algo real.

—Anda, explícate —le pidió Johan, que estaba confundido entre las explicaciones y el sueño.

—Lo más lógico es que tuviera un plan de contingencia por si sucedía lo que acabó sucediendo.

—Exacto. ¿No es de eso de lo que estamos hablando?

—Sí, pero lo más lógico es que tuviera preparado un plan de huida en caso de emboscada... pero para él, no para ningún fraile.

—No te entiendo —dijo Johan, que no seguía su razonamiento.

Batiste se levantó para darle más fuerza al final de su argumento.

—¡Pues mira que está claro! ¿Qué demonios le importaba a don Bertrán la huida de un fraile desconocido?

—Sigo sin entenderte —dijo Johan, cada vez más aturdido.

—Padre, lo que te estoy intentando explicar desde el principio es que don Bertrán era, en realidad, fray Bautista Tarrén. Iba disfrazado de fraile. Por eso consiguió huir de la emboscada. No murió, el que sobrevivió fue él.

—¡Qué dices! ¿Cómo puedes saber eso?

—Piénsalo bien, ¿para qué iba a dar su vida por salvar a un simple fraile?

—Pero el fraile... —intentó objetar Johan.

—Padre, fray Bautista Tarrén jamás ha existido —dijo con rotundidad Batiste—. ¿No lo entiendes?

—¿Has perdido la razón? Si estuvimos en Sevilla en el convento dónde residía y hablamos con su superior, fray Pedro de Mendoza —exclamó Johan, incrédulo.

—El mismo que nos dijo que no conocía de nada a ese fraile, que jamás lo había visto, que apenas residía en el convento porque siempre estaba viajando. El mismo que nos dijo que, en las pocas ocasiones que estaba en el convento, no se relacionaba con nadie. ¿Te refieres a ese fray Pedro de Mendoza?

Johan no salía de su asombro.

—¡Pero si se ahorcó! Me quieres decir que don Bertrán se escapa de una emboscada en Francia para acabar suicidándose en un convento de Sevilla, ¿eso te parece que tiene algún sentido? —preguntó Johan.

—Padre, abre tu mente, no te cierres, ¿No recuerdas lo que nos contó fray Pedro de Mendoza? Le avisaron de que se había ahorcado una persona en la celda de fray Bautista Tarrén. Acudió él mismo en persona. Era su primer día, acababa de tomar posesión como inquisidor de Sevilla y no conocía de nada a ese fraile. Él lo descolgó con sus brazos de la cuerda y dejó el cadáver encima de la cama. Al día siguiente había desaparecido. ¿No lo entiendes?

—¿No estaba muerto? Recuerdo que fray Pedro aseguró que llevaba varias horas fallecido y que el cuerpo estaba muy frío.

—El pobre desgraciado que ahorcaron sí estaría muerto, pero, desde luego, don Bertrán no.

—¡Estás chalado! No haces más que decir tonterías sin sentido.

—De eso nada, y te lo puedo demostrar —dijo Batiste, muy serio.

—¿Qué es lo que puedes demostrar? Ya me contarás cómo piensas hacerlo.

Batiste sacó de su bolsillo la carta que había encontrado fray Pedro entre las posesiones del supuesto fraile fallecido, dirigida a Johan.

—Mira la nota.

Johan la volvió a leer.

—¿Qué quieres que mire? Ya la he leído veinte veces, ¿y qué? No veo nada diferente a las diecinueve anteriores.

—Ahora mira la firma, pero fíjate bien en ella. No te quedes en la superficie.

—«B. Tarrén», Bautista Tarrén, ¿qué es lo que le ocurre a la firma? ¿De qué superficie hablas?

—¿No te das cuenta?

—¿De qué me tengo que dar cuenta?

Batiste sonrió.

—Ocurre que «B. Tarrén» no quiere decir Bautista Tarrén —dijo muy seguro.

Johan miró sorprendido a su hijo.

—¿Te has dado un golpe en la cabeza o algo así? ¿Te encuentras bien? ¿A qué viene toda esta sarta de tonterías sin sentido?

Batiste insistió.

—Fíjate bien, padre. Si alteras el orden de las letras de «B. Tarrén», ¿qué es lo que obtienes? Anda, es muy sencillo hasta para ti.

Johan se quedó mirando fijamente la firma, y cuando comprendió su significado, casi se cae de la silla.

La mente de su hijo no dejaba de sorprenderle.

40 EN LA ACTUALIDAD, MIÉRCOLES 19 DE SEPTIEMBRE

Rebeca dejó la redacción del periódico con la cabeza hecha un lío. No se esperaba la revelación de Tere. Aquello abría un abanico de nuevas posibilidades y podría darle un enfoque diferente a todo el asunto. No sabía qué pensar. Estaba confundida.

Entró en casa y, como siempre, se dirigió a la cocina. No había nadie, pero le pareció escuchar voces en el salón. Se asomó.

—¡Caramba! ¿Te has sacado un bono para comer todos los días aquí? —preguntó risueña Rebeca—. No me interpretes mal, estoy encantada con tu presencia.

—No soy yo, es tu tía la que insiste en que venga —respondió la inspectora Sofía Cabrelles—. Además, entre comer sola o con buena compañía, pues ya sabes lo que prefiero.

—Hola, Rebeca.

—Hola, Richie, no te había visto —contestó Rebeca, dándole un par de besos.

—Estaba en la terraza echándome un pitillo, ya sabes que tu tía no deja fumar dentro de la casa.

—¿A qué se debe esta reunión, además de para comer? —preguntó Rebeca con curiosidad.

—Por el postre —contestó Tote, riéndose.

—¿Qué postre? —preguntó Rebeca.

—¡Pues cuál va a ser! Un huevo Kinder.

—¡El huevo Kinder de Carlota! —exclamó Rebeca, que con la tensión de esta mañana en el periódico ya se había olvidado del misterio planteado por su amiga.

—¿Se puede saber de qué narices estáis hablando? —preguntó Sofia—. No os entiendo nada.

—Eso digo yo también —se unió Richie—. ¿Qué decís?

—Ya veo que no les has contado nada todavía —dijo Rebeca, mirando a su tía.

—No, estaba esperando a que llegaras. Prefiero que lo cuentes tú.

—Pues tomar asiento, que la historia es curiosa. En realidad, todo lo que procede de Carlota lo es —dijo, dirigiéndose a Sofía y a Richie.

Rebeca les relató el acertijo que le había propuesto su amiga Carlota, el día del tentempié con los compañeros del periódico. También les contó la primera pista que le había dado para que intentara resolver el misterio del huevo Kinder, que contaran el número de muestras de ADN recogidas en la fiesta y su perplejidad por la pregunta.

Sofía estaba un tanto extrañada.

—¿Qué clase de pregunta es esa? Pues habrá tantos perfiles genéticos como personas había en la fiesta, ¿no?

—En eso precisamente consiste el misterio. En realidad, no es así —contestó Tote.

—¿Cómo puede ser? —preguntó Sofía asombrada.

—En el tentempié éramos trece personas. Pues bien, cuando ayer contamos los sobres que nos entregó el laboratorio, había catorce —explicó Tote—. Es decir, hay una muestra más que personas había en la fiesta.

—Pero eso no es posible —exclamó Sofía, asombrada—. En algún sitio os habéis equivocado.

A Rebeca le extrañó que el detective Richie no dijera nada, estaba escuchando la conversación completamente en silencio. Se dirigió a él.

—Tú ya lo sabías, ¿verdad, Richie? Es imposible que no te dieras cuenta de un detalle tan llamativo. No se te pudo pasar por alto.

El detective tardo unos segundos en contestar.

—Sí, claro que lo sabía. Me di cuenta de inmediato, nada más identificar las muestras, incluso antes de llevarlas al laboratorio.

—¿Y por qué no nos dijiste nada de esta anomalía tan curiosa?

—Porque no le di importancia. Pensad que se trataba de vasos de plástico comprados en un supermercado. Podía haber restos genéticos de cualquier persona que los hubiera manipulado, desde el reponedor hasta la cajera, por ejemplo. No es la primera vez que me ocurre, por eso omití ese detalle. De hecho, también me ocurrió en mi última investigación, por ejemplo. No es tan extraño. Lo importante es identificar las muestras.

—Pero también podría indicar que se coló alguien en la fiesta que no teníais controlado —dijo Sofía.

—Lo pensé, pero lo descarté de inmediato. Lo importante es que había tan solo trece huellas dactilares, no catorce, y que, gracias a las cámaras de video instaladas, pude identificar el usuario de cada uno de los vasos. Tan solo asistieron trece personas, eso está muy claro, lo tengo todo grabado en video desde diferentes ángulos —continuó Richie—. No existen dudas por mi parte.

—¿Había trece huellas dactilares y sin embargo catorce muestras diferentes de ADN? —preguntó sorprendida Sofía, que no conseguía salir de su asombro, a pesar de la justificación de Richie.

—Sí, por eso no le di importancia. Éramos trece y había trece huellas. La decimocuarta traza de ADN debía de ser una contaminación externa, ya que no se correspondía con ninguna huella de los presentes. Ya os he dicho que no es tan extraño que ocurran estas cosas cuando utilizas cubertería de plástico.

—¿Y qué hiciste? —preguntó Sofía.

—Por si acaso, la mandé analizar también. Por eso hay catorce sobres del laboratorio. Tote también la pasó por la base de datos de la Policía. Quienquiera que sea el propietario de ese decimocuarto resto genético, tampoco está fichado, que era lo que le preocupaba principalmente a Tote.

Sofía estaba todavía aturdida.

—Supongo que esa es la explicación más lógica —contestó, después de pensarlo por un momento.

Rebeca no parecía conforme con todo aquello.

—Siento contradeciros, pero esa explicación es completamente imposible.

Los tres se quedaron mirándola, sorprendidos por la rotundidad de la frase de Rebeca.

—¿Por qué dices eso? Es el razonamiento más plausible —dijo Tote.

—Por una cuestión muy simple, porque no responde a la pregunta más importante —contestó Rebeca, con un tono enigmático.

—¿Y cuál es esa pregunta tan importante, si se puede saber? —preguntó intrigado Richie.

—¿Me podéis explicar alguno cómo lo podía saber Carlota? Ayer por la tarde se enteró por mí de todo lo acontecido aquel día. Ella ni siquiera sabía que era Richie el camarero disfrazado y que estaba tomando huellas y trazas genéticas. Sin embargo, de inmediato supo que algo no iba a cuadrar con los análisis de ADN. Repito la pregunta, ¿cómo podía saber que no iban a coincidir las trazas y las huellas si ni siquiera sabía que se estaban tomando?

Todos se quedaron callados. Rebeca tenía razón. Aquello desmontaba la explicación anterior.

Debía de existir otro motivo, pero ¿cuál?

41 15 DE JULIO DE 1524

—«B. Tarrén» es «Bertrán» cambiando el orden de las letras —acertó a decir un sorprendido Johan—. Muy ingenioso nuestro amigo.

—Padre, ¿no te das cuenta? El fraile era, en realidad, el noble —dijo Batiste—. Te lo acabo de demostrar.

—Es verdad que don Bertrán era muy aficionado a jugar con las letras y los acertijos, pero en realidad no has demostrado eso. Lo único que has probado es que la nota la redactó el noble, cosa que, por otra parte, ya dábamos por supuesto. Acuérdate que eso ya lo creíamos antes.

Batiste no sabía cómo convencer a su padre.

—Piensa en toda la situación en su conjunto. Tú mismo viste los ropajes del supuesto fraile Bautista Tarrén. Eran impropios de un religioso de su rango. Aunque arrugados, nunca había visto telas de tan buena calidad. Tú mismo lo reconociste. Luego también tenemos la talla de esa virgen. Estoy seguro de que, si la lleváramos a un experto, nos diría que es muy valiosa. Desde luego tiene toda la pinta de ello.

—Se lo pagaría el noble don Bertrán.

«No hay manera de que abra los ojos», pensó Batiste. Intentó enfocar el tema desde otro punto de vista.

—Padre, tú eres eclesiástico. ¿Conoces algún fraile dominico tan desconocido como fray Bautista y con tanta libertad de movimientos dentro de su orden? Entraba al convento cuando quería y se iba de viaje, sin dar mayores explicaciones a sus superiores, que ni siquiera sabían dónde se encontraba ni cuándo iba a volver al monasterio. Hacía lo que le daba la gana dentro de la orden, sin ninguna obligación ni supervisión por parte de nadie. Sabes que eso no ocurre en la realidad. Los frailes tienen sus normas, y bastante estrictas.

Dime, ¿conoces a alguien que se comporte igual? Con que me nombres a tan solo uno me conformaría.

Johan se quedó pensativo. Es cierto, eso no era nada normal. No conocía otro ejemplo ni siquiera similar.

—Puede ser que fuera un fraile un tanto atípico, pero eso tampoco demuestra que no existiera.

—¿Pero conoces a alguien que tenga esa libertad absoluta de acción?

A Johan le costó, pero no tuvo más remedio que reconocerlo.

—No, no conozco ningún caso ni parecido al de fray Bautista, pero insisto, eso no demuestra que no pueda existir. Al fin y al cabo, yo tan solo conozco a una pequeña fracción del total de los frailes de la orden de predicadores.

Batiste se quedó un momento callado. No sabía cómo plantear la siguiente cuestión.

—Tengo la prueba definitiva —dijo Batiste, al fin.

—¡Ah! ¿sí? Porque hasta ahora tan solo has aportado conjeturas y sospechas, lo que son pruebas no me has presentado ninguna.

—¿Recuerdas con qué pregunta te he despertado?

—Pues claro, me has preguntado si conocía la fecha de la muerte en la emboscada de don Bertrán. Por cierto, ahora que lo pienso, no me explico para qué querías conocerla con tanta prisa.

—Ahora mismo lo sabrás, ya estamos llegando al final.

—Pues menos mal, porque estoy muerto de sueño.

—A esa pregunta tú me has contestado que don Bertrán fallecería, más o menos, en noviembre o diciembre de 1522.

—Sí, eso es lo que te he dicho, ¿y qué?

Batiste le explicó el motivo de la pregunta. Cuando escucho lo que le acababa de contar su hijo, Johan se quedó blanco, sin saber reaccionar. No fue capaz de continuar la conversación.

Se le había quitado el sueño de golpe y el habla también. Estaba mudo de la sorpresa.

42 EN LA ACTUALIDAD, MIÉRCOLES 19 DE SEPTIEMBRE

—Rebeca, debes hablar con Carlota de inmediato —le dijo Richie—. Es verdad, ¿cómo podía saber tu amiga que no iba a coincidir el número de muestras de ADN cuando ni siquiera sabía que yo estaba tomando esas mismas muestras? Casi parece cosa de magia.

—No nos olvidemos que Carlota es extremadamente inteligente —recordó Tote—. Razona a un nivel diferente al nuestro, por eso os aseguro que las ciencias oscuras no tienen nada que ver con este asunto. Está claro que ella vio algo en el tentempié que nosotros no advertimos. Es muy observadora y es capaz de ver y advertir cosas que tú ni te imaginas.

—Según sus propias palabras, era como un huevo Kinder, algo muy curioso y extraño a la vez —recordó Rebeca—. Me dijo que, si con el dato de la no coincidencia de las pruebas de ADN no se me iluminaba la mente, me daría otra pista.

—¡Qué manera de fastidiar! ¿Por qué no nos cuenta de qué se trata directamente, sin tantas vueltas ni tonterías? —preguntó Sofía, con la mente más práctica.

—Porque es Carlota. Ella es así. No solo tiene una mente privilegiada, además le gusta hacer gala de ella —contestó Rebeca—, y de paso aprovecha para fastidiarme.

—Tú eres tan inteligente como ella, incluso más —dijo Tote dirigiéndose a su sobrina—. ¿Con esa pista no se te ocurre nada?

—Ya lo he pensado. No me lo explico. En la fiesta éramos tan solo trece personas en todo momento, no se añadió nadie más en ningún instante —contestó—, y no sé a qué se refiere con el huevo Kinder. Pensaba que se refería a Richie y su máscara.

—Pues ya estás quedando con ella y que te dé otra pista —dijo Tote—. Este tema es muy extraño y debemos aclararlo cuanto antes.

—Quería salir a correr esta tarde para quemar las cervezas de ayer —dijo Rebeca—. Podría intentar convencer a Carlota de que se venga conmigo.

—Ya tardas —contestó Tote.

—Le voy a escribir un mensaje, a ver qué me contesta —dijo Rebeca, mientras marcaba en su móvil, «¿quedamos esta tarde? salgo a correr».

—Por cierto, ¿cómo te ha ido esta mañana en el periódico con tu reencuentro con las gemelas? —preguntó Tote.

—A Alba no la vi, esta mañana no ha acudido a la redacción porque está en Madrid, al igual que el director Bernat Fornell. Supongo que tendrían algún compromiso de trabajo. Con Teresa sí que hablé.

—¿Todo normal?

—En realidad, no. Averigüé una cuestión muy enigmática que aún no sé cómo interpretar.

—¿Otra más? —preguntó Sofía—. ¿En tu vida no suceden cosas normales, como pasear con tu pareja por un parque o algo así?

—Ya le he dicho que necesita echarse novio, pero no quiere —contestó Tote, mientras miraba a su sobrina con una sonrisa burlona.

—Anda, dejad de decir tonterías que no vienen al caso. ¿Qué tendrá que ver una cosa con la otra? Ya me gustaría llevar una vida sin tantos sobresaltos, pero son ellos los que me persiguen a mí y no al revés.

—Os estáis yendo por las ramas. ¿Cuál es esa cuestión tan enigmática de la que hablas? —preguntó Richie a Rebeca.

—Tere nació junto con otra hermana gemela.

—¡Menuda primicia nos acabas de dar! —exclamó Tote con un gesto de indiferencia—. Eso ya lo sabíamos por los análisis de ADN, y además se hace llamar Alba.

—Murió con un año de edad —continuó Rebeca.

—¿Qué dices? —exclamaron los tres a coro.

—Lo que habéis oído. Falleció siendo un bebé y no tiene más hermanas ni hermanos. Es hija única.

—¿Eso cómo lo sabes? —preguntó Tote.

—Es lo que ha contado esta mañana en el periódico. He aprovechado que Fabio estaba hablando de su hermana para preguntarle a Tere por su familia, ha venido todo rodado.

—¿Cómo sabes que no te ha mentido? —dijo Richie.

—Es obvio que no lo sé, pero también lo podemos comprobar —contestó Rebeca mirando a Tote—. No te costará demasiado averiguarlo.

—Supongo que no —dijo su tía, pensativa.

—¿Podría estar su hermana gemela viva, y Tere desconocer que es Alba? —elucubró Richie—. ¡Parecería el guion de un culebrón sudamericano! Se deberían llamar Luisa Viviana o Angélica María, por ejemplo.

—Yo no he podido evitar pensar lo mismo esta mañana —dijo Rebeca—, pero no lo puedo creer. Es demasiado enrevesado, es cierto que parecería el guion de una película.

—¡Por favor, más muertos y resucitados no! Ya he perdido la cuenta de los que llevamos —exclamó Tote.

De repente, a Rebeca le sonó el móvil. Era un mensaje. Lo leyó, «en mi casa en una hora». Era la respuesta de Carlota.

—Ale, ya tenéis deberes para esta tarde —dijo Sofía—. Tote, mira si puedes averiguar si lo que ha contado Tere es verdad. Richie, tú sigue investigando al difunto joyero y Rebeca, a ti te corresponde sonsacarle lo del huevo Kinder a esa amiga tuya medio bruja.

—Ahora que cada uno tenemos nuestras tareas asignadas, me voy a la comisaria —dijo Tote.

—En realidad nos vamos todos, a ver si avanzamos algo en esta maraña —dijo Richie.

No sabían las sorpresas que les esperaban.

43 5 DE SEPTIEMBRE DE 1524

—Mi padre está en el palacio —dijo Jero.

—¿No me digas que don Alonso está en Valencia? —preguntó sorprendido Batiste.

—Sí, llegó ayer por la noche desde Sevilla.

—¿Y por qué no ha avisado a mi padre? Seguro que se alegraría de verle de nuevo.

—Parece ser que ha venido de incógnito.

—¿De incógnito? —preguntó extrañado Batiste.

—Eso me ha dicho, además me ha pedido expresamente que no os diga nada de su presencia en la ciudad ni a tu padre ni a ti.

—¿Qué dices? —preguntó muy extrañado Batiste—. ¿Cómo sabe que te conocemos?

—No lo sé, igual comentasteis algo de mí durante vuestra estancia en su palacio de Sevilla —aventuró Jero.

—Eso no ocurrió. Estoy completamente seguro de que no le dijimos nada —insistió Batiste—. Además, mi padre ni siquiera sabe que eres hijo de don Alonso. ¡Cómo quieres que le diga algo que ni siquiera sabe!

—Yo simplemente te cuento lo que me ha dicho.

—Pues es una cosa de lo más extraña —dijo Batiste, que no conseguía encontrarle una explicación.

—Más que extraña, es un misterio —dijo Jero, que tampoco lo entendía—, pero es un hecho que sabe que nos conocemos.

—¿Es normal que tu padre venga de incógnito a verte? —siguió preguntando Batiste, que toda la situación le parecía muy rara.

—Tan solo es la tercera vez que me visita en Valencia, pero es la primera que me dice una cosa así. Se ve que su estancia debe ser secreta por otros motivos —dijo Jero—, pero eres mi amigo, y gracias a ti conozco su identidad. No podía ocultarte una noticia así, por eso te lo he contado.

—Gracias, Jero —respondió agradecido Batiste—, pero no consigo comprender el sentido del secreto, si nos vimos hace muy poco en su palacio.

—¡Recuerda no decirle nada a tu padre! —insistió Jero—. Como se le ocurra acudir al Palacio Real a su encuentro, mi padre sabrá que he sido yo el chivato, y ya no confiará más en mí. No quiero que eso pase.

—No te preocupes, no le diré nada a mi padre. Guardaré tu confidencia.

—¿Y para qué viene en secreto a la ciudad? —preguntó Amador, que estaba escuchando toda la conversación en silencio.

—Supongo que porque mañana es 6 de septiembre —contestó Jero.

—¿Y qué? Y hoy es 5 —respondió Amador, sin comprender lo que quería decir su amigo con esa fecha.

—¿No os acordáis qué ocurre mañana en Valencia? —preguntó Jero, sorprendido—. Es una fecha muy señalada, ¿ya os habéis olvidado? ¡Vaya memoria tenéis!

Sus dos amigos le miraban con cara de no comprender nada.

—Mañana será 6 de septiembre, la fecha prevista para el auto de fe dónde quemarán a Luis Vives Valeriola, el padre de Luis Vives.

Ahora cayó en la cuenta.

—¡Es verdad! Estuvimos hace poco más de dos meses espiando a los inquisidores y a los notarios. Estaban redactando toda la documentación —recordó Amador, en su última visita furtiva al Palacio Real.

—El auto de fe de mañana va a ser uno de los más importantes que se va a celebrar en la historia de la inquisición en la ciudad de Valencia. Diría que es un acontecimiento muy significado en toda España. Supongo que asistirán muchas personalidades. Casi nada, más de cincuenta personas van a ser relajadas o penitenciadas, entre ellas el padre, una abuela paterna y una tía materna de Luis Vives, que, aunque quede mal decirlo, aporta su dosis de espectáculo. La plaza estará abarrotada.

—Mi padre tiene razón —dijo Batiste—. La inquisición se ha cebado con su familia, y porque el propio Luis Vives está en Inglaterra. De lo contrario, me temo que también intentarían quemarlo, a pesar de su fama europea.

—Entonces estarán preparando todo el montaje para el auto de fe enfrente de *La Seu*, ¿no? —preguntó Amador.

—Llevan varios días con ello —contestó Jero.

—¿Y qué están haciendo?

—Montando todos los andamios y las gradas, tanto para los relajados y penitenciados como para todas las autoridades que van a asistir. Están instalando incluso un dosel.

—Debe ser digno de ver —dijo Amador, con una curiosidad evidente.

—Es espectacular, desde luego en este auto de fe parece que han echado toda la carne en el asador—contestó Jero—, aunque no sea una expresión muy afortunada.

—¿Y a qué estamos esperando para ir a cotillearlo? —preguntó emocionado Amador.

Los tres amigos partieron hacia *La Seu*, la catedral de Valencia, para ver los preparativos del acontecimiento de mañana.

A Batiste le rondaba una idea por la cabeza, pero no terminaba de verla con claridad. Algo en la explicación de Jero no cuadraba. Tenía la sensación de que era importante.

«En este asunto hay alguna mentira, pero no sé ni cuál ni por qué», se decía, sin poder dejar de darle vueltas a la cabeza.

44 EN LA ACTUALIDAD, MIÉRCOLES 19 DE SEPTIEMBRE

Tote llegó a la comisaria después de la comida en su casa con su sobrina Rebeca, con la inspectora Sofía Cabrelles y con el detective Richie Puig. Las revelaciones no cesaban, y con ellas aumentaban las dudas y los interrogantes.

Los análisis de ADN tomados en la celebración en su casa con los miembros de *La Crónica* demostraban que Teresa Fabregat y la que se hacía llamar Alba Pajares eran hermanas gemelas, sin embargo, Tere había informado a su sobrina esta misma mañana que su hermana gemela falleció de bebé. Algo fundamental no cuadraba. Podía ser, por supuesto, que Teresa estuviera mintiendo para proteger a su hermana, pero también podría ser que desconociera que Alba era su hermana, porque las pruebas de ADN no mentían. Tenían un margen de error despreciable.

Tote encendió el ordenador y empezó sus indagaciones. Comenzó con Teresa Fabregat. Accedió a los datos de su familia. Efectivamente, parece que no mintió. Tuvo una hermana gemela, incluso accedió a su certificado de fallecimiento. Todo parecía en orden, María Fabregat murió cuando contaba con tan solo un año de edad. Desde entonces no había ni rastro de ella de ningún tipo. Estaba muerta de verdad.

«Vaya, esto pone las cosas interesantes», pensó Tote.

Siguió investigando a la familia de Teresa. Sus padres no tuvieron más hijos, ni dentro del matrimonio ni fuera de él. En consecuencia, desde el fallecimiento de su hermana gemela, Teresa era hija única y, al menos de forma oficial, no tenía ninguna hermana viva. Pero Tote sabía que eso no era posible. «Los análisis genéticos no mienten, con lo cual en algún sitio hay algún dato que no estamos sabiendo encontrar», pensaba Tote.

Ni se lo imaginaba.

45 5 DE SEPTIEMBRE DE 1524

Llegaron hasta la puerta de los apóstoles de *La Seu*. Había un gran gentío acumulado, entre personal trabajando en las estructuras de madera y curiosos como ellos, que se acercaban por el simple morbo de observar aquel espectacular montaje.

—Vosotros tres, mocosos, aquí no podéis estar —dijo un alguacil, cuando vio que se acercaban más de la cuenta.

—No se preocupe señor, nos vamos ya —contestó de inmediato Jero.

—¡Qué fastidio! —dijo Amador—, no hemos podido ver casi nada.

—El día importante no es hoy, es mañana —dijo con toda la intención Jero—. Al fin y al cabo ahora están ultimando los montajes de las estructuras de madera.

—¿Estás insinuando que vengamos a ver el auto de fe? —preguntó emocionado Amador—. Si lo tenemos prohibido.

—Mañana habrá multitud de gente, seguro que conseguimos buscar algún hueco y pasar inadvertidos entre toda la muchedumbre que llenará la plaza —replicó Jero.

De repente, Batiste, que llevaba un buen rato callado, dio un grito sin venir a cuento.

—¡Ya está! ¡Por fin lo tengo claro!

Sus dos amigos se asustaron.

—Pero, ¡qué haces chillando así! Nos has dado un susto de muerte —dijo Amador.

—Ya sé qué es lo que no cuadra en toda esta historia —gritó Batiste.

—¿De qué estás hablando? —pregunto Amador, que no entendía la súbita reacción de su amigo—. ¿Te has vuelto loco? Haz el favor de no chillar, no estamos sordos.

Batiste se giró hacia Jero.

—En esta historia hay una mentira. Cuando estuvimos en Sevilla, recuerdo perfectamente haber escuchado una conversación entre tu padre y el mío. ¿Sabes lo que dijo el tuyo?

—¿Cómo lo voy a saber?

—Pues que no era muy partidario ni de los frailes ni de la inquisición.

—¿Eso os dijo? —preguntó extrañado Jero—. ¿En serio?

—Lo escuché perfectamente, estaba justo a su lado. Si eso es verdad, ¿entonces para qué viene a Valencia de incógnito para asistir a un auto de fe de la inquisición? Lo siento Jero, pero no tiene ningún sentido. Debe existir otro motivo y ha aprovechado el pretexto del auto de fe. Tu padre está en la ciudad por otra cuestión diferente. Te ha mentido.

—Pues entonces no tengo ni idea qué hace en Valencia en una fecha tan señalada. También es mucha casualidad, ¿no?

Batiste se quedó pensativo un momento. Se hizo el silencio entre los tres durante un instante.

—Jero, necesito hablar con tu padre —dijo Batiste.

—¿Te has vuelto loco? Ya te he dicho que su presencia en la ciudad es secreta, además me advirtió expresamente de que no os contara que estaba aquí —contestó asustado—. ¿Cómo vas a hablar con él?

—Ya lo sé, pero es importante. Todo este tema es muy extraño. Me parece que las cosas no son como parecen, ni siquiera tu padre. No me suelo equivocar con estas cosas.

—Quizá, pero tú no puedes hablar con él. Le di mi palabra que respetaría su estancia secreta en la ciudad —insistió muy firme Jero.

Batiste se dio cuenta de que no lo iba a convencer.

—Escucha, Jero, no insistiría si no lo considerara muy importante. Entiendo que no quieras faltar a tu palabra con tu padre, pero, al menos, te pido un favor muy especial, que no te hará romper tu promesa.

Jero tenía curiosidad por la propuesta de su amigo.

—Dime.

—Te voy a dar una nota, sin ningún tipo de firma ni identificación. Esta tarde, cuando vuelvas al palacio, se la dejas encima de su cama.

Jero no entendía nada, pero tampoco le hacía ninguna gracia la petición de su amigo.

—Puede que, cuando la vea, me pregunte si yo tengo algo que ver con esa nota —respondió.

—Pues simplemente lo niegas. Supongo que, con motivo del auto de fe de mañana, el Palacio Real estará bastante concurrido, sobre todo el ala que ocupa la Inquisición, que es dónde se aloja tu padre.

—Supongo que sí. Suele venir gente de diferentes lugares y se quedan en el palacio —respondió Jero.

—Entonces cualquier otro invitado podría haber escrito esa nota. Te recuerdo que no llevará ni firma ni ningún signo distintivo.

Jero estaba francamente sorprendido por la extraña petición de su amigo.

—¿Y qué esperas conseguir con ella?

—Estoy seguro de que tu padre escribirá una contestación y la dejará encima de su cama, para que sea recogida.

Jero cada vez estaba más asombrado.

—¿Por qué crees que hará eso? ¿Por qué se va a molestar en contestar la nota de un desconocido?

—Jero, ¿confías en mí? Hazme caso, hay cosas que están ocurriendo a nuestro alrededor que desconoces. De momento no te puedo dar más explicaciones. Ya llegará ese momento.

Jero no estaba convencido.

—No sé qué decirte —dijo dubitativo—. Me la voy a jugar por algo que ni siquiera entiendo.

—No te supone ningún riesgo. Te aseguro que tu padre no te preguntará nada, y si lo hiciera, con negarlo tienes suficiente. Para empezar, no es tu caligrafía, ni tu tinta ni tu papel. Tienes muy sencillo desentenderte del asunto. Simplemente ignoras la cuestión como si no supieras de qué habla.

Jero se quedó pensativo. Podría considerar a Batiste su mejor amigo, siempre lo había tratado muy bien y con gran respeto, a pesar de su juventud.

—Está bien, escribe esa nota y la dejaré encima de la cama de mi padre —resolvió al fin—, pero, como comprenderás, no te puedo garantizar nada.

—Con que la dejes y la recojas, en caso de contestación, será suficiente —concluyó Batiste—. Te aseguro que tu padre no sospechará nada.

—¿Seguro?

—¿Qué motivo tiene?

—Eso espero, porque me la estoy jugando por ti —concluyó Jero—, y sin entender nada.

46 EN LA ACTUALIDAD, MIÉRCOLES 19 DE SEPTIEMBRE

—¿Qué haces vestida con mallas deportivas? —preguntó Carlota.

—¿Pero no habíamos quedado para salir a correr? —le respondió Rebeca, con otra pregunta.

—¿Tú sabes lo que cansa eso? La última vez que me liaste estuve dos días sin poder moverme. Eso no puede ser sano. Aún recuerdo que me citaste una frase de Jimmy Carter, el presidente americano ese de los cacahuetes, que, para variar, decía tonterías. Anda, pasa a casa y nos tomamos un par de cervezas, que esas no fallan nunca.

—Si lo que quería era hacer ejercicio, precisamente para eliminar las toxinas de las cuatro pintas de cerveza que ayer nos bebimos en el *Speaker's Club*, te recuerdo que gracias a ti...

—¿Y para qué quieres eliminarlas con lo ricas que están? —dijo, mientras abría dos botellines—. Anda, te invito a una ronda de toxinas *red ale* irlandesas, unas *Smithwick's*, precisamente de la ciudad de Kilkenny, como el nombre de nuestro *pub* favorito.

—No tienes remedio —dijo Rebeca, riendo—. Voy a acabar perdiendo mi silueta.

—¿Pero te has mirado al espejo? Ni aunque te cayeras dentro de un barril de cerveza, como le pasó a Obelix con la poción mágica, ibas a ganar ni medio gramo de peso. Todo te sienta bien, no como a otras.

—Eso es porque hago todo el ejercicio que puedo, eso sí, si mis amigas me lo permiten y no me atrapan con cervezas.

—No te equivoques conmigo. A mí el deporte me apasiona. Me pasaría días enteros mirándolo —dijo Carlota sonriendo.

—Eso, eso, tú búrlate del deporte, pero cuando se te haga un culo como una paella de grande, entonces te arrepentirás —le contestó Rebeca.

—Anda, dejemos el tema del ejercicio que de escucharlo empiezo a sudar. ¿A qué se debe tu agradable visita?

—¿En serio me lo preguntas? ¿Cómo es posible que supieras que había una muestra de ADN de más? Te acababa de contar lo de los análisis, ni siquiera lo sabías. Tu conjetura no tiene ninguna explicación.

Ahora fue Carlota la que se rio.

—Para empezar, no era una conjetura. Tenía la certeza. Además, si me haces esa pregunta, es que aún no has resuelto el enigma del huevo Kinder.

—Pues no, es evidente. Por eso precisamente he venido a tu casa.

—A mí nunca me han gustado los huevos Kinder, ¿sabes?, pero se los cogía a mis hermanos y los rompía, para ver qué sorpresas tenían dentro. Cuando me descubrían, me perseguían para darme una colleja en la nuca. Aún lo recuerdo, era divertido.

—¿Pero qué tontería me estás contando, Carlota?

—Te estoy dando la segunda pista.

—Pues explícate mejor, porque te juro que no me entero de nada.

—Me daban igual los huevos, porque eran exactamente iguales por fuera, pero, en realidad, cada uno de ellos era diferente en el interior. Mi curiosidad me superaba, por eso quería romperlos, para ver el juguete que llevaban dentro. Casi era una obsesión.

—Muy interesante, pero sigo sin enterarme de lo que quieres decirme. ¿Cómo puede explicar todo lo que me estás contando con que hubiera una traza de más de ADN en mi fiesta, y sin embargo, las huellas dactilares fueran las justas? —preguntó Rebeca, que no comprendía nada.

—Por supuesto que lo explica.

—¿Y se puede saber por qué?

—Porque en tu fiesta había un huevo Kinder, igualito por fuera pero diferente por dentro.

—De verdad, Carlota, cuando te lo propones no hay quién te entienda. Sigo sin comprender nada.

—Bueno, visto que ni así resuelves al acertijo, tendré que recurrir a la última pista, que es la prueba definitiva. Te voy a hacer una pregunta y quiero que reflexiones con detenimiento antes de contestarla. Es más importante de lo que te puede parecer.

—Venga, dispara —se preparó Rebeca, que no podía disimular su curiosidad.

—Recuerdo que me contaste que el lunes siguiente al tentempié, notaste que te habían registrado a conciencia toda tu documentación en la redacción del periódico. Tenías claro que ese registro se produjo el sábado, aprovechando que toda la plantilla de *La Crónica* estaba en tu casa.

—Sí, así fue.

—Entonces, si todo el personal estaba en la fiesta, ¿quién fue el autor del registro? Desde luego parece poco probable que fueran Alba o Tere, porque también estaban en tu casa, ¿no?

Rebeca miraba a su amiga con cara de no comprender adónde quería llegar.

—¿No me dirás ahora que tú sabes quién fue? —preguntó Rebeca, fijándose en la cara de Carlota.

—Por supuesto que lo sé, ¿acaso lo dudas?

—¿Y a qué esperas para decírmelo?

—Está claro, fue el huevo Kinder.

Rebeca se levantó de su silla, haciendo ademán de estrangular a su amiga.

—¡Carlota! ¡Te mato!

—No te enfades, que hay una manera infalible de que te convenzas por ti misma del tema del huevo.

Rebeca se quedó callada esperando que Carlota continuara hablando. No estaba comprendiendo nada de toda aquella supuesta explicación.

—¿No hay una cámara de seguridad instalada enfocando la puerta de *La Crónica*? Pues no hay más que acudir al periódico y visualizar el vídeo de ese día a esa hora para ver quién entró. Todos tus compañeros estaban en tu casa de fiesta, por lo que no creo que la redacción estuviera muy concurrida ese sábado por la tarde. No debería ser complicado dar con la persona en cuestión.

Rebeca se volvió a sentar. Ahora empezaba a comprender a su amiga.

—¡Pues claro! ¡Qué idiota! No se me había ocurrido —exclamó Rebeca, que parecía enfadada consigo misma porque no hubiera sido idea de ella.

—Debes ver esas imágenes grabadas en la próxima ocasión que surja —dijo Carlota.

—Pues mira, ¡qué casualidad! ¿Sabes cuándo es la próxima ocasión que ha surgido? Ahora mismo —se preguntó y se contestó Rebeca—. No están en la redacción ni el director Fornell ni su secretaria Alba, porque se han ido a una reunión a Madrid. No es normal que ambos estén ausentes del periódico al mismo tiempo. Es el momento adecuado —dijo Rebeca.

Carlota parecía desconcertada.

—¿Ahora? —preguntó, un tanto sorprendida por la premura.

—¿Y por qué no? ¿O acaso prefieres que salgamos a correr por la playa de la Malvarrosa?

—¡Ni loca! —exclamó Carlota.

—Además, ¿qué tiene de malo ir ahora?

—También es verdad. Dame cinco minutos que me cambie de ropa y salimos para allí.

—Concedidos —dijo Rebeca, con una sonrisa.

—Si supieras lo que vas a ver, quizá no estarías tan risueña —le dijo Carlota, mientras se iba hacia su habitación.

Rebeca se quedó en el corral, mientras escuchaba continuar la conversación a su amiga desde el piso superior.

—Por nada del mundo me quiero perder la expresión de tu cara cuando descubras al huevo Kinder. Aventuro que será antológica. Igual hasta te hago una foto con el móvil para la posteridad —dijo Carlota, que parecía divertida con la idea.

—Anda, deja de decir tonterías y cámbiate de ropa, que no se nos haga demasiado tarde.

Carlota no tardó nada. En apenas diez minutos estaban camino de *La Crónica*. Ya había pasado la hora del cierre de la edición, por lo que la redacción estaba bastante tranquila.

Nada más entrar se cruzaron con Herminia Camacho, la responsable de la sección de última hora. La saludaron, pero ni le llamó la atención ver a Rebeca a esa hora en el periódico. Se sentaron en la mesa de Alba, detrás del mostrador. El ordenador estaba encendido, Alba tenía la mala costumbre de no apagarlo.

—Nunca he usado el programa de control de la cámara de seguridad —dijo Rebeca—. Tenemos un problema, no sé cómo funciona.

—Anda, déjame a mí, que estoy acostumbrada a manejar ordenadores —dijo Carlota.

Pinchó en el icono que parecía una cámara. Se abrió un programa. Buscó en el menú la función de búsqueda temporal de imágenes y seleccionó la fecha del sábado 8 de septiembre.

—¿A partir de qué hora busco? —preguntó Carlota.

—No sé, el tentempié en mi casa comenzaría sobre las seis. Prueba a partir de esa hora.

Carlota introdujo los datos en el ordenador según las indicaciones de Rebeca. De repente, giró el monitor fuera de la vista de Rebeca y se dirigió a ella muy seria.

—Te advierto de que lo que vas a ver te va a sorprender, y mucho. Por favor, no montes ningún numerito. No quiero llamar la atención mientras estamos haciendo de espías aficionadas. No quiero acabar en la comisaría interrogada por tu tía o lo que es peor, por la inspectora Cabrelles.

—No sé qué voy a ver, pero estoy curada de espanto. Después de todo lo ocurrido estos meses, nada me puede sorprender —contestó Rebeca.

—Créeme, lo va a hacer —insistió Carlota, mientras volvía a girar el monitor hacia su amiga. Con el ratón empezó a mover la barra de tiempo hacia adelante, en cámara rápida. Vieron pasar una sombra.

—A ver, tira hacia atrás.

Era Carmen María Peris, la subdirectora. No había ido al tentempié de su casa, ya que se había quedado de guardia en la redacción.

—Sigue hacia adelante —dijo Rebeca.

A las 18:58 advirtieron otra sombra entrando en la redacción.

—Para, para la imagen —dijo Rebeca—. Tira otra vez hacia atrás, a ver quién entra ahora.

Así lo hizo Carlota. Congeló el fotograma en la pantalla. Se le podía ver perfectamente el rostro. Rebeca dio un salto, tiró la silla hacia atrás y tropezó con la taquilla de Alba, haciendo un notable ruido, para acabar con su cuerpo en el suelo junto con la caja de bolígrafos y lápices, todos desparramados por el parqué.

—Y eso que te lo había advertido —escuchó decir a Carlota.

47 6 DE SEPTIEMBRE DE 1524

Batiste, Amador y Jero habían quedado para presenciar el auto de fe del Tribunal del Santo Oficio de Valencia enfrente de *La Seu*. Se citaron pronto, para poder estudiar cuál sería el mejor emplazamiento para verlo sin ser descubiertos por los alguaciles.

—Está abarrotado de gente, tendremos que buscar un sitio que esté en alto —dijo Jero, el de talla más menuda de los tres.

Se respiraba la importancia del acto de hoy. En Valencia, los autos de fe solían hacerse con una periodicidad anual y congregaban a grandes masas de gente, en función de la popularidad de los condenados a la hoguera. Hoy era un día especial, iban a ser relajados al brazo secular, es decir, condenados a muerte por la justicia civil, Luis Vives Valeriola, Gil Ruiz, Francés Juan, Luis de Conca, Joan Maçana, Esperanza Vives, Violante Monrós, Isabel Valeriola, Joan López, Aldonça Rosell, Beatriz March y Costanza Castellar, al margen de cinco más «en estatua». Relajar a alguien «en estatua» o «en efigie», expresiones de idéntica significación, quería decir que era quemado una especie de muñeco, en lugar de la persona propiamente dicha, bien porque estaba huida de la justicia o bien porque ya había fallecido con anterioridad. Además de los relajados, es decir, los condenados a morir en la hoguera, el auto de fe iba a penitenciar en diferentes grados a casi cuarenta personas más. Ello hablaba de la importancia del acto de hoy y de la gran expectación que se respiraba en la plaza de los apóstoles, justo delante de la puerta de *La Seu*.

—Mirad el palco. Aunque no se distinga bien desde tanta distancia, aquella persona sentada en el centro, debajo mismo del dosel, debe ser don Alonso Manrique de Lara y Solís, inquisidor general de España y máxima autoridad del Santo Oficio —dijo Amador—. Ha venido a propósito a la ciudad para asistir al auto de fe. Eso da una idea de la importancia del acto de hoy.

—Sí, y a su lado debe estar sentado el gobernador de la ciudad, que, al fin y al cabo, es el responsable de las ejecuciones, como máxima autoridad civil. Recordad que la inquisición no puede condenar a muerte a nadie, ya que es un tribunal eclesiástico, lo que hace es «relajar» los presos a la justicia civil —comentó Batiste—. A sus respectivos lados deben estar los inquisidores del Tribunal de Valencia, Juan de Churruca y Andrés Palacios. Luego, en las posiciones laterales de las gradas se sitúan el resto del personal, como los notarios, los secretarios y demás personal.

—No te olvides de mi tío, Amador de Aliaga, el receptor del Santo Oficio, que también estará allí sentado, al lado de los inquisidores. En el próximo auto de fe ya será mi padre el que ocupará ese asiento —afirmó Amador, con cierto orgullo familiar.

—Apenas se distinguen sus siluetas y desde tanta distancia es imposible ver sus caras —dijo Jero.

—¡Mirad! Aquel debe ser Zomba —dijo Amador, que parecía divertido.

—¿Quién es ese? —preguntó Batiste—. No lo conozco.

—Es el verdugo de la ciudad, el encargado de dar muerte a los desgraciados condenados —contestó Amador—. Su verdadero nombre es Joan Diez, pero todo el mundo lo conoce por su mote, Zomba. Dicen que está medio chalado.

—Vaya trabajo más desagradable —comentó Jero, haciendo un gesto de repulsión.

—Será desagradable, pero está bien pagado, recibe 22 sueldos por persona quemada, así que haz los números —dijo Amador—. Lo sé de buena fuente, ya sabéis que mi familia es la encargada de los pagos.

—También está preparado el trompeta —dijo Batiste, mirando a una persona encima de las estructuras de madera construidas para la ocasión.

—¿El trompeta? ¿Para qué se necesita amenizar con música un espectáculo tan macabro? —preguntó Jero.

—Su misión no es amenizar nada. En unos momentos lo comprenderás.

—Se llama Pere Artús. También veo a Joan Navarro, el alguacil que suele asistir a los autos de fe. Lo recordaréis porque fue la persona que nos tiró ayer de la plaza —dijo Amador.

—Desde esta distancia no se distingue muy bien —dijo Batiste.

—Su barriga es inconfundible —replicó Amador.

—¡Callad!, que va a comenzar ya —dijo Jero.

El auto de fe se inició con un pequeño sermón, para dar paso a una especie de juramento, dónde todos los presentes manifestaban su compromiso de defender la fe católica y ayudar al Santo Oficio. Posteriormente se publicaban las sentencias, que eran leídas una a una. Los reos eran obligados a descender de su tablado hasta el espacio central del cadalso, atravesando una especie de corredor de madera llamado popularmente «calleja de la amargura». El notario del tribunal era el encargado de leer las sentencias, y se tomaba su tiempo.

—Esto se va a hacer eterno —dijo Jero.

—Es el procedimiento habitual de los actos de fe —le contestó Amador—. Ten en cuenta que tienen que leer las penas una a una, y son más de cincuenta.

—Ahora es cuando se entregan a los acusados a muerte al brazo secular, para que ejecute la condena —dijo Batiste.

—¿Y los van a quemar aquí mismo? —preguntó espantado Jero.

—Antes preguntabas para que se necesitaba una trompeta —dijo Amador—. Precisamente para esto, cuando son quemados vivos, la trompeta toca y amortigua los desgarradores gritos de los condenados. A los relajados que han confesado sus crímenes los matan antes de quemarlos, pero los impenitentes, es decir, los que se han negado a confesar sus crímenes, son quemados vivos.

—¡Pero eso es horrible! —dijo Jero, mientras se bajaba de su posición elevada. Aquello no lo quería ver.

—Aún queda la abjuración de los penitenciados y reconciliados. Esos no van a morir, Jero.

—¿Seguro? —preguntó su amigo, que estaba un tanto traumatizado por lo que acababa de ver, aunque fuera de lejos. Observó como bajaban grupos de personas y se arrodillaban ante el altar. Una persona del clero leía una especie de liturgia que los condenados se limitaban a repetir y luego firmaban en un libro. A todo aquello continuaron unas oraciones. Un coro se puso a cantar el himno *Veni Creator Spiritus*.

—Ya he tenido suficiente por hoy —dijo Jero, bajándose definitivamente—. No quiero ver más barbaridades.

—En realidad, casi ha terminado. El auto de fe no concluye hasta el final de la misa, pero ya has visto lo más importante —dijo Amador—. El resto ya no importa.

Poco a poco, como pudieron, se fueron alejando de aquel gentío.

—¡Qué morboso es el ser humano! —dijo con cierto asco Jero—. No entiendo qué le ven de interesante a los autos de fe.

—Antes no eran así, pero se han empezado a popularizar desde que la nobleza y figuras importantes de la Iglesia asisten. Hoy teníamos con nosotros al mismísimo inquisidor general de España y se comenta que el propio rey Carlos I vendrá a Valencia a presenciar uno —dijo Amador—. Imagínate la expectación que generará ese auto de fe. Aún habrá más gente que hoy. Ya no sé dónde se colocarán, si hoy ya estaba abarrotada la plaza.

—Quizá sea una cuestión social y de curiosidad más que de morbo —reflexionó Jero.

Batiste interrumpió la conversación.

—Hablando de curiosidad, ¿dejaste la nota que te di encima de la cama de tu padre? —dijo, dirigiéndose a Jero.

—Sí, lo hice ayer. No lo he visto desde entonces ni he vuelto a entrar en su habitación.

—No te preocupes, en cuanto tengas ocasión mira si hay una respuesta —concluyó Batiste—. Créeme que es importante.

Jero estaba muy extrañado por la actitud de su amigo Batiste, pero no se atrevía a preguntarle nada.

«Ya me lo contará si quiere», se dijo.

48 EN LA ACTUALIDAD, MIÉRCOLES 19 DE SEPTIEMBRE

—Nada de nada —dijo una voz.

—¿Cómo puede ser? Hace dos semanas que no se reunía vuestro *Speaker's Club* —le contestó otra voz.

—Sí, la semana pasada se desconvocó la reunión por el fallecimiento de la madre de Carlota, y no se trasladó la reunión a otro día porque Rebeca estuvo el resto de la semana en Madrid por trabajo.

—Y a pesar de eso, ¿no se habló de nada ayer?

—Te lo repito, se habló de muchas cosas, pero de nada trascendente.

—¿De nada?

—Sobre todo se cantó *We Are The Champions* y *God Save The Queen*, si te interesa te lo reproduzco.

—No creo que sea necesario. Aun así, ¿Rebeca no os contó nada? —preguntó incrédulo la persona que llevaba el peso de la conversación.

—Nada de nada, como te decía al principio. Carlota nos mostró la portada del periódico *La Crónica* de ayer, dónde salía una foto de Rebeca. Parece que ha fichado por un programa de radio nacional. Montamos una buena juerga y salimos del *pub* pasadas las diez de la noche, con cuatro pintas de cerveza en el cuerpo y todos muy contentos y cantarines.

—¿Ni con el alcohol a nadie se le escapó nada?

—Absolutamente nada. El ambiente era muy festivo, pero no nos informaron de nada que hubieran descubierto.

—Pero sabemos que sí que han ocurrido cosas.

—Sí claro, yo también las conozco, pero ni Rebeca ni Carlota quisieron contar nada en el *Speaker's Club.* Silencio informativo total.

—¿Es posible que sospechen algo de ti?

—Ya te dije en otro momento que, en ocasiones, he tenido la impresión de que Rebeca recelaba algo de mí, pero tú me dijiste que me olvidara de ese tema, que no podía ser.

—Sí, pero hasta ahora compartía con el grupo la información, a veces con algún retraso, pero siempre acababa contándolo todo. Ahora, por primera vez, parece que lo ha dejado de hacer.

—¿Crees que estamos ante un apagón informativo intencionado?

—No lo sé, aún es pronto para saberlo. Tendrás que estar más pendiente de lo habitual —dijo la voz que llevaba el peso.

—¿Es posible que Rebeca desconfíe del *Speaker's Club*?

—Aunque no quiero creerlo, entra dentro de lo posible.

—¿Qué ocurriría en ese caso? ¿Cómo actuaríamos? No nos podemos permitir quedarnos a oscuras.

—En ese caso, deberíamos cambiar por completo nuestra estrategia. Quizá salir a la luz. Es un tema que nos debemos plantear. Hasta ahora hemos permanecido ocultos, pero nos hemos enterado de todo lo que ha ido sucediendo. Si la situación cambia, es decir, si dejamos de recibir información, como te decía, igual nuestra estrategia deberá ser modificada en consecuencia.

—Supondrá un cambio de gran importancia. Ya sabes que no ha variado en siglos.

—Lo sé mejor que nadie, pero eso dependerá de lo que tú seas capaz de averiguar, que formas parte del grupo. En cuanto haya novedades me informas de inmediato. Recuerda, como siempre, te comunicas conmigo y tan solo conmigo, con nadie más.

—Sí, lo tengo claro —dijo el miembro de club.

—Muchas cosas pueden cambiar en el horizonte cercano, me preocupa.

Y tanto que lo iban a hacer.

49 7 DE SEPTIEMBRE DE 1524

—Ayer quemaron a Luis Vives Valeriola —dijo Batiste a su padre, nada más verse por la mañana, en la cocina de su casa.

—Lo sé, no me quedó más remedio que presenciar el lamentable espectáculo del auto de fe —dijo Johan.

—¿Le vas a decir a tu amigo que han matado a su padre?

—De momento no. Luis aún estará en Brujas con su mujer Margarita Valldaura, pero en unos días zarpará hacia Oxford para reincorporarse a su cátedra. Las noticias vuelan, supongo que se enterará por sus hermanas, pero cuando más tarde lo haga mejor. Desde luego yo no quiero ser portador de una noticia tan mala como esta.

—Fue extremadamente desagradable —dijo en un tono de asco Batiste.

—¿No me digas que lo viste? ¡Sabéis que lo tenéis expresamente prohibido! —se enfadó Johan.

—Tranquilo, estábamos muy lejos y apenas se distinguía nada. Ni siquiera se oían los gritos de los pobres desgraciados, la trompeta los amortiguaba.

—No debiste acudir, no es un espectáculo nada recomendable para jóvenes.

—Ni debiera serlo para adultos tampoco, pero la plaza de los apóstoles de *La Seu* estaba abarrotada de gente de todo tipo y condición.

Johan decidió cambiar de tema. No era agradable hablar de la muerte del padre de su gran amigo Luis Vives. Ya lo había pasado bastante mal ayer, no quería rememorarlo ni un segundo más.

—Hoy es el primer día de escuela, ¿no?

—Sí, hoy comenzamos las clases.

—Verás a tus amigos Amador y Jero.

—Desde que volvimos de Sevilla ya los he visto varias veces. Estuvimos juntos en el auto de fe de ayer, sin ir más lejos.

—¿Jero también lo presenció? ¿En qué estabas pensando? ¡Es tan solo un niño! —exclamó espantado Johan.

—Hablando de Jero, hay algo que no te debería contar, pero creo que debes saber.

Johan se puso en guardia.

—¿Por qué no me lo deberías contar? —preguntó extrañado.

—Porque tu amigo don Alonso, el conde de Niebla, no quería que supieras que está ahora mismo en Valencia. Lleva dos días en la ciudad.

Johan casi se cae de la silla.

—¿Cómo puedes tener esa información? —dijo, mientras se levantaba nervioso.

—Ya te he dicho que hay algo que te debo contar —dijo Batiste—. Anda, vuélvete a sentar en la silla, la explicación va a ser larga. Hay muchas cosas que no sabes y debes conocer.

Johan obedeció a su hijo.

—¿Te acuerdas de que te pregunté, antes de partir hacia Sevilla, que cuántos nobles conocías en aquella ciudad que se llamaran Alonso?

—Sí, recuerdo que no comprendí la pregunta y me extrañó.

—Pues la cuestión tenía su importancia. Jero vive en el Palacio Real y sabe que su padre es un noble sevillano llamado don Alonso, pero desconoce su identidad verdadera.

Johan vio por donde iba el razonamiento de su hijo.

—Yo conozco tan solo a un noble que se llame Alonso, pero en Sevilla hay más nobles con ese nombre. De hecho, es bastante común, podría nombrarte a unos cuántos. Ahora mismo me vienen a la cabeza tres, por ejemplo.

—Pero hay una cuestión que diferencia al conde de Niebla de los demás Alonsos. Jero escuchó a su padre hablar de ti, os conocíais personalmente —le interrumpió Batiste—, y tú me dijiste que el único noble con ese nombre con el que tenías amistad era él.

Johan iba de sorpresa en sorpresa.

—Eso es cierto. Es con el único que mantengo una relación cercana.

—Pues a eso me refiero.

—¿Acaso me estás intentado decir que mi amigo, el conde de Niebla, es el padre de tu amigo Jero?

—Todo apunta a que sí. Debe ser su hijo bastardo, por eso no reside con la familia en su palacio. Ha vivido en un convento de Sevilla durante todos estos años, y ahora se ha trasladado al Palacio Real de Valencia. Está recibiendo una magnífica educación y lleva una vida de lujos, supongo que sufragados por tu amigo y su padre don Alonso. Piensa que tan solo un noble muy poderoso podría permitir a Jero residir en el mismísimo Palacio Real de Valencia.

Johan estaba completamente confundido.

—¿Estás seguro de todo eso? Me parece muy extraño, la verdad.

—Pues hasta aquí es la parte menos misteriosa, lo más raro viene ahora.

—¿Aún más extraño que lo que me acabas de contar?

—Cuando estuvimos en su palacio en Sevilla, me acuerdo que el conde de Niebla nos dijo que no era demasiado amigo ni de los frailes ni de la inquisición, ¿lo recuerdas?

—Sí, así es. Sé de sobra que el conde no es demasiado religioso, por decirlo de una manera suave. Habla fatal de la Iglesia católica en privado, piensa que todos son unos aprovechados.

—Entonces, ¿me puedes explicar por qué viaja de incógnito a Valencia para asistir a un auto de fe de la inquisición? ¿Por qué se aloja en el Palacio Real, dónde tan solo acceden altos cargos eclesiásticos relacionados con la inquisición? ¿Por qué le dice a su hijo que nos oculte su presencia en la ciudad? Y todo ello sin tener en cuenta la cuestión de cómo puede saber que conocíamos que Jero era su hijo, porque ni yo se lo dije ni tú lo sabías.

Johan estaba absolutamente estupefacto. No sabía ni qué decir.

—Me parece que nos encontramos ante otra persona que no es quién dice ser —concluyó Batiste—. Otro misterio que unir al de don Bertrán. Quién sabe, igual están hasta relacionados.

—¡Por Dios, Batiste! ¡Qué tonterías dices! ¿Ahora metes al difunto don Bertrán por medio en este asunto también? ¿Qué será lo próximo?

—Don Bertrán no está muerto y lo sabes —dijo Batiste—, aunque no lo quieras creer.

—No lo sé y tú también lo sabes —respondió Johan.

«Quizá en un momento tenga las cosas más claras, si Jero me entrega la respuesta de su padre a la pregunta que le hice», pensó Batiste.

50 EN LA ACTUALIDAD, MIÉRCOLES 19 DE SEPTIEMBRE

—Hola Carlota, ¿te quedas a cenar? —preguntó Tote, nada más ver entrar a su sobrina y a su amiga por la puerta de la casa.

—Rebeca ha insistido —contestó Carlota—, y ya sabes que me convence con facilidad.

—¿Y a ti que te pasa? —siguió preguntando Tote, viendo la cara de Rebeca—. Parece que hayas visto a un fantasma.

—Lo he visto, créeme —respondió.

—Anda, sentaos en la mesa y preparo algo de cenar rápido —dijo Tote, mientras se dirigía a la nevera—. Disculpadme que sea una cena fría, a estas horas no me apetece ponerme a cocinar.

—No te preocupes, apenas tengo hambre —dijo Carlota.

—Yo ni siquiera tengo —contestó Rebeca.

—Pero ¿qué os pasa? ¿Venís de correr?

—No, venimos de ver al huevo Kinder —contestó Carlota con una sonrisa, intentando animar un poco aquella reunión, que parecía un funeral.

—¿Qué tonterías decís? —preguntó extrañada Tote.

—Por eso la he invitado a venir, para que sea ella quién te explique lo imposible, porque yo no lo entiendo —dijo Rebeca, que seguía muy seria.

—No es imposible, es muy sencillo de comprender, tan solo hay que abrir la mente —respondió Carlota.

—Vamos a ver, ¿qué ha ocurrido y dónde habéis estado? —preguntó algo preocupada Tote.

—Venimos de *La Crónica* —contestó Rebeca.

—¿A estas horas? ¿Y qué habéis hecho allí?

—Creo que es mejor que empiece la explicación desde el principio —dijo Carlota.

Se sentaron en la mesa y empezaron a cenar.

—Anda, Carlota, cuéntame porque mi sobrina tiene esa expresión de haber visto un fantasma y dice que ha observado lo imposible. Parece atontada. No es habitual verla así y me tiene preocupada.

Carlota se dispuso a iniciar la conversación.

—Para que comprendáis mi razonamiento completo, voy a empezar desde el principio, desde el tentempié que organizaste hace dos fines de semana en tu casa.

—Adelante —dijo Tote—, soy toda oídos.

—Como sabrás, aquel día tu sobrina y yo veníamos de correr por el cauce del rio. Cuando terminó la tortura de eso que Rebeca llama sano deporte, me invitó a tomar una cerveza en su casa, que eso sí que es sano de verdad. Entramos y nos encontramos con todo el personal del periódico. La expresión en el rostro de Rebeca era de absoluto desconcierto, estaba claro que no sabía nada de aquello. El primer hecho evidente fue que tú, Tote, habías organizado una fiesta en honor de tu sobrina sin invitar a tu sobrina. Reconócelo, aquello era extremadamente extraño, pero la conclusión lógica era que el motivo real debía ser otro, pero ¿cuál podía ser?

Carlota hizo una pequeña pausa para darle un bocado al *sándwich.* Continuó con su explicación.

—Lo primero que hice fue fijarme en el camarero. Por sus movimientos y manera de desenvolverse, estaba claro que su oficio no tenía nada que ver con el *catering.* Me fijé con más detenimiento en su indumentaria y advertí que llevaba una máscara de látex, aunque no sabía que era Richie. Iba completamente disfrazado para ocultar su verdadero rostro. En ese momento ya tenía claro cuál era el objeto de aquella fiesta.

—¿Y cómo lo pudiste deducir en ese momento? —preguntó Tote.

—Era evidente. Sabías que tu sobrina era espiada en el periódico, así que supuse que querrías conocer en persona a toda la plantilla, en un ambiente distendido que te permitiera, entre copa y copa, ciertas confidencias. También comprendí la función del falso camarero. El paso siguiente fue buscar la cámara oculta en el salón. No me costó demasiado, de hecho, encontré hasta tres. Dile a Richie que la próxima vez se esmere más. Su ubicación era evidente, abarcando todos los ángulos posibles.

—¿Y estabas haciendo todo eso sin comentármelo a mí? —preguntó Rebeca, que estaba escuchando alucinada—. Recuerdo que te dije que aquella fiesta era muy extraña.

—Es cierto, tú también te diste cuenta de que allí ocurría algo raro, pero no dedujiste nada más. Tampoco quise contarte lo que estaba haciendo, al fin y al cabo, era una fiesta organizada supuestamente en tu honor. No quería fastidiártela —respondió Carlota.

—Anda, continúa —dijo Tote, interesada.

—Me faltaba por revisar la terraza, así que cuando tuve la oportunidad cogí del brazo a Rebeca y la saqué del salón.

—Lo recuerdo, me hablaste de lo imponente que estaba Fabio.

—Era un simple pretexto. Mientras te entretenía con la conversación, estaba buscando cámaras. Me quedó claro que en la terraza no había ninguna.

—Todo lo que estás contando demuestra tu sagacidad, pero no explica lo del huevo Kinder ni tus deducciones posteriores —dijo Tote.

—No seas impaciente, que ahora llegamos al momento clave —dijo Carlota, dándole otro bocado al *sándwich*—. Voy a dar un pequeño salto y, con vuestro permiso, me traslado hasta el final de la historia.

—Permiso concedido —contestó Rebeca.

—Tote, ¿sabes por qué venimos ahora mismo tu sobrina y yo de la redacción de *La Crónica*?

—¿Cómo quieres que lo sepa? Hace un rato has dicho que veníais de ver el huevo Kinder, pero a saber qué quieres decir con eso.

—Recordarás que el lunes siguiente a la fiesta en tu casa, Rebeca advirtió que le habían registrado a fondo su mesa, su cajonera y sus expedientes. Supuso, de forma acertada, que el espía tuvo que aprovechar que, el sábado por la tarde, la práctica totalidad del personal del periódico se encontraba en el tentempié en tu casa. Debía saber que la redacción estaría casi vacía, cosa muy poco habitual. Era el momento ideal para hacer una incursión clandestina y aprovechar la ocasión para registrar la mesa de Rebeca.

—Sí, me acuerdo que me lo contó —dijo Tote.

—También recordarás, porque lo comentamos en el mes de mayo, cuando la falsa condesa de Dalmau visitó a tu sobrina en el periódico, que existe una cámara de seguridad enfocando la puerta de entrada de *La Crónica*.

—Sí, lo recuerdo.

—Estupendo, Tote. Pues bien, ahora mismo tu sobrina y yo venimos de observar las imágenes grabadas correspondientes a aquel sábado, del día y la hora de la fiesta.

Tote parecía que ahora comenzaba a comprender toda aquella historia que le estaban contando.

—¿No me digáis que habéis pillado al espía?

—Eso precisamente —dijo Carlota, con una expresión triunfal.

Rebeca no se pudo aguantar más y le dijo a su tía quién era. Tote casi se cae de la silla, como le había ocurrido a su sobrina en la redacción, pero esta vez sin la fanfarria de los bolígrafos y los lápices.

La expresión de Tote era antológica.

—¡Pero eso es imposible! —exclamó, con la cara desencajada—. ¡No puede ser!

—Y tanto que puede ser —respondió Carlota—. Y, además, le da sentido a toda la historia.

«¿Le da sentido?», se preguntó Tote. «¡Y un cuerno!».

51 7 DE SEPTIEMBRE DE 1524

—Otra vez a la escuela —dijo Jero—. No sé si será habitual decir esto, pero ya tenía ganas.

—Yo también —contestó Amador—. Me aburro con mi padre, se pasa todo el día repasando los libros de cuentas de mi tío. Cuando concluya con todo ese trabajo le relevará en su puesto de receptor del Santo Oficio. Espero que sea muy pronto, porque ahora la vida en mi casa es muy aburrida.

—Yo me alegro de veros todos los días, pero este verano no os puedo negar que he estado distraído —dijo Batiste—. La escuela me gusta, incluso me gusta el profesor Urraca.

—Ahí te has pasado —dijo Amador sonriendo.

Entraron en la clase. La mañana trascurrió de forma agradable con todos sus compañeros. El primer día siempre era una toma de contacto y apenas daban ninguna materia. El tiempo se les pasó volando. De hecho, ya era mediodía, hora de regresar a sus casas.

—Me lo he pasado fenomenal, y eso que no hemos hecho nada —dijo Jero—. Supongo que salir de mi jaula del Palacio Real siempre es placentero.

—¿Ya se ha ido tu padre? —preguntó Amador

—Sí, esta misma mañana. Esa es la parte mala del día. Ya no lo volveré a ver hasta el año que viene.

—¿Tan tarde? ¿Cómo lo sabes? —le preguntó Batiste.

—Porque me lo ha dicho. Tiene muchos asuntos que resolver y no podrá venir a Valencia en los próximos meses, ya me lo ha advertido. Por lo menos este viaje ha estado tres días y hemos podido hablar algo más de lo habitual, incluso más que en Sevilla.

—¿Te dijo si fue al auto de fe de ayer? —siguió preguntando Batiste.

—Sí, estuvo sentado en la tribuna de autoridades, al lado de los que mandan.

—Supongo que tú no le dirías que lo presenciaste —dijo Amador.

—No, claro que no. ¿Te crees que estoy loco? Me hubiera llevado una buena riña si se lo llego a contar, y seguro que un buen castigo también.

Los tres amigos se despidieron.

—Bueno, nos vemos mañana —dijo Batiste, que se fue hacia su casa.

Cuando llegó estaba vacía, su padre aún no había vuelto del trabajo. Subió a su habitación y dejó los libros de estudio. De repente, algo llamó su atención. En una esquina de uno de los libros sobresalía un papel. Aquello no estaba allí cuando se fue al colegio. Desde luego no lo recordaba, y tenía buena memoria.

Lo abrió y vio que era una pequeña nota.

«¿Cómo había llegado eso allí?», se preguntó sorprendido.

Se acordó de la nota que le había dado a Jero para que se la dejara encima de la cama de su padre, don Alonso. «¿Podría ser la respuesta?», se emocionó Batiste pensándolo. No le había querido decir nada a su amigo, había interpretado que su silencio significaba que su nota no había obtenido ninguna contestación, pero podía estar equivocado y tener en sus manos la respuesta.

Tomó la nota y la abrió con mucho cuidado. Leyó su contenido.

«Don Bertrán ya no existe. Ákros y Stikhos.», leyó en voz alta.

Se quedó un momento sin reaccionar, analizando lo que acababa de leer.

«O sea, que don Bertrán está muerto de verdad, según don Alonso», se dijo Batiste. Se llevó una pequeña decepción. Esperaba otra respuesta a su pregunta.

«¿Y esa firma tan extraña?», pensó. «¿Quiénes serán esos señores con nombre griego? Tendré que averiguarlo en la biblioteca de la escuela».

Oyó un ruido en el piso inferior. Supuso que su padre acababa de llegar a casa. Se apresuró a esconder la nota y la ocultó debajo de la talla de esa extraña virgen que fue propiedad de fray Bautista, el primer sitio que se le ocurrió. No quería enseñársela a su padre, de momento. Además, iba en contra de sus argumentos, porque seguía pensando que don Bertrán estaba vivo y que consiguió escapar de aquella emboscada en tierras francesas.

Después de todo el proceso, bajó las escaleras al encuentro de su padre. Le recibió con una sonrisa.

—¿Qué tal el primer día en la escuela?

—Entretenido, como siempre. Reencuentro con todos los amigos después de la pausa veraniega. Es agradable.

Batiste veía a su padre muy serio. No le pareció normal.

—Oye hijo, he estado pensando en lo que me dijiste ayer acerca de don Alonso. Tienes razón, es muy extraño. Que yo sepa jamás ha asistido a un auto de fe en Sevilla, y resulta que se desplaza hasta Valencia para atender a uno, además de incógnito. Esa no es la manera de comportarse del conde de Niebla. Algo fundamental no encaja en esta historia.

—Eso ya te lo dije ayer —contestó Batiste.

—No me voy a desplazar a Sevilla para hablar con él tan solo por este motivo, pero desde luego, la próxima vez que venga a visitar a su hijo Jero a Valencia quiero verlo, sí o sí. Me da igual si la visita es de incógnito o no. Quiero tu compromiso personal y que me des tu palabra de Corbera de que me informarás en cuanto llegue al Palacio Real.

«Aquello era razonable», pensó Batiste.

—No te preocupes padre, lo haré. A mí también me extraña la actitud de don Alonso, no parece propia de él, y eso que lo conozco mucho menos que tú.

—Entonces estamos de acuerdo, no me falles.

—Aunque te advierto que Jero me ha dicho que tenía muchos asuntos que resolver y que no volvería a Valencia hasta el año que viene.

—¿Muchos asuntos que resolver el conde de Niebla? ¡Si vive mejor que quiere! —exclamó extrañado Johan—. Es un auténtico señorito sevillano de alta alcurnia. Sus preocupaciones se limitan a supervisar a los administradores de su patrimonio que cobran sus censales, que suponen el cobro de cantidades periódicas a cambio de un capital, a asistir a actos sociales y poco más. No le gusta viajar muy lejos de Sevilla, ni siquiera le interesa la caza, a pesar de ser noble y de tener fincas dónde poder practicarla. Dudo que haya resuelto por sí mismo más de cuatro o cinco asuntos en toda su vida. Eso sí, entiende de vinos y de buenas viandas como nadie. En eso es un auténtico especialista.

—Pues es lo que me ha trasmitido Jero, supongo que es lo que su padre le diría antes de irse.

«Este tema es cada vez más extraño», pensó Johan. «No sé si debería preocuparme».

Si supiera la realidad, seguramente se preocuparía, y mucho.

52 EN LA ACTUALIDAD, MIÉRCOLES 19 DE SEPTIEMBRE

—No puede ser —insistió Tote, que no se podía creer la identidad del espía que le acababa de revelar su sobrina—. Debéis estar confundidas.

—Te aseguro que no estamos equivocadas. Vimos con nuestros propios ojos a la persona que entraba en *La Crónica*, exactamente a las 18:58 del sábado, a la hora en que casi todo el personal estaba disfrutando de la fiesta en tu casa.

—Pues no entiendo nada.

—Ahora que ya he contado el final, permíteme que continúe y entendáis cómo llegué a estas conclusiones. Para empezar, hay dos hechos muy importantes que ocurrieron sin llamar demasiado la atención. El primero de ellos, que Alba se bajó a comprar tabaco, y el segundo que salió a fumar a la terraza de vuestra casa —dijo Carlota.

—¿Qué tiene eso de importante? Fue a por tabaco al estanco de enfrente, volvió en apenas tres minutos y salió a fumar a la terraza porque no permito que nadie fume en el interior de la vivienda —contestó Tote, con cara de no comprender nada.

—Exacto. Mientras Rebeca y yo estábamos en la terraza, salió Alba fumando, acompañada de Teresa. Recuerdo que las cuatro mantuvimos una agradable conversación.

Carlota se giró hacia Rebeca.

—¿Recuerdas qué es lo que te llamó especialmente la atención en aquel momento? Tú misma me lo dijiste.

Rebeca se quedó pensativa.

—No sé, me acuerdo que ese ratito en la terraza me sentó de maravilla, hasta Alba estaba extrañamente simpática.

—Precisamente ahí tienes la respuesta —dijo Carlota, con una sonrisa incierta.

—¿Qué respuesta? —preguntó Tote.

—Pues el huevo Kinder.

De repente, a Rebeca le cambió la cara. Lo comprendió todo, hasta el significado del dichoso huevo.

—¡Claro! —exclamó—. ¡Qué idiota! Tuve que darme cuenta en ese mismo momento.

—¿Os importa iluminarme con vuestro conocimiento, que no me entero de nada? —preguntó Tote.

—Los huevos Kinder son idénticos por el exterior, sin embargo, son diferentes por el interior. Alba era un huevo Kinder.

—¿Tenía un regalo dentro de ella? —dijo Tote, que seguía sin pillarlo—. ¿Qué quieres decir con eso? ¿Acaso está embarazada?

Carlota se echó a reír.

—¡No, mujer! Lo que quiero decir es que la Alba que bajó a comprar tabaco no era la misma Alba que subió a vuestra casa de nuevo. Era un huevo Kinder, idéntica por fuera, pero, en realidad, diferente.

Carlota continuó.

—Tu sobrina se dio cuenta, pero no cayó en las consecuencias. Alba tiene una hermana gemela idéntica a ella, por eso mientras una, en este caso su gemela, participaba en la fiesta y estaba extrañamente simpática, la Alba real iba camino de *La Crónica* para registrar la mesa y los expedientes de Rebeca. Era un plan casi perfecto, jamás sospecharías de ella porque a esa hora, supuestamente, estaba en tu fiesta, además hablando contigo,

Tote no podía creer las explicaciones de Carlota.

—En tu historia hay muchas lagunas. Para empezar, ¿por qué había una traza genética en exceso, pero sin embargo no había una huella dactilar de más?

—Porque recordaréis que la Alba que subió de comprar tabaco llevaba un gorro rosa a juego con unos guantes monísimos. Me acuerdo que lo comentamos. Supongo que se pondría los guantes para no dejar su huella dactilar, pero no se le ocurrió que podríais hacer análisis de ADN. Al fin y al cabo, eso no entra dentro de lo normal.

—Pero Richie Puig determinó que Alba y Tere eran gemelas —insistía Tote en su incredulidad.

—Como ya os he comentado, no había cámaras de video instaladas en la terraza. Richie no pudo hacer el seguimiento de los vasos de Alba y Tere cuando salieron del salón. Allí no disponía de grabaciones.

Tote y Rebeca se dieron cuenta de las consecuencias.

—Las gemelas no eran ellas, sino las dos Albas —concluyó Carlota.

Tote seguía reflexionando a toda velocidad.

—Puedes tener razón. Esta tarde estuve investigando a Tere en el ordenador de la comisaría y no le mintió a Rebeca en el periódico. Tuvo una hermana gemela, pero falleció con tan solo un año de edad. Desde entonces es hija única. No hay ningún rastro de que tenga una hermana gemela en la actualidad.

—Blanco y en botella. Ahí tenéis el misterio resuelto —dijo Carlota.

—¿Resuelto? Yo diría que ahora comienza —dijo Rebeca.

53 10 DE ENERO DE 1525

—¡Por fin! —dijo Amador, con una expresión triunfal en su rostro.

—¿Qué ha ocurrido? —preguntó Batiste.

—Qué ha ocurrido no, qué va a ocurrir —contestó Amador.

—¿Qué quieres decir? —preguntó Jero.

—Mi padre Cristóbal ha terminado de revisar las cuentas de mi tío Amador de Aliaga y el rey ha aprobado su nombramiento como nuevo receptor del Santo Oficio en Valencia.

—¡Enhorabuena, Amador! Lo estabais esperando mucho tiempo, aunque es un cargo de mucha responsabilidad. Al fin y al cabo, es el delegado de la hacienda real en la ciudad —dijo Batiste.

—Lo sé, pero estoy convencido de que mi padre lo hará mejor que mi tío, ya que es muy meticuloso e íntegro. El año pasado fue un auténtico desastre para las arcas de la inquisición en Valencia, uno de los peores años de su historia. Apenas se cobró nada. Mi padre va a tener un reto muy difícil por delante. El rey le ha ordenado que este año, 1525, su objetivo es multiplicar los ingresos por tres con respecto al año anterior.

—¿Por tres? Tu padre es un loco, eso será muy difícil. Cada vez os quedan menos clientes, porque tenéis la mala costumbre de quemarlos vivos —dijo Batiste, con algo de sorna.

—Ese no es el problema principal, graciosillo —contestó algo molesto Amador con el comentario de su amigo.

—¡Ah! ¿no? Para cualquier negocio quedarse sin clientela es muy grave, y más si les pegan fuego en la plaza principal de la ciudad, mientras la gente disfruta con el espectáculo —insistió Batiste.

—Aunque no lo creas, ese no es el principal problema. En realidad, el problema es que los condenados han aprendido a ocultar sus bienes. Cuando intuyen que el Santo Oficio va detrás de ellos, los traspasan a familiares. Además, hay personal corrupto dentro de la inquisición valenciana, que acepta sobornos a cambio de ayudar a los condenados y penitenciados a esconder sus propiedades.

—¿Eso es cierto? —preguntó incrédulo Jero.

—Mi padre así lo cree y piensa acabar con esas prácticas.

—Es difícil de imaginarlo —dijo Batiste, pensativo.

—No tanto. Ya os conté en otra ocasión que el personal de la inquisición, salvo los cargos importantes, no está bien remunerado, además existe mucho desapego hacia la ciudad. ¿Sabíais que, de los diecinueve inquisidores que ha tenido hasta este momento el tribunal del Santo Oficio local, ninguno ha sido valenciano? Además, doce de ellos eran canónigos, que de cuestiones administrativas andaban muy perdidos.

—No lo sabía —dijo Batiste—. Pensaba que Andrés Palacios era valenciano.

—No, es aragonés, de un pueblo llamado Villarroya de la Sierra.

—¿Cuándo dices que el personal no está bien retribuido, a qué te refieres? —preguntó Jero—. Porque igual lo que es poco para ti, es mucho para otros.

—Os hablo del tribunal de Valencia, que es el que conozco, en otros lugares las cantidades pueden variar. Los mejor pagados son los dos inquisidores y el receptor, que son los cargos más importantes. Cobran cada uno 6.000 sueldos anuales. Sin embargo, hay mucha diferencia con el siguiente escalón, que también son cargos de relevancia. Los notarios y el procurador fiscal cobran la mitad, es decir 3.000 sueldos cada uno. Y estamos hablando de los privilegiados, si descendemos aún más nos encontramos desde el nuncio, que cobra 1.300 sueldos hasta el carcelero o los alguaciles, que cobran en torno a 1.000. Y aún hay personal que percibe cantidades inferiores.

—La verdad, pensaba que estaban mejor pagados —dijo Jero—. Tienes razón, no son cantidades significativas.

—A pesar de eso, siempre lo he dicho, tenéis una maquinaria demasiado grande, y cada año crece más. Es decir, más gastos y menos ingresos. Sois demasiados, os sobra gente —dijo Batiste—. Deberíais adelgazar la estructura administrativa cuanto antes. Podría llegar un momento en que no seáis rentables y no alcancéis a pagar los salarios de vuestro propio personal.

—Quizá sea así, pero el tribunal de Valencia tan solo ha tenido déficit tres años desde que se fundó, en 1482. El verdadero problema es que, en ocasiones, el personal de la inquisición cobra con mucho retraso. Estos dos últimos años, durante varios meses, muchos de sus miembros no han percibido ningún tipo de ingreso. Lo sé porque el encargado de los pagos era mi tío. Qué casualidad que durante 1523 y 1524, que se ha cobrado poco, mal y tarde, hayan sido los peores ejercicios en ingresos de la inquisición valenciana en mucho tiempo. Una cosa lleva a la otra —explicó Amador—. Es duro que en una familia no entre nada de dinero. Supongo que, en estos casos, es más fácil que los miembros del Santo Oficio se corrompan y que acepten sobornos, a cambio de esconder los bienes de los penitenciados.

—Pues pagarles de forma regular cada mes, sin ningún tipo de retraso y tema resuelto —dijo Jero—. Ahí tienes la solución al problema.

—No te creas que eres el único que piensa eso. El propio rey le envió una carta a mi tío Amador de Aliaga en términos muy duros, haciendo referencia a las constantes quejas que estaba recibiendo por los retrasos en los pagos. El propio personal de la inquisición se atrevía a protestar ante el rey.

Tened en cuenta que el receptor es la persona que más responsabilidad atesora, en muchas ocasiones incluso por encima de los propios inquisidores. Tanto poder llegó a acumular mi tío que el rey, hará unos seis años, nombró a un notario específico para controlar las penas y penitencias. Mi padre ha trabado una buena amistad con él, se llama Juan Argent.

—He oído hablar de él a mi padre —dijo Batiste—, y en buenos términos. Dice que es muy inteligente.

—Lo es, y además también es una buena persona. Ha ayudado mucho a mi padre durante estos últimos meses, sobre todo a comprender ciertas cuestiones. Tened en cuenta que el cargo de receptor es muy complicado y de gran responsabilidad. El notario de secuestros se limita a hacer inventarios y valorar los bienes, pero luego esos mismos bienes hay que convertirlos en almoneda, y suele haber grandes diferencias entre la valoración y lo que se obtiene en la realidad.

—¿Por qué? —preguntó Jero—. Eso significa que alguien no hace bien su trabajo, o el que valora o el que vende.

—No es tan sencillo. Os voy a poner un ejemplo reciente, lo conozco porque mi padre lo ha tenido que estudiar. Sé que le ha causado grandes problemas comprenderlo y no estoy seguro de que lo haya conseguido, por eso ha tardado tanto tiempo en aceptar el cargo de receptor. Durante el año 1522, hace apenas dos ejercicios cerrados, el notario de secuestros del tribunal de Valencia valoró bienes por importe de más de 400.000 sueldos, sin embargo, en las arcas de la inquisición tan solo ingresaron unos 160.000 ese mismo año. Esa responsabilidad es del receptor. Entenderéis que el rey no estuviera demasiado contento últimamente con la labor de mi tío, por eso lo ha sustituido por mi padre.

—Pero ahora esa gran responsabilidad recaerá sobre él. Está claro que tenéis una gran vía de agua en el barco de la inquisición que tu padre tendrá que taponar —dijo Batiste, metafóricamente—. No le arriendo la ganancia, le va a ser muy complicado.

—En descargo de mi tío, no todo es culpa del receptor. Pensad que, según las instrucciones de fray Tomás de Torquemada, que fue el primer inquisidor general de España, tan solo se pueden confiscar los bienes a partir del momento que se ha cometido la herejía, no antes. Imaginaos las pillerías para determinar esa fecha concreta, es muy complicado y en muchas ocasiones acaba en los tribunales. También cuando un marido es condenado, la mujer reclama la dote aportada al matrimonio, aunque haya sido secuestrada por el Santo Oficio, pleitos que suelen ganar con mucha frecuencia. Por supuesto también existe lo que os he contado antes, la corrupción. Miembros de la inquisición aceptan sobornos para esconder bienes. Como comprenderéis, es todo más complicado de lo que puede parecer a simple vista.

—Tu padre es un valiente —dijo Batiste—. Da la impresión de que se mete en la boca del lobo.

—Supongo, pero es honrado, tenaz y le gusta su trabajo. Estoy seguro de que conseguirá alcanzar sus objetivos, aunque no sean sencillos —respondió Amador, con confianza fraterna.

—¿Cuándo toma posesión efectiva como receptor? —preguntó Jero.

—Dentro de dos días. Así lo ha decidido el rey y ya lo ha comunicado tanto a mi tío como a los dos inquisidores.

A Jero se le ocurrió una idea.

—¿No te apetecería ver y escuchar ese acto? Debe ser emocionante para un hijo ver a su padre tomar posesión de un cargo tan importante —dijo, mientras le guiñaba un ojo a Amador.

—¿Desde la rejilla de calefacción de tu habitación en el palacio?

—¡Pues claro!

Amador parecía emocionado por la invitación de su amigo.

—¡Allí estaré! ¡No me lo pienso perder!

—Oye, no me dejéis de lado, que yo también quiero ir —dijo Batiste.

54 EN LA ACTUALIDAD, JUEVES 20 DE SEPTIEMBRE

Curiosamente, Rebeca durmió mucho mejor que la noche anterior. Se despertó con el primer sonido del despertador y salió a la cocina. Tote ya se estaba preparando el desayuno.

—Buenos días, tía.

—¡Caramba! Te veo mejor cara que ayer.

—Supongo que resolver el pequeño misterio del huevo y saber que mi amiga Teresa no tiene nada que ver con la impresentable de Alba, algo habrá ayudado.

—Supongo que será eso.

Se tomó su vaso de leche habitual y salió en bicicleta hacia *La Crónica.* Hoy tenía que empezar a preparar su programa de radio del lunes que viene. Aún no tenía decidido de qué hablar.

Entró en la redacción y pasó por delante de Alba, que ni levantó la cabeza. Nunca había simpatizado con ella, y ahora que sabía con seguridad que era la persona que la espiaba, todavía menos. «¿Será ella o su gemela?», pensó con maldad. «Será ella, porque su gemela parecía más simpática».

Llegó a su mesa y se encontró con su amiga Tere.

—Hoy has dormido mejor que ayer, ¿verdad? ¡Menuda diferencia de cara!

—Hola, Tere. Mi tía me ha dicho lo mismo esta mañana. Hoy he pasado una buena noche, ayer no hubo pintas de cerveza —contestó jovial.

Se sentó delante de su ordenador, abrió su cajonera, cogió un expediente y empezó a teclear.

«Espero una mañana tranquila, a ver si termino el programa de radio del lunes», pensó.

No había terminado ese pensamiento cuando se vio cómo se acercaba Alba hacia su mesa.

«¡No, por favor!», se dijo. «Hoy no».

—Rebeca, ¿me puedes acompañar?

«¿Adónde?», pensó intrigada, mientras le contestaba.

—Claro, Alba —respondió Rebeca, levantándose de la silla, con cierta curiosidad.

La siguió hasta su mostrador.

«No vamos al despacho del director Fornell, ¡qué raro!», se dijo.

—Te han traído estos dos paquetes —dijo Alba, mientras le señalaba dos bultos encima de su mesa.

—¿Quién?

—Tienes el recibo encima.

Rebeca cogió el sobre y lo abrió.

—¡Bartolomé Bennassar! —leyó en voz alta.

Se acordó del historiador francés con el que coincidió en una recepción en la embajada francesa en Madrid, invitada por su amiga Carol Antón, cuyo padre era el agregado cultural. Esos días Rebeca estaba en Madrid visitando los estudios centrales de la emisora de radio. Coincidió en el tren con su amiga Carol, que le invitó a la recepción.

Había tenido una pequeña entrevista privada con el historiador, y descubrió que era amigo de sus padres, incluso le contó que había estado alojado en su casa durante dos meses, cuando Rebeca tenía tan solo un año de edad. La historia era cierta porque Rebeca había encontrado, dentro del álbum de fotos de su familia, una foto que Bartolomé la tenía en brazos. Calcularía que tendría, como mucho, un año de edad. Le había prometido que le enviaría las notas y la documentación de todos los temas que trató con su madre. El historiador estaba muy enfermo, los médicos apenas le daban semanas de vida y había perdido casi toda la memoria, pero afortunadamente tenía la costumbre de anotarlo todo.

Rebeca desconocía que su madre estuviera interesada por la Inquisición española. No sabía por qué. Era un pequeño misterio. No le encontraba sentido.

Abrió la primera de las cajas, y vio un montón de carpetas, en aparente desorden.

«¡Madre mía! Aquí hay un montón de papeles», pensó. «Me llevaré las cajas a casa y poco a poco las iré leyendo». La segunda caja ni siquiera se atrevió a abrirla.

Volvió a su mesa y continuó preparando el programa de radio.

«¡Qué casualidad!», se dijo. El tema que había elegido para hablar el lunes era la historia de un personaje de los más enigmáticos en la historia valenciana y española, nada más y nada menos que *El encobert*, un individuo muy peculiar y rodeado de un halo de misterio. Acabó como líder de la revuelta de las Germanías y convivió en la época más sanguinaria de la inquisición. Murió en 1522, asesinado.

Miró las dos cajas con inmensa pereza. Suponía que habría dentro de ellas un montón de documentación que revisar. Le parecía muy extraño que su madre se hubiera interesado por un tema tan concreto. La inquisición en Valencia era algo muy particular y especializado para alguien ajeno a la Historia.

«Me parece que me voy a aburrir», pensó, pero al mismo tiempo le apetecía conocer por qué su madre contactó con Bartolomé Bennassar. Al fin y al cabo, ella no pertenecía a ese mundo.

¿Aburrirse? Estaba muy equivocada. Estando su familia de por medio era imposible aburrirse. Eran demasiado intensos e interesantes como para pasar inadvertidos.

No sabía la sorpresa que le esperaba nada más llegara a su casa.

Sorpresa de color negro.

55 12 DE ENERO DE 1525

—Ese que acaba de entrar debe ser tu padre —dijo Jero.

—¿Cómo lo sabes? —preguntó Amador.

—Porque en las tomas de posesión tan solo asisten cuatro personas. Los dos inquisidores, el notario escribano y el propio interesado. Los tres primeros ya estaban sentados en la sala, así que tan solo faltaba él.

Batiste, Amador y Jero se encontraban espiando la sala de reuniones del tribunal del Santo Oficio de Valencia a través de la rejilla de la calefacción de la habitación de Jero, como ya habían hecho en otras ocasiones.

Amador estaba emocionado.

—La lástima es que no pueda contar en casa que he sido testigo de este momento.

—¡Ni se te ocurra! Tu padre está a punto de convertirse en un alto cargo de la Santo Oficio del tribunal local. Si se enterara que hemos espiado este acto seguro que se lo contaría a los señores inquisidores. Ya me imagino lo que me pasaría a continuación, por permitiros entrar en el Palacio Real sin su permiso —contestó asustado Jero.

—Tranquilo, ya lo sé. No se lo pensaba contar, tan solo estaba fantaseando —replicó Amador.

—Pues fantasea con otras cosas y no me des estos sustos, que se me quitan las ganas de invitaros.

—Si os calláis, quizá podamos escuchar algo —dijo Batiste.

Los tres amigos se concentraron en mirar lo poco que se vislumbraba de la sala y en escuchar lo que se decía.

Vieron como el padre de Amador, don Cristóbal de Medina y Aliaga, ponía la mano sobre un libro, que supusieron que sería una Biblia, y escucharon cómo juraba defender la fe católica y se comprometía a cumplir con su cargo con la rectitud, honradez y fidelidad al Santo Oficio de la Inquisición y a sus normas. Cuando terminó de pronunciar todas las frases ceremoniales, Juan de Churruca y Andrés Palacios se levantaron de la mesa y le abrazaron. Escucharon como le daban la bienvenida al tribunal de Valencia.

El acto apenas duró un par de minutos. Amador estaba emocionado y al mismo tiempo nervioso.

—¿Os importa que me desahogue un poco? Esta habitación es muy grande. ¿Puedo correr?

Jero y Batiste se rieron de la ocurrencia de su amigo.

—¿Correr? ¡Mira que eres raro! Haz lo que quieras, mientras no hagas demasiado ruido —contestó Jero.

Mientras Amador hacía el loco por la habitación, dando evidentes muestras de su alegría, Batiste se dirigió a Jero.

—No habíamos hablado de este tema desde hace tres meses, pero al volver de la escuela, el primer día de clases, encontré entre mis libros la respuesta de tu padre a la carta que le dejaste encima de su cama.

—Sí, para mi sorpresa, todo ocurrió como tú dijiste. A la mañana siguiente del auto de fe, cuando mi padre se despidió de mí y abandonó el Palacio Real, entré en la habitación que había ocupado. En el centro de la cama, en el mismo sitio dónde le deje tu nota, había otra en su lugar. Aprovechando el primer día en la escuela te la escondí dentro de uno de tus libros. No te comenté nada, supuse que te darías cuenta de ella.

—¿No la abriste?

—¡Ni se me ocurrió! ¡Cómo iba a hacer eso! —se indignó Jero—. Tampoco leí la nota que le dejaste, así que menos todavía su contestación.

Batiste se quedó mirando a su joven amigo. Desde luego era una persona fuera de lo común.

—No te extrañes por la pregunta que te voy a hacer.

—¿Extrañarme yo por algo? ¿No conoces lo singular de mi vida? —respondió irónico Jero—. ¿Qué me puede parecer raro?

—¿Sabes de alguien llamado Ákros o Stikhos?

Jero se quedó en silencio durante un momento.

—Parecen nombres griegos. ¿No serán filósofos de la época antigua?

—No creo. He consultado todos los libros de la escuela y de la biblioteca estos últimos tres meses y no he encontrado ninguna referencia acerca de ellos.

Jero estaba intrigado.

—Si no es una indiscreción, ¿por qué me haces esta pregunta tan extraña?

—Porque tu padre firmaba la contestación a mi nota con esos dos nombres, por eso te preguntaba si los conocías.

—¡Caramba! Otro misterio más para la colección —dijo Jero—, y ya he perdido la cuenta...

56 EN LA ACTUALIDAD, JUEVES 20 DE SEPTIEMBRE

Rebeca entró en casa cargada con las dos cajas que le habían enviado a *La Crónica*. Casi no podía ni andar, la primera era la más pesada y voluminosa, la segunda era más ligera y pequeña.

—¿Dónde vas con semejantes bultos? —preguntó Tote nada más ver a su sobrina tan cargada.

—¿Te acuerdas de que en Madrid estuve con Carol Antón en una recepción en la embajada francesa y conocí al historiador Bartolomé Bennassar?

—Sí, recuerdo que me dijiste que había hecho amistad con mi hermana, que también era tu madre, Catalina Rivera.

—El pobre está moribundo, pero me prometió que me enviaría la documentación y las notas de los temas que trató con ella. Aquí están —dijo Rebeca señalando las cajas que había dejado encima de la cocina.

—A juzgar por su tamaño y volumen, sí que parece que trataron bastantes asuntos.

—Me anticipó que estaba interesada por determinados personajes y lugares relacionados con la Inquisición en la ciudad. No sé para qué se preocuparía mi madre por ese tema tan específico. Que yo sepa, no tenía ningún conocimiento previo en la materia, por lo menos a mí no me comentó nada jamás, y mira que hablamos de temas curiosos y raros.

—La verdad es que sí que es extraño, a mí tampoco me dijo nada.

Rebeca cambió de tema. Estaba preocupada.

—Oye tía, estaba pensando en todo lo que está ocurriendo a nuestro alrededor. ¿Es posible que exista en la actualidad otro

Gran Consejo? No me puedo quitar de la cabeza esa idea, podría explicar muchas cosas.

—Yo también he estado pensando en lo mismo. Creo que no solo es posible, sino que es muy probable —contesto rotunda Tote.

—El tema de la falsa gargantilla es definitivo. ¿Quién estaría más interesado en alejarnos del supuesto árbol judío del saber milenario que sus protectores, es decir, el Gran Consejo?

Tote recordó una cuestión que le había comentado Rebeca hacía algún tiempo.

—¿No me dijiste que conocías la identidad del número siete y que pertenecía al *Speaker's Club*?

—Sí, por eso supongo que mantendría informado al supuesto Gran Consejo de todos nuestros progresos. También supongo que se asustarían, y por ello «plantaron la prueba» falsa de la gargantilla, para desviar nuestra atención. Ellos no sabían que la otra parte del mensaje, la del sobre del conde, también era falsa porque me la había inventado yo. Pensarían que nos estábamos acercando demasiado al árbol y reaccionaron de inmediato, intentando alejarnos de nuestro objetivo.

—Ahora tenemos una ventaja, que al mismo tiempo es una desventaja —dijo Tote.

—¿A qué te refieres? —preguntó Rebeca, sin comprender la frase.

—Conocemos su existencia, pero ellos no saben que nosotros sospechamos de ellos. Supongo que Alba debe pertenecer al Gran Consejo, y tú conoces al número siete, que forma parte de tu club, esa es la ventaja, pero precisamente por eso no podemos contar con la ayuda del *Speaker's Club*. Esa es la desventaja.

—Tienes razón —admitió Rebeca.

—En el pasado, los miembros de tu club nos han ayudado mucho a resolver los problemas. Reconoce que, si no llega a ser por ellos, no hubiéramos desentrañado muchos de los misterios del pasado.

—No creo que Alba forme parte del Gran Consejo. No tiene cerebro, es tonta perdida, la veo más cómo un instrumento, como un simple peón. Pero con respecto al resto, es cierto, tienes mucha razón, pero eso tiene fácil solución —dijo Rebeca.

—¡Ah! ¿sí? —preguntó extrañada Tote—. ¿Y se puede saber cuál es esa solución tan sencilla?

—Creamos un club paralelo con la gente de absoluta confianza. Ya te conté por quién pondría la mano en el fuego y por quién no. Podemos quedar cuando sea preciso, de incógnito, por ejemplo, aquí en casa.

—¿Me estás tomando el pelo? ¿Otro grupo más? ¿Eso sería operativo? —preguntó Tote, incrédula.

—Hablo completamente en serio —contestó Rebeca, seria—. Seguimos necesitando ayuda para progresar, y para nuestra desgracia, el *Speaker's Club* no nos vale.

—¿Quién formaría parte de este segundo grupo?

—Ya te dije de quién me fiaba. La primera Carlota y su pareja Álvaro Enguix. Aunque no lo conozco mucho lo necesitamos por el tema de su difunto padre. También me fio de Carol, no estaba en el mes de mayo cuando ocurrió y se desarrolló el misterio de los dibujos de la condesa. Del club, para terminar, quizá añadiría a Xavier y a Bonet. Nadie más. De fuera del club sería interesante contar con Sofía, con Richie y por supuesto contigo. Ocho personas, no más.

—¿Pero el resto de miembros excluidos no sospecharían nada raro?

—Las reuniones del *Speaker's Club* continuarían como siempre. Una cosa no sustituye a la otra.

—Bueno, tú sabrás lo que haces, conoces a tus amigos mucho mejor que yo, pero no sé si otro grupo es la solución.

—Nos podríamos llamar *Los espiritistas*, en honor de los muertos vivientes —dijo Rebeca, con una sonrisa irónica.

Tote se rio de la ocurrencia de su sobrina.

—¡Mira que tienes ideas extravagantes!

—Seamos realistas, tía. Vamos a necesitar ayuda, como en el pasado. Todo vuelve a empezar otra vez, pero con actores nuevos que desconocemos. Hay nuevos personajes en la película.

Tote estaba pensativa, pero también preocupada.

—Supongo que tienes razón.

—Además, tengo el presentimiento de que se acercan momentos difíciles para todos.

Rebeca se levantó y se dispuso a coger las cajas para quitarlas del salón y llevárselas a su habitación.

—Espera que te ayudo —dijo Tote, tomando entre sus manos el bulto más pequeño. Al hacerlo, se le abrió por la parte superior y dejó al descubierto el contenido de la caja.

Rebeca y Tote se quedaron completamente pasmadas cuando advirtieron su interior. Allí no había documentación como en la de mayor tamaño. Había otra cosa. Rebeca lo reconoció de inmediato. Se quedó sin saber reaccionar ni qué decir.

«¡Aquello no podía ser!», pensó con espanto Rebeca.

—Me parece que acabamos de descubrir la respuesta a alguno de nuestros interrogantes —dijo Tote.

Rebeca seguía sin reaccionar, mirando el contenido de la caja, con los ojos abiertos como platos. Si albergaban alguna pequeña duda, ahora ya no cabía ninguna.

Se acercaban tiempos difíciles.

Vuelta a empezar.

57 13 DE ENERO DE 1525

Cristóbal de Medina y Aliaga estaba un tanto abrumado por la responsabilidad que había asumido desde ayer, como nuevo receptor del tribunal del Santo Oficio de Valencia. Llevaba más de nueve meses en la ciudad preparándose para el cargo, por órdenes expresas del rey Carlos I. Se tomó su tiempo, ya que las cuentas de su antecesor y familiar, Amador de Aliaga, no estaban del todo trasparentes. A pesar de la inestimable ayuda del notario de penitencias, Juan Argent, había cuestiones que seguía sin verlas claras. Al final no lo pudo demorar más, ya que el rey le forzó a asumir el cargo a principio del presente año, o sea, ayer mismo.

Cristóbal entendía al monarca. Las cuentas de los últimos años habían sido un auténtico desastre, y la tendencia era a ir todavía a peor. Algo había que hacer, y rápido. Sin ninguna duda había que detener el deterioro de los ingresos. El año 1521 se había ingresado 245.000 sueldos y fue un año muy rentable para el tribunal. Sin embargo, a partir de ahí todo fue a peor. En 1522 se ingresó la cantidad de 163.000, en 1523 de 80.000 hasta tocar fondo en 1524, con tan solo 57.000 sueldos. Cristóbal comprendía que aquello era completamente inaceptable para el monarca. Aunque le sabía mal por Amador de Aliaga, comprendía su sustitución, incluso él mismo lo había reconocido. La situación bordeaba la desesperación.

Le esperaba una labor ingente. El rey le había impuesto el objetivo de triplicar los ingresos para este año 1525, y consolidarlos en alza para 1526. No sabía si era un objetivo realista, vista la evolución de los últimos años y su tendencia, pero desde luego tendría que revisar expediente por expediente. No se le podía escapar ni un solo sueldo si quería tener alguna posibilidad de cumplir lo que le había prometido a Carlos I. Estaba muy preocupado.

Escuchó cómo llamaban a su puerta.

—Adelante —gritó.

—Hola, Cristóbal. Antes que nada, enhorabuena por tu nombramiento de ayer. No por esperado deja de ser menos importante.

—Gracias, Juan. No sé si realmente merezco las felicitaciones. Creo que estoy metido en un buen lío.

La persona que acababa de entrar en el despacho de Cristóbal era el notario Juan Argent, que tanto le había ayudado estos meses a comprender el gran problema que debían afrontar.

—Tengo una cosa muy clara. Si alguien es capaz de enderezar esta situación eres tú, Cristóbal. En estos nueve meses que hemos trabajado juntos he podido ver que eres una persona competente y honrada, dos cualidades que no abundan en el tribunal del Santo Oficio de Valencia, aunque quede mal que lo diga un miembro del mismo.

—No te falta razón, por lo poco que he llegado a ver, pero hay una cuestión muy importante, y por eso te he mandado llamar.

—Soy todo oídos.

—Como tú has dicho antes, hemos trabajado nueve meses juntos, y yo también he sacado mis conclusiones con respecto a ti. Tengo muy claro que, si tengo alguna posibilidad de cumplir con las exigencias del rey y triplicar los ingresos este mismo año, voy a necesitar toda tu ayuda e implicación. Hay que reconocerlo, es una misión casi imposible.

—Ya sabes que estaré a tu lado en todo momento.

—Vamos a tener que trabajar muy duro, no solo con los temas futuros, sino también con los expedientes del pasado. Intuyo que nos podemos encontrar con sorpresas, por lo poco que hemos podido comprobar estos meses de intensas revisiones.

—No vas desencaminado, pero necesitaremos tiempo y ayuda.

—No te preocupes por ninguna de las dos cosas. No soy un hombre muy rico, pero no me falta el dinero. De mi propio peculio particular completaré tu salario hasta los 6.000 sueldos, que es lo mismo que cobraré yo, así estaremos en plano de igualdad. Te necesito implicado al cien por cien, porque no espero gran colaboración por parte de los señores inquisidores. Me da la impresión que viven en su mundo y ni siquiera comprenden la magnitud del problema real.

—Te lo agradezco mucho, Cristóbal, aunque no era necesario. Ibas a contar con mi total colaboración de igual manera.

—No es un regalo, Juan. Te aseguro que te los vas a ganar. No quiero fallar al rey, así que tendremos que trabajar día y noche, si es necesario. Tenemos que conseguir este año, al menos, 150.000 sueldos de ingresos, y el que viene pasar de los 200.000.

—Es todo un reto, teniendo en cuenta que partimos de unos ingresos el año pasado de poco más de 50.000, y con clara tendencia a la baja. El personal está desmoralizado, ya conoces los problemas.

—Ya sabes el absoluto desorden que nos hemos encontrado. Me fio de muy pocas personas entre ese personal, me temo. Me parece que nadie fuera de esta habitación, incluyendo al propio rey, cree que se pueda conseguir esos objetivos —expuso Cristóbal, con una brutal sinceridad.

—En realidad, ni siquiera dentro de esta habitación, me temo. Es un reto harto complicado. Supongo que eres consciente de la enorme magnitud del problema, Cristóbal. Ser optimistas y estar dispuestos a dejarse la piel no significa perder el sentido de la realidad.

—Claro que soy realista. Rebuscaremos debajo de las piedras, si es preciso —concluyó el receptor.

Cristóbal de Medina y Aliaga, aunque no lo sabía, acababa de pronunciar unas palabras proféticas.

Debajo de las piedras.

58 EN LA ACTUALIDAD, JUEVES 20 DE SEPTIEMBRE

Tote y Rebeca estaban como hipnotizadas mirando el contenido de la caja pequeña. La habían dejado caer encima de la cama de Rebeca.

—¿Esto te lo manda el historiador francés ese? —preguntó asombrada Tote.

—No lo sé, la verdad es que daba por supuesto que las dos cajas venían de él, porque Alba me las entregó al mismo tiempo. A la vista de su contenido, lo dudo mucho. Supongo que Bartolomé Bennassar me mandaría la caja con la documentación, pero desde luego que no esta que tenemos delante de nosotras.

—¿No hay ninguna nota dentro?

Estaban observando su interior, pero ninguna de las dos se había atrevido a meter la mano dentro de la caja.

—No lo sé. Habrá que comprobarlo —contestó Rebeca, mientras se armaba de valor y rebuscaba entre su contenido. Efectivamente, en el fondo parecía haber un sobre. Rebeca lo sacó y lo puso encima de la cama.

—Está en blanco, no tiene destinatario —dijo Tote, mirando al sobre y a su sobrina—. ¿No lo piensas abrir?

—Supongo que debería, ¿no?

—Si quieres saber quién te ha enviado esta caja, desde luego sería recomendable que lo hicieras.

Rebeca abrió el sobre. Dentro no había ningún remitente, tan solo una pequeña nota con letras y números sin aparente sentido.

GC25S23ISN

—¿Se supone que debo saber qué significa este galimatías? —preguntó Rebeca, que no comprendía el sentido de aquello—. Parece un número de referencia.

—Ahora que dices eso, ¿no será la referencia del envío de la empresa de mensajería?

Rebeca se quedó mirando a Tote, sonriendo.

—Tía, ¿en serio crees que esta caja, viendo su contenido, me la ha traído una empresa de mensajería y me dejarían un código para localizar al remitente?

Tote tardó un par de segundos en contestar.

—No, supongo que no tiene ningún sentido.

—Entonces, no creo que esa nota sea ninguna referencia de ninguna empresa. Habrá que pensar en otra cosa.

—Lo único claro es que la caja iba dirigida a ti —contestó Tote—. ¿No te dice nada?

—Está muda para mí, no me habla.

—Yo tampoco te puedo ayudar, lo siento, no se me ocurre nada.

No podían apartar su mirada del objeto que tenían frente a ellas. Estaban observando, nada más y nada menos, que una capa negra con una gran capucha. La misma prenda original que se utilizaba en las reuniones del Gran Consejo desde su fundación en el siglo XIV y que todos sus miembros debían llevar puesta, para evitar que se les reconociese.

—Por lo menos se han disipado las dudas que nos pudieran quedar, el Gran Consejo existe en la actualidad y, si me envían esta capa, es porque quieren que asista a una de sus reuniones —dedujo Rebeca—. El tema debe ser grave si me convocan a mí, ya sabes que, como undécima puerta, no participo de sus cónclaves. Que yo sepa, el número once tan solo asistió a una reunión en toda la historia del Gran Consejo, en concreto en el lejano año de 1391, poco antes de poner en marcha el plan de *Las doce puertas*. ¡Imagínate si es extraña esta convocatoria!

—Entonces, ¿qué pasa con la condesa de Dalmau, con Abraham Lunel o con Tania Rives? ¿No eran ellos los números uno, dos y tres del Gran Consejo?

—En estos momentos ya no sé nada con seguridad. Parece que este nuevo Gran Consejo ha estado interfiriendo desde el principio en nuestros asuntos, sin que nosotros supiéramos ni siquiera de su existencia hasta ahora mismo. Lo único que parece seguro es que me convocan a una reunión —dijo Rebeca.

—Supones que te convocan a una reunión por la capa, pero ¿se puede saber cuándo y dónde?

—Pues no lo sé, esos detalles no se han dignado a comunicármelos.

—Lo único que iba dentro de la caja, junto con la capa, era esa extraña nota con letras y números. ¿No podrían ser esos los detalles que dices que no te han enviado?

—¿Ese extraño código? —preguntó Rebeca, mientras se quedaba mirando fijamente el papel. De repente, se le iluminó la cara.

—¡Exacto, tía! Casi sin pretenderlo, has dado con la respuesta —exclamó Rebeca, dando un salto—. ¡Ahora está claro!

—¿He dado con la respuesta? Pues si eso ahora me lo explicas, que no entiendo nada —respondió Tote con cara de sorpresa.

59 16 DE ENERO DE 1525

—Padre, tú que eres un hombre de amplia cultura, ¿conoces a dos personajes griegos llamados Ákros y Stikhos? —preguntó Batiste a Johan.

—¿Ákros y Stikhos? Jamás los había oído nombrar, ¿por qué me haces esta pregunta tan extraña?

—Porque han salido sus nombres en el colegio y no consigo encontrar ninguna referencia sobre ellos —mintió Batiste—. Los he buscado incluso como filósofos griegos, pero no he hallado nada.

Johan se quedó pensativo.

—¿Estás seguro de que son los nombres de dos personas? —dijo Johan—. No me suenan de nada.

—¿Por qué lo dices? —preguntó extrañado Batiste.

—Porque no sé si son dos personajes, pero sí son dos palabras griegas. Ákros significa extremo y la traducción de stikhos es línea.

—¿Sabes griego?

—Y latín. Forma parte de mi educación como eclesiástico.

—¿Y ambas palabras unidas pueden significar algo? —preguntó interesado Batiste.

Johan se quedó reflexionando un momento.

—Sí, ahora que lo pienso, sí que tienen sentido unidas.

—¿Y cuál es?

—Acróstico.

—¿Acróstico? ¿Eso qué es? Jamás la he escuchado.

—Es una palabra castellana cuya raíz o fundamento está compuesta por la unión de las dos palabras griegas, ákros y stikhos.

—¿Y qué significa? Me suena muy rara.

—No me extraña que no la conozcas, es una palabra muy poco común hasta en nuestra propia lengua castellana. Es utilizada, sobre todo, como recurso poético.

—¿En poesía? —preguntó asombrado Batiste. No entendía que tenía que ver todo aquello con la nota que le había dejado el padre de Jero.

—Sí, el acróstico es una composición, generalmente poética pero no necesariamente, en la que las letras iniciales, medias o finales de cada verso u oración, leídas en sentido vertical, descubren una palabra o una frase oculta —explicó Johan.

—No entiendo nada de lo que me estás contando.

—Te voy a poner un ejemplo muy conocido, contenido en el prólogo de la reciente obra publicada por Fernando de Rojas, *La Celestina*. Me la he leído hace muy poco, así que la tengo reciente y te la puedo escribir de memoria, precisamente porque me llamó la atención ese tipo de composición. Es muy curiosa.

Se levantó de la mesa, se acercó al mueble y tomó papel y una pluma. Empezó a escribir unos versos.

EL BACHILLER
«El silencio escuda y suele encubrir
Las faltas de ingenio en las torpes lenguas;
Blasón que es contrario publica sus menguas
Al que mucho habla sin mucho sentir.
Como la hormiga que deja de ir
Holgando por tierra con la provisión,
Iactóse con alas de su perdición:
LLeváronla en alto, no sabe dónde ir.
El aire gozando, ajeno y extraño,
Rapiña es ya hecha de aves que vuelan;»

Si no recuerdo mal, esos son los versos que te quería indicar —dijo Johan.

—Muy interesantes, ¿y qué? —preguntó extrañado Batiste, que no entendía nada.

—¿No te das cuenta de los versos acrósticos?

—Pues la verdad es que no.

—Recuerda las palabras por las que me has preguntado al principio, Ákros que significa extremo y stikhos que quiere decir línea —explicó de una forma didáctica Johan—. Extremo y línea, esa son las claves.

Batiste se quedó mirando los versos de *La Celestina* de Fernando de Rojas. De repente, se le iluminó el cerebro.

—¡Extremo y línea! ¡Ya lo comprendo! —dijo Batiste, levantándose de golpe de la silla—. Hay que tomar el extremo de cada línea, es decir, la primera letra.

—Exacto. Si leemos en vertical la primera letra de cada línea, de cada verso, se puede leer el título de la composición —dijo Johan, mientras subrayaba las letras en la composición poética.

EL BACHILLER
«**E**l silencio escuda y suele encubrir
Las faltas de ingenio en las torpes lenguas;
Blasón que es contrario publica sus menguas
Al que mucho habla sin mucho sentir.
Como la hormiga que deja de ir
Holgando por tierra con la provisión,
Iactóse con alas de su perdición:
LLeváronla en alto, no sabe dónde ir.
El aire gozando, ajeno y extraño,
Rapiña es ya hecha de aves que vuelan;»

—¡Es sorprendente! —afirmó Batiste, que estaba asombrado con lo que estaba viendo—. En vertical, con las primeras letras de cada línea, se puede leer el título del poema, *El Bachiller.*

—A todo esto, ¿para qué necesitas saber todo esto?

Batiste se volvió a sentar en la silla.

—Si quieres que te diga la verdad, no lo sé. No tengo ni la más remota idea.

60 EN LA ACTUALIDAD, JUEVES 20 DE SEPTIEMBRE

—Tenías razón, tía. Ese extraño código que no comprendíamos es la cita para la reunión del Gran Consejo, a la que me han convocado.

—¿En serio entiendes algo en esas letras y números? No parecen tener ningún sentido.

—En realidad es una simple deducción —dijo Rebeca, mientras extendía la nota encima de la cama.

GC25S23ISN

Rebeca se quedó mirando a su tía, esperando que comprendiera aquel código sin aparente sentido.

—¿No lo ves, tía?

—Sí, lo veo.

—¿Entonces ya lo has entendido?

—Eso no, solo he dicho que lo veo.

—¡No me tomes el pelo! —dijo Rebeca, riéndose—. La deducción es más sencilla de lo que parece, si divides la nota en varias partes.

Tote se quedó mirando una vez más aquellos números y letras.

—Ni aun así lo pillo —contestó.

—Analicemos el código por secciones. Las primeras dos letras «GC» parecen claras, deben significar Gran Consejo, ¿no?

—Supongo —contestó Tote.

—A continuación, separemos «25S». Debe referirse a la fecha, es decir, 25 de septiembre, el martes que viene.

—Ahora voy entendiendo lo qué quieres decir.

—Siguiendo el razonamiento, a continuación, tendría que venir la hora de la reunión, que debe ser el número «23», es decir, las once de la noche —prosiguió Rebeca.

—¿Y las letras finales «ISN»? —preguntó Tote.

—¿Qué elemento nos falta en esta cita?

—Anda, no me hagas pensar, dímelo tú.

—Es obvio, tía. Falta el lugar de la reunión. Sabemos que el Gran Consejo se va a celebrar el próximo martes 25 a las once de la noche, pero ¿dónde?

—¿En «ISN»? ¿Existe algún lugar en la ciudad que se llame así?

—Que yo sepa no. Supongo que será la abreviatura de algo —reconoció Rebeca—. Esa es la parte del mensaje que nos falta por resolver.

—Pues tienes hasta el martes a las once de la noche para averiguarlo, si estás interesada en asistir a esa reunión —concluyó Tote.

«¡Cómo me la voy a perder!», pensó Rebeca.

«¡Ni pensarlo!».

61 23 DE ENERO DE 1525

—Hoy va a pasar algo fuera de lo normal —dijo Amador, nada más encontrarse con sus amigos en la entrada de la escuela.

—¿Qué significa eso? —preguntó Batiste.

—Ayer mi padre estaba muy enfadado. Es muy extraño verlo así. Estaba reunido en su despacho con el notario Juan Argent, como es habitual últimamente. La diferencia con el resto de días era que sus gritos se podían escuchar perfectamente desde cualquier parte de nuestra casa.

—¿Qué le pasaba? —preguntó Jero.

—Estaba muy enojado. Ha pedido una reunión extraordinaria para hoy mismo con los dos inquisidores —contestó Amador.

—¿Extraordinaria? Juan de Churruca, pero, sobre todo, Andrés Palacios, son extremadamente organizados y planifican sus actuaciones y reuniones con dos semanas de antelación, al menos. No te molestes Amador, pero no es nada habitual que un simple receptor, que se encuentra un escalón por debajo jerárquicamente a los inquisidores, interrumpa de esa manera los actos ya organizados por el tribunal del Santo Oficio —contestó extrañado Jero.

—No te preocupes, Jero, no me ofendo por eso. Simplemente os cuento lo que le escuché gritar a mi padre al bueno de Juan Argent, que se iba a plantar en el Palacio Real dijeran lo que dijeran los dos inquisidores. Te aseguro que su tono no era nada amigable —insistió Amador.

—¿Tu padre se suele enfadar así? —preguntó Batiste.

—Esa es la cuestión, no es nada normal. Le he visto muy pocas veces en mi vida enojarse de esa manera. Algo importante ha tenido que suceder.

—¿Podríamos espiar la reunión desde la rejilla de tu habitación? —le preguntó Batiste a Jero—. Parece que va a suceder algo interesante.

—Supongo que sí. No hay ningún movimiento en el Palacio Real. El ala que utiliza la Inquisición está vacía, si descontamos a sus tres moradores habituales, los dos inquisidores y yo mismo —respondió Jero.

—¿A qué hora ha dicho tu padre que piensa acudir al palacio? —preguntó Batiste.

—A las siete de la tarde. Le estaba diciendo a gritos a Juan Argent que le daba igual lo que le dijeran o lo que tuvieran que hacer los inquisidores a esa hora, que se pensaba presentar en el palacio.

—Sí que es extraño —dijo Jero—. Es cierto que los receptores tienen un acceso preferente a los inquisidores, pero jamás vi al antecesor de tu padre, Amador de Aliaga, atreverse a interrumpir actos programados del tribunal de esa manera tan brusca.

—Jero, si te parece bien, nos vemos a las seis y media en la puerta del Palacio Real —dijo Batiste.

—Allí estaré.

Cada uno se sentó en su pupitre. La mañana en la escuela se les pasó volando. Los tres estaban pensando en qué es lo que habría ocurrido para que una persona como el nuevo receptor, Cristóbal de Medina y Aliaga, se enfadara de esa manera.

Batiste llegó a su casa a la hora habitual. Hoy iba a comer solo, ya que su padre le había advertido que tenía que permanecer en una obra todo el día. Por lo visto, habían surgido problemas con una de las cubiertas de un edificio en construcción. Terminó de comer y se subió a su habitación.

Desde que hacía una semana que su padre le revelara el significado de aquellas dos extrañas palabras griegas, ákros y stikhos, con las que el padre de Jero había firmado su nota, no había parado de darle vueltas a la cabeza. Unidas componían la palabra castellana «acróstico». No le encontraba ningún sentido. No conocía ningún poema, aparte del ejemplo que le había enseñado su padre incluido en el prólogo de *La Celestina*, que contuviera versos acrósticos, y eso que había consultado todos los libros que había podido, tanto en la escuela como en su casa. Era muy extraño, pero estaba claro que, si don Alonso las había incluido en la nota, era porque esperaba que él dedujera su significado. Pero no tenía ni idea.

Se fue hacia el mueble, abrió un cajón, y sacó la nota de su interior. La volvió a leer por enésima vez.

«Don Bertrán ya no existe. Ákros y Stikhos.»

Era la respuesta a la nota que Batiste había entregado a Jero, para que la depositara encima de la cama de su padre.

Aquella nota contenía una pregunta muy sencilla, «¿Puede estar vivo don Bertrán?». Batiste pensaba que, al ser don Alonso sevillano, quizá podría tener más información que su padre Johan, que se negaba de una manera casi irracional a considerar esa posibilidad. Batiste estaba convencido que no falleció en la emboscada en Francia y tenía pruebas directas, pero su padre se negaba a reconocerlas. Por ello, confiaba en que la respuesta del padre de Jero aclarara las dudas de una manera definitiva, sin embargo, le había sumido en más interrogantes todavía. «¿Qué significaba exactamente esa respuesta?», pensaba Batiste.

Le había dado muchas vueltas. Era una extraña manera de comunicarle que don Bertrán estaba muerto. La expresión «ya no existe» no le parecía normal. Hubiera sido más sencillo y directo decir «ha muerto». Eso para empezar, pero cuando llegaba a la firma de la nota ya se mareaba del todo. «¿Qué tenía que ver un acróstico con lo anterior?», pensaba sin parar, sin terminar de encontrarle ningún sentido. No conocía ningún verso sobre el que aplicar las técnicas acrósticas. «¿Qué le estaba queriendo decir el padre de Jero?».

Tenía la sensación de que era algo importante, pero no conseguía dar con la solución al enigma, y ello le quitaba el sueño.

Otra noche de poco dormir.

62 EN LA ACTUALIDAD, VIERNES 21 DE SEPTIEMBRE

El despertador de Rebeca sonó a su hora habitual, las siete de la mañana. Había dormido bien, pero decidió que aún se podía quedar quince minutos más en la cama. Tampoco había por qué forzar la marcha, al fin y al cabo, era viernes. En teoría era su día libre en el periódico, pero desde que empezó su colaboración radiofónica había decidido, por propia iniciativa, acudir también a *La Crónica* los viernes. Nadie se lo había pedido, pero, dado que una mañana la tenía que dedicar a participar en el programa de radio, decidió que debía compensarlo, aunque cumplía con creces con sus horas semanales de trabajo, según sus dos contratos, tanto el de la radio como el del periódico.

Después de hacerse la remolona todo lo que pudo, finalmente, a las siete y veinte se levantó de la cama y salió a la cocina. Su tía estaba terminando de desayunar.

—Creía que ya no te vería esta mañana —le dijo.

—Ya sabes que lo de madrugar no va demasiado conmigo. Debería existir una ley que prohibiera entrar a trabajar antes de las diez.

Tote se rio de la ocurrencia de su sobrina.

—Te aseguró que, aun así, te costaría levantarte para ir al periódico, aunque fuera a las once.

—Tienes razón, soy una perezosa impenitente —reconoció riéndose también.

Tote terminó de desayunar y salió de casa hacia la comisaría. Rebeca se duchó, se vistió y salió en bicicleta en dirección a *La Crónica*. Llegó a su hora habitual.

—Hola, Rebeca —le saludó Tere, con una sonrisa de oreja a oreja.

—A ti te pasa algo hoy —le dijo Rebeca—. Esa sonrisa matutina no es la habitual en ti. Sueles estar de buen humor, pero no tanto.

—Está claro que no te puedo engañar. Me has pillado, hoy es viernes.

—También es viernes para mí y no tengo esa cara de felicidad empalagosa —contesto Rebeca, que, de repente, pareció caer en la cuenta de algo—. Espera, ¿no me digas que, por fin, te vas a comer el queso este *finde*?

Tere no pudo evitar reírse.

—Me he comprado hasta un cuchillo de esos especiales para cortar el queso, para repelarlo bien y no dejar ni la cera. Este fin de semana no lo pienso dejar escapar.

—Entonces, ¿has quedado con Fabio? —preguntó Rebeca, con curiosidad.

—El sábado para ver una obra de teatro.

—¿No pensarás darte el lote como una adolescente en celo en medio de la sala?

—¡No seas idiota! —contestó Tere riéndose—, aunque no te creas que me importaría demasiado.

—¡Oye, que tienes una edad!

—¡Pues parecida a la tuya!

—Sí, pero yo no ando con ataques de adolescencia casi con veintidós años —dijo Rebeca, riéndose—. Aunque pensándolo bien, con lo imponente que está Fabio, igual hasta hacía una excepción.

—¡Ni se te ocurra, Taylor Swift! Tú puedes tener al tío que quieras y cuándo quieras, pero yo me lo tengo que currar como las simples mortales —dijo Tere, mientras le tiraba un lápiz a la cabeza—, y te aseguro que cuesta su trabajo.

Rebeca se alegraba de que Tere no tuviera nada que ver con Alba. Para ella había sido un notable alivio descubrir que no eran hermanas gemelas y que no la espiaba en el periódico. Es cierto que había encontrado una única huella parcial de Tere en uno de sus cajones, pero era habitual que le cogiera lápices y bolígrafos, por lo que suponía que estaba justificada. Por cierto, el mismo lápiz que le acababa de tirar a la cabeza.

—Tranquila, Tere, ya te dije que estoy a régimen, no me apetecen quesos en este momento de mi vida. Tengo chocolate, que es un magnífico sustitutivo, y menos cansino.

—No sabes lo que dices. Supongo que las rubias espectaculares con ojos azules tenéis otras necesidades diferentes al resto de las mujeres.

—Las rubias espectaculares, como tú dices en tono de burla, tenemos las mismas necesidades que las morenas resultonas, lo único que, en este momento de mi vida, no me apetece complicármela todavía más.

Pasaron una mañana entretenida. Rebeca terminó de preparar el programa de radio del próximo lunes, incluso ensayó su locución delante de Tere, y a las dos de la tarde se fue hacia casa.

Su tía le había mandado un mensaje al móvil diciéndole que no la esperara para comer, así que se hizo su habitual *sándwich* de pavo y chédar, ideal para estas ocasiones.

Cuando terminó de comer se fue a su habitación. Allí estaban las dos cajas que había recibido ayer en la redacción de *La Crónica.* Abrió la más grande, la que le había enviado Bartolomé Bennassar, y extrajo la primera de las carpetas. Era muy voluminosa y tenía un nombre en su portada.

«Cristóbal de Medina y Aliaga», leyó Rebeca en voz alta, escrito de puño y letra del profesor Bennassar.

«¿Y este pollo quién es?», se preguntó.

«¿No me contó Bartolomé Bennassar que mi madre se había interesado por personajes de la inquisición? Pues a este tipo no lo conozco de nada, supongo que sería algún personaje del tribunal local de Valencia, no una figura conocida a nivel nacional, porque no lo he estudiado en la Facultad».

63 23 DE ENERO DE 1525

—¡Es intolerable! —gritaba Cristóbal de Medina y Aliaga, mientras podían ver cómo movía las manos de forma exagerada alrededor de su cabeza.

Amador, Batiste y Jero acababan de llegar a la habitación de este último, en el Palacio Real, y habían retirado la rejilla de calefacción que comunicaba con la sala de audiencias del tribunal local del Santo Oficio.

—Hemos llegado tarde, ¿no se suponía que tu padre iba a venir a las siete? —preguntó Batiste—. Faltan quince minutos para esa hora.

—Eso pude escuchar en mi casa, pero está claro que se ha adelantado a la hora prevista —contestó Amador—. La reunión ya ha comenzado.

—No sé de qué estarán hablando, pero tu padre parece muy alterado —dijo Batiste.

—Vamos a callarnos, a ver si somos capaces de comprender de qué va el tema. Desde que aquella persona a la que se dirigían como su excelencia les pegara la gran bronca por el tema del padre de Luis Vives, hacía ya más de siete meses, no había vuelto a ver a nadie gritar a los inquisidores así —dijo Jero, que parecía sorprendido.

—Además, por un recién llegado, con todos los respetos hacia tu padre —dijo Batiste, mirando a Amador—. No te lo tomes a mal.

—Tranquilo, yo estoy tan sorprendido como vosotros. No es nada habitual ver a mi padre tan enfadado. Vamos a escuchar —respondió Amador—, a ver si lo comprendemos.

Los tres amigos se quedaron en silencio, asomados a la rejilla de calefacción de la habitación de Jero.

—Escuche, don Cristóbal, comprenda que lo que nos propone va contra las normas. Jamás actuaré así, lo siento —dijo una voz, que parecía la del inquisidor Andrés Palacios.

—Le hemos atendido con esta premura por respeto, pero no olvide quién es usted y quiénes somos nosotros —dijo la otra voz, que debía ser el otro inquisidor, Juan de Churruca.

—No entienden nada, ¿verdad? —insistió don Cristóbal, en un tono claramente enojado.

—No, el que no entiende nada parece que es usted. Acaba de llegar y ya nos pide cosas imposibles —dijo Andrés Palacios.

—Lo que no entienden que ni ustedes ni yo somos nadie. No comprenden que lo que les estoy pidiendo no lo hago en mi nombre, que, al fin y al cabo, no dejo de ser un simple y humilde servidor del Santo Oficio, como ustedes. No olviden que todos estamos bajo las órdenes de nuestro rey, Carlos I —continuó don Cristóbal.

—Respeto como nadie a nuestro monarca, pero en mi juramento como inquisidor prometí cumplir y hacer cumplir las leyes y las normas del Santo Oficio, como también hizo usted hace bien poco, si no recuerdo mal, en esta misma sala —continuó Andrés Palacios, que era una persona de carácter muy pacífico, sin embargo, ahora se le escuchaba claramente soliviantado. No era nada habitual escucharle tan enfadado.

Se hizo momentáneamente el silencio en la sala.

—¿Qué les habrá pedido tu padre a los inquisidores para que estén discutiendo de esta manera tan acalorada? Nunca había visto una cosa igual —dijo Jero—. Es inaudito.

Don Cristóbal continuó hablando.

—Me parece que no me comprenden. El año pasado este tribunal tan solo recaudó 57.000 sueldos. ¿Saben cuánto había ingresado tan solo tres años antes? Como supongo que no lo sabrán, ya se lo anticipo yo, 245.000 sueldos. Es decir, en tan solo tres años se han dividido por cuatro los ingresos ¿De verdad no se imaginan por qué estoy aquí?

Los inquisidores se mantuvieron en silencio, esperando que el receptor continuara.

—Pues estoy aquí para sacarlos de la absoluta ruina. Tengo instrucciones y órdenes precisas del rey, que me autorizan a exigir lo que les estoy pidiendo, e incluso mucho más —continuó don Cristóbal.

—¿A qué se referirá? —preguntó intrigado Jero.

—A ver si lo dice, porque hemos llegado tarde y nos hemos perdido el inicio de la discusión —dijo Batiste.

—¡Anda, callaos! —les conminó su amigo Amador—, que nos lo vamos a perder.

Continuaron escuchando la reunión. Ahora estaba hablando de nuevo Andrés Palacios.

—Está claro que las cuentas no salen y que debemos mejorar. También está claro que ese es el motivo de su nombramiento como nuevo receptor, pero insisto, no me saltaré las normas ni las leyes. Si el rey no está de acuerdo con ellas, que las cambie. Si el señor inquisidor general de España no está de acuerdo con las instrucciones del Santo Oficio, que dicte otras. Ambos tienen las competencias y están en su perfecto derecho, pero mientras existan estas, estas aplicaré —dijo con un tono más pausado, aunque igual de firme. No había retrocedido ni un ápice.

—Miren, no quiero tener un conflicto con ustedes cuando apenas llevo unos días en el cargo, pero si me obligan, no me quedará más remedio que acudir a sus superiores —dijo don Cristóbal, también más calmado, pero con la misma firmeza que Andrés Palacios.

—No creo que haga falta llegar a esos extremos, quizá podamos alcanzar un punto de entendimiento —contestó Juan de Churruca, en un tono más conciliador—. Quizá le podríamos facilitar los expedientes de casos ya cerrados desde el año 1500 para su revisión, pero tendrá que comprender que son temas ya clausurados y con sentencias ya ejecutadas en su totalidad. Es prácticamente imposible revertir esas actuaciones.

—Es muy posible que no se revierta ninguna. Lo único que pido es tener acceso a todos los expedientes, sin ninguna limitación, y así poder sacar mis propias conclusiones. El rey viene sospechando desde hace tiempo, y a la vista de los números tendrán que reconocer que no le faltan razones para ello, que hay personas de este tribunal que no se comportan de forma leal con el Santo Oficio.

—¿Piensa eso el rey? —dijo Andrés Palacios, con un tono incrédulo.

—Es legítimo que lo haga a la vista de los resultados, ¿no les parece? ¿No querrán que se abra una inspección general sobre todos nosotros, los presentes y los pasados?

—No, por favor, eso no —exclamó Juan de Churruca asustado—. Sería un desastre y pondría el foco de la sospecha sobre todos nosotros, que somos fieles servidores de nuestro rey, de la Iglesia y del Santo Oficio de la Inquisición.

—Parece que empezamos a entendernos —dijo don Cristóbal—. Quiero que tengan una cosa muy clara. Me he comprometido con el rey a triplicar los ingresos del tribunal este mismo año, y lo pienso cumplir, aunque tenga que remover cielo y tierra, y eso les concierne a ustedes dos también.

Tomó la palabra Andrés Palacios de nuevo.

—Mire don Cristóbal, colaboraré con usted en todo lo que pueda, pero no me saltaré las leyes ni las instrucciones del Santo Oficio, como ya le he repetido de forma reiterada. Si una persona es condenada, su mujer o incluso su familia tiene derecho a reclamar los bienes que le pertenecen y que haya aportado al matrimonio, aunque hayan sido secuestrados por el Santo Oficio. Lo dice la ley de forma muy clara. Así que, si los familiares de Luis Vives Valeriola, en concreto sus hijas, reclaman la dote de su madre, Blanquina March, que sepa que tendré que fallar a su favor —insistió Andrés Palacios—. En realidad, esos bienes jamás debieron ser confiscados ni evaluados por el notario de secuestros, porque Blanquina March, a pesar de tener varios expedientes abiertos en este tribunal, nunca ha sido condenada por ningún cargo ni ha sido declarada hereje, aunque su marido fuera relajado en septiembre pasado, como usted conoce perfectamente.

Batiste se quedó blanco. Estaban hablando de Blanquina March, la que había sido número uno del Gran Consejo, según le había explicado su padre.

—¡Pero son un mínimo de 10.000 sueldos que perdemos! —gritó don Cristóbal—. ¡No nos lo podemos permitir! ¡Tenemos unos compromisos!

Juan de Churruca intentó poner paz en medio de aquel enfrentamiento.

—Escuche don Cristóbal, podemos facilitarle todos los expedientes que conservamos de Blanquina March para que los repase. Declaró dos veces ante este tribunal, y en ambas ocasiones fue absuelta por falta de pruebas. Murió de peste en 1508, y en el último auto de fe, el celebrado el 6 de septiembre del año pasado, relajamos y condenamos a la hoguera a su marido. Entienda que es normal que sus hijas reclamen la dote que aportó al matrimonio, ya que ella jamás fue condenada. No obstante, lo podrá comprobar por usted mismo. Tendrá a su disposición toda la documentación con la mayor brevedad posible. Yo mismo me encargaré personalmente del asunto.

Don Cristóbal parecía más calmado.

—Mañana mismo quiero que me preparen todos los expedientes relacionados con esa mujer llamada Blanquina March. Y también quiero tener libre acceso al resto.

—Así lo haremos, no se preocupe —dijo Juan de Churruca—. Lo único que, por cuestiones del secreto del Santo Oficio, sabe que muchos de ellos no se pueden sacar de la sede de este tribunal. Algunos otros sí, pero la mayoría los tendrá que consultar en esta misma sala, que la ponemos a su disposición.

—Eso no me importa —contestó aún malhumorado Cristóbal de Medina—, siempre que tenga acceso sin restricciones.

—Ya le hemos dicho que colaboraremos en todo lo posible con usted —continuó Juan de Churuca.

Cristóbal de Medina cambió de tema.

—Como despedida, deben de saber que en breve recibiremos la visita en este tribunal del inquisidor general de España —comentó don Cristóbal, para espanto de los inquisidores locales—. Espero que nuestra colaboración funcione como debe.

Se levantaron los tres y salieron de la sala, en completo silencio.

Amador, Batiste y Jero se quedaron mirándose.

—¿De qué hemos sido testigos exactamente? —preguntó Amador.

—Está muy claro. Parece que las hijas de Blanquina March van a reclamar la dote que su madre aportó al matrimonio con Luis Vives Valeriola, recientemente declarado hereje y relajado. Como su madre no fue condenada jamás, ahora exigen que el Santo Oficio les devuelva los 10.000 sueldos de la dote que le fueron confiscados —explico Jero—, y supongo que el resto de bienes que puedan acreditar como propios de Blanquina, como algunas censales o arrendamientos.

Se giró hacia Amador.

—¿Te acuerdas que nos explicaste que ese era precisamente uno de los motivos por los que disminuían los ingresos del Santo Oficio?

Amador asintió con la cabeza.

—Pues supongo que tu padre habrá entrado en cólera, porque el inquisidor Andrés Palacios le habrá comunicado que le piensa dar la razón a las hijas, con lo que tu padre va a perder ese dinero. Si se ha comprometido con el rey a determinados objetivos económicos, eso puede suponer un golpe muy duro para sus cuentas, que seguro que van muy ajustadas —continuó con la explicación Jero.

Batiste no decía nada. Tenía que hablar con su padre sobre lo que había presenciado. No sabía si podía tener consecuencias para el Gran Consejo.

64 EN LA ACTUALIDAD, SÁBADO 22 DE SEPTIEMBRE

—No sé cómo me he vuelto a dejar liar por ti —dijo Carlota.

—Sabes que te conviene y es bueno para tu salud física y mental —le contestó Rebeca, que había convencido a su amiga para enfundarse de nuevo las mallas deportivas y salir a correr por las playas de la Malvarrosa y la Patacona.

—Lo único seguro es que mañana domingo me lo pasaré tumbada en el sillón sin poder mover ni las cejas.

—Hace un día espectacular, hay mucho ambiente y vamos a hacer ejercicio por unos paisajes que están enmarcados en muchos museos por todo el mundo, es un lujo que solo los valencianos nos podemos permitir —dijo Rebeca, refiriéndose al gran pintor de la luz mediterránea, el universal Joaquín Sorolla.

—¡Solo faltaba que llames cultura a la tortura de correr!

—Somos unas privilegiadas por poder torturarnos, como tú dices, en este entorno. Ya les gustaría a muchos.

—A muchos no sé, pero yo no le termino de pillar el punto cultural a sudar como una cerda y acabar molida sin poder moverme.

—¡Carlota! No digas esas palabras tan feas, que vas a disfrutar de verdad.

Empezaron suave, cruzando desde la casa de Carlota al paseo marítimo de la Malvarrosa. Efectivamente, un sábado por la mañana estaba muy concurrido, desde gente disfrutando de la playa hasta deportistas como ellas, corriendo o en bicicleta. Aquello era todo placer, dijera lo que dijera Carlota.

Pasaron por delante de la villa de otro personaje ilustre, el gran Vicente Blasco Ibáñez, coetáneo de Joaquín Sorolla, que incluso le hizo un retrato.

Fue una persona polifacética donde las haya. Vivió a caballo de los siglos XIX y XX. Consiguió destacar de forma muy notable en tres profesiones bastante diferentes. Era un gran escritor de fama mundial. En España se le conoce por *Cañas y Barro* o *La Barraca*, pero, por ejemplo, su novela *Los cuatro jinetes del Apocalipsis* fue la obra más vendida en Estados Unidos en 1919 y se llevó al cine protagonizada por Rodolfo Valentino, al igual que *Sangre y Arena*. También fue un famoso periodista, fundó el periódico *El pueblo* y relató de manera magistral la Primera Guerra Mundial. Además, fue un político de gran éxito, fue diputado en las Cortes nacionales durante siete legislaturas y su peculiar ideología dio lugar a un movimiento llamado *blasquismo*, que fue hegemónico en Valencia durante más de treinta años. Cuando falleció, sus restos fueron repatriados a la ciudad y el sarcófago diseñado por Mariano Benlliure fue trasladado a hombros por los propios pescadores del Grao.

Como buena graduada en Historia, Rebeca estaba emocionada.

—Mira, Carlota, estamos pasando enfrente de la historia viva de España —señalando la residencia de Blasco Ibáñez.

—Prefiero leerle sentada en mi sillón, no hace falta correr para eso. Así no lo disfruto.

—¿Sabes que fundó en Argentina una ciudad llamada Nueva Valencia, en la provincia de Corrientes, y que hoy en día toda aquella zona es el granero arrocero del país? Buena parte de los colonos valencianos permanecieron allí, y aún siguen sus descendientes. ¿Quién te diría que en una parte de Argentina se habla valenciano?

—No lo sabía.

—Ni tú ni casi nadie. Se cumplieron los 150 años de su nacimiento y pasó completamente desapercibido, ninguna institución pública le hizo el menor caso. Los únicos que se toman verdadero interés son los miembros de la Fundación Blasco Ibáñez, de carácter privado, que es propietaria de gran parte de su legado, con su actual presidente Ignacio Soler al frente.

—¿Y por qué ignoran a un personaje de esa importancia? —preguntó extrañada Carlota.

—Quizá porque fue un ferviente republicano, anticlerical, masón y no precisamente de izquierdas. Supongo que algo tiene que ver ese cóctel de ideas. No le resulta cómodo a mucha gente, a pesar de su indudable grandeza.

Dejaron la Historia a un lado y continuaron corriendo a un ritmo moderado, entrando en La Patacona, que ya pertenecía al término municipal de Alboraya. La playa y el paisaje eran aún más bonitos que el anterior, tenía un sabor más tradicional. Hicieron una pequeña pausa para reponerse de la carrera.

—¿Dices que esto es cultural? —dijo Carlota, resoplando—. Pues yo casi prefiero culturizarme viendo una película en el cine bien cómoda, con mi paquetón de palomitas a un lado.

Rebeca estaba en la orilla de la playa, extasiada mirando a su alrededor.

—Observa a tu alrededor. Es muy posible que ahora estemos en el mismo lugar, con la misma luz y con los mismos colores que el maestro pintor Joaquín Sorolla. Trasformaba la mezcla de esos elementos en algo vibrante y mágico. Esas mujeres de la época paseando por la orilla de la playa, esos niños jugando con el agua, su simple evocación me resulta sobrecogedora. ¿No te parece emocionante?

—¿Sobrecogedora? Pues a mí me resulta agotadora —dijo Carlota, que aún no se había recuperado de la carrera—. Además, la puñetera muñeca izquierda está haciendo de las suyas. Ya sabes que después de hacer ejercicio se resiente, y te aseguro que resulta doloroso.

—Anda, continuemos hacia el paraje de *Els Peixets*, camino de Port Saplaya, pero vayamos andando, así te vas reponiendo un poco.

De repente, Rebeca cambió radicalmente de tema de conversación.

—¿Sabes? Toda esta luz y este paisaje mediterráneo me han hecho pensar.

—¿Tú pensando? ¡Peligro se acerca! —respondió Carlota, haciendo el gesto de la cruz con los dedos de las manos, como ahuyentando a un demonio—. Ve con cuidado, no se te fría el cerebro de un calentón.

—Hay algo en toda la historia de tu huevo Kinder que no me termina de encajar. Algo no es correcto, lo percibo.

—¡Pero si vimos con nuestros propios ojos a las gemelas Albas!

—No se trata de eso. Lo de las gemelas está claro, tenemos las pruebas genéticas, además la vimos grabada en la cámara de seguridad de *La Crónica* mientras su clon estaba en mi casa. No me refiero a eso. Hay un detalle que no encaja con toda la explicación.

—¿Y cuál es? —preguntó extrañada Carlota, que ya no se esperaba más sobresaltos con este tema—. A mí me parece todo muy evidente, soportado como tú dices, por pruebas genéticas y grabaciones de video.

—No lo sé, no lo termino de ver, por más que los espíritus de Joaquín Sorolla y de Vicente Blasco Ibáñez me estén iluminando ahora mismo. Quizá más que iluminarme, me estén deslumbrando.

—¡Idiota! —se rio Carlota.

65 24 DE ENERO DE 1525

Después de la relajación y la quema en la hoguera de Luis Vives Valeriola en aquel auto de fe celebrado el 6 de septiembre del año pasado, las dos hijas del fallecido, Beatriz y Leonor, se disponían a iniciar los trámites legales para reclamar los bienes de su madre, secuestrados sin justificación por el tribunal del Santo Oficio de Valencia.

En vida de su padre y de sus tíos, llevaban una vida acomodada como mercaderes y miembros destacados de la incipiente burguesía valenciana, pero ahora, después de que todos ellos hubieran sido relajados y quemados por la inquisición y sus bienes incautados, apenas tenían recursos económicos. El dinero que habían recibido desde Inglaterra de su hermano, el humanista Luis Vives, había servido para mantener la propiedad de la casa familiar, sus muebles y poco más, que habían adquirido de forma definitiva hace muy poco tiempo, el 6 de enero de 1525. Ahora llevaban una vida muy austera. Necesitaban recuperar el dinero de su madre, injustamente incautado por la inquisición, ya que no había sido condenada jamás.

Beatriz se dirigió a su hermana menor Leonor.

—Tengo que darte una sorpresa, no lo esperaba y me temo que no sea una buena noticia. Hoy hemos sido citadas por el nuevo receptor del Santo Oficio del tribunal de la ciudad, don Cristóbal de Medina y Aliaga, creo que se llama. Lleva muy poco tiempo en su cargo. No me da buena espina. Cuando se produce un cambio en un puesto de esta importancia, el recién llegado siempre intenta marcarse tantos de cara al rey y suele llegar con unos compromisos asumidos de aumentar la recaudación. No le habrá hecho ninguna gracia nuestro anuncio de intento de recuperación de los bienes de nuestra madre. Eso va en contra de sus intereses. No me espero un buen recibimiento.

—Pues me da igual lo que piense ese don Cristóbal. No es la persona competente, no es la que tiene que decidir en derecho, para eso está el inquisidor Andrés Palacios, y ya sabes lo que nos dijo en la última reunión que tuvimos con él. Nos comunicó de forma muy clara que tenemos razón en este pleito. No nos olvidemos que él es la persona que tiene que pronunciarse en este asunto —le contestó Leonor—. Me dio la impresión de ser una persona íntegra, dejando de lado que es un inquisidor.

—No menosprecies el poder del receptor del Santo Oficio. Al fin y al cabo, aunque no sea el que resuelva en derecho, es el encargado de devolver las posesiones confiscadas —advirtió Beatriz, más prudente que su hermana menor—, y no creo que le haga mucha gracia este asunto. Tiene que rendir cuentas ante el rey.

—Anda, vamos hacia su casa que aún nos presentaremos tarde a la cita.

En apenas diez minutos llegaron a la residencia de los Medina y Aliaga. Llamaron a la puerta. Les abrió un niño de unos doce años.

—¿Qué desean?

—Hola, hemos sido citadas por don Cristóbal de Medina y Aliaga. Somos Beatriz y Leonor Vives.

Amador, que era el que las había recibido, puso cara de asombro. Sabía quiénes eran aquellas dos mujeres, nada más y nada menos que las hijas de Luis Vives Valeriola, cuyo proceso había seguido con sus amigos Jero y Batiste hasta su condena a la hoguera, hacía apenas unos meses.

—Adelante, pasen y siéntense en esos sillones —dijo Amador, señalando unos butacones—. Ahora mismo aviso a mi padre de que ya están aquí.

En apenas dos minutos apareció.

—Buenos días. soy Cristóbal de Medina y Aliaga, desde hace unos días nuevo receptor del tribunal del Santo Oficio de Valencia. Gracias por acudir a mi invitación. Por favor, acompáñenme.

Beatriz y Leonor le siguieron hasta un despacho. Estaba lleno de libros y expedientes. Cristóbal apartó unos cuantos para hacer un hueco a sus invitadas y que tuvieran cierto espacio para poder acomodarse.

—Disculpen con la premura que les he citado, pero he tenido conocimiento, a través del señor inquisidor Andrés Palacios, de que se disponen a solicitar la devolución de la dote de su madre, Blanquina March, confiscada por nosotros durante el proceso a su padre, Luis Vives Valeriola.

—Así es, don Cristóbal. Mi madre jamás fue condenada por hereje ni por ningún otro cargo por el Santo Oficio. Ustedes tenían derecho a confiscar los bienes de mi padre, pero no los de mi madre, sin embargo, se quedaron con todo. Tenemos fundadas razones jurídicas, como sus herederas, a recuperar sus bienes. Ya sabe que lo establece la ley.

—¿Y por qué quieren hacer eso?

—Creo que no necesitamos tener un motivo para demandar justicia. De todas formas, estamos pasando por verdaderas penurias económicas y necesitamos el importe de la dote que mi madre aportó al matrimonio —dijo Beatriz—. Eso nos permitiría poder llevar una vida normal, no como ahora, que casi vivimos de la caridad familiar.

—Estamos hablando de la cifra de 10.000 sueldos, ¿no es así? —preguntó don Cristóbal.

—Sí señor —respondió Leonor—. Esa fue la dote que solicitaremos que se nos sea devuelta.

—Pues quítenselo de la cabeza, porque eso no ocurrirá jamás —contestó con mucha seguridad don Cristóbal.

—¡Qué dice! —exclamó sorprendida Leonor.

—¿Por qué no nos quiere devolver la dote? —preguntó enfadada Beatriz—. Nos ampara la Ley.

—Y a mí me ampara el rey.

—No puede negarse a obedecer y a cumplir las leyes, por muy receptor del Santo Oficio que sea. También tienen sus normas.

—Precisamente por eso les he hecho llamar, porque tenemos nuestras normas.

—No entiendo qué quiere decir con esa frase —contestó Beatriz.

—Jamás les devolveré ese dinero, y si insisten, aplicaré esas mismas normas que ustedes nombran.

—¿A qué se refiere?

—Su madre, Blanquina March, fue interrogada dos veces por el Santo Oficio. La primera vez, en 1491, abjuró de su antigua fe judía y se convirtió al cristianismo, pero me dispongo a revisar todos los expedientes que tenemos de ella en los archivos de la inquisición. Sé que son varios en los que aparece su nombre. Les informo que, ayer mismo, solicité a los señores inquisidores que me prepararan toda la documentación relativa a su madre.

—¡Usted no tiene potestad para eso! —protestó Leonor—. El secreto de la inquisición se lo prohíbe expresamente. No se los pueden dar.

—Me temo que se equivocan. Ya me los han facilitado. De hecho, los tienen ahora mismo delante de ustedes. Son los papeles que he apartado de la mesa cuándo han entrado en mi despacho —dijo don Cristóbal, señalando un montón de carpetas.

Beatriz y Leonor estaban asombradas.

—Ya le hemos dicho que nuestra madre jamás fue condenada, lo podrá comprobar cuando lea toda esa documentación que le han facilitado de forma claramente indebida e improcedente —contestó desafiante Leonor.

—Si ustedes dos insisten en seguir adelante con este pleito, solicitando la devolución de su dote, pienso mirar y estudiar cada palabra y cada coma de esos papeles, y como encuentre la más mínima prueba contra su madre, no me temblará el pulso en abrir un proceso contra ella y su memoria, aunque esté muerta desde 1508. Es más, les anticipo que así ocurrirá.

Ambas hermanas estaban más que indignadas con lo que estaban escuchando. Aquella persona se estaba claramente sobrepasando en sus atribuciones, por muy receptor del Santo Oficio que fuera.

—¿Acaso nos está amenazando? —preguntó Leonor, que estaba fuera de sus casillas.

—Completamente, veo que lo han comprendido con rapidez. Es una amenaza clara y directa.

—¡Usted no tiene ningún poder para ello! —contestó Beatriz, que estaba muy enojada también—. Es un simple receptor, no un inquisidor, ni siquiera un promotor fiscal. No puede abrir procesos contra nadie.

Don Cristóbal de Medina y Aliaga sonrió abiertamente, con una suficiencia impropia de una persona del rango que se le suponía.

—Una vez más se equivocan. Les ruego que recapaciten, piensen un poco qué es lo que más les conviene, y desde luego no es tener a un enemigo como yo, se lo aseguro.

Don Cristóbal hizo una pequeña pausa antes de continuar hablando.

—Ayer mismo les pedí a los dos señores inquisidores los expedientes de su madre Blanquina March, y hoy mismo los tengo encima de la mesa de mi despacho. ¿No se dan cuenta de que no soy un simple receptor? —preguntó, con una prepotencia que asustaba de verdad.

Si su objetivo era impresionar a las dos hermanas, desde luego lo había conseguido.

—Si no reflexionan y deponen su actitud, me temo que pronto podrán comprobar hasta dónde alcanza mi poder, y no creo que les haga ninguna gracia a las dos —continuó don Cristóbal—, ni a la memoria de su madre.

Beatriz estaba claramente asustada. Miró a su hermana menor, que estaba roja como un tomate. Parecía dominada por la ira. Se levantó de la silla.

—Si cree que con este tipo de amenazas barriobajeras y más propias de taberneros borrachos nos va a conseguir amedrentar, me parece que se ha equivocado de personas. Pertenecemos con mucho orgullo a las familias Vives y March y, a pesar de que somos dos fervientes y devotas católicas, comprenderá que despreciemos todo lo que usted representa, que poco o nada tiene que ver con las virtudes cristianas, como ha demostrado sobradamente su institución, quemando a casi toda nuestra familia —dijo Leonor, con gran dignidad.

Beatriz no sabía dónde esconderse, no se esperaba ese arranque de orgullo de su hermana menor, aunque, en el fondo, estaba muy contenta con ese pundonor, que ella no tenía.

Curiosamente, don Cristóbal no pareció afectado por lo que acababa de escuchar.

—Ya me esperaba algún tipo de respuesta en estos términos. No me sorprende en absoluto, conociendo sus sucias raíces hebreas. Aun así, son dos valientes, atreviéndose a desafiarme de esa manera.

Beatriz se hubiera desmarcado de su hermana Leonor de inmediato si hubiera visto la ocasión, pero no debía dejarla sola en este asunto. En realidad, si lo pensaba bien, Leonor tenía toda la razón, aunque había sido un tanto brusca en la elección de sus palabras, pero también lo había sido el receptor, atreviéndose a amenazarlas de aquella manera tan grosera.

—Escuche bien, don Cristóbal. Iniciaremos este pleito de inmediato y recuperaremos los bienes de mi madre, quiera usted o no. —dijo Leonor, que seguía en pie, indignada—. Me parece que ya no tenemos nada más que hablar con usted —concluyó la conversación, mientras se dirigía hacia la salida del despacho.

«Y tanto que tendremos más que hablar», pensó don Cristóbal, mientras las dos hermanas abandonaban su casa.

«No me conocen».

66 EN LA ACTUALIDAD, DOMINGO 23 DE SEPTIEMBRE

«Me cago en Joaquín Sorolla y en Blasco Ibáñez», leyó Rebeca, nada más despertarse.

Eran las diez de la mañana, y el mensaje se lo había enviado Carlota hacía más de dos horas. «Menuda manera de hablar de la petarda», pensó Rebeca. «No me quiero imaginar cómo tendrá las piernas para escribir estas palabras tan malsonantes, una persona habitualmente educada como ella».

Se levantó y salió a la cocina. No había nadie, su tía no estaba en casa. Se dirigió a la nevera para el ritual de cada mañana, su vaso de leche, y advirtió una nota pegada en el frontal del frigorífico. «No me esperes a comer. He quedado con Sofía», leyó.

Parecía que habían hecho planes sin ella. Casi mejor, era domingo y le apetecía cierta tranquilidad, para variar. Pensó en contestar el mensaje de Carlota, pero ya suponía que no estaría de buen humor, después de sacarla a correr ayer por la playa.

«¿Habrá pasado algo?», pensó de repente Rebeca. Si su tía había quedado con la inspectora Sofía Cabrelles quizá tuviera algo que ver todo lo que estaba ocurriendo a su alrededor últimamente, como la aparición repentina del Gran Consejo, citándola a una reunión. «No creo, no le puede contar nada de todo eso a Sofía», pensó Rebeca, aunque quizá estuviera haciendo indagaciones discretas acerca del posible lugar de reunión del Gran Consejo. No tenían ni idea de lo que significaban las letras ISN, que formaban la parte final del mensaje en que la citaban a la reunión.

GC25S23ISN

«Tengo que averiguarlo de aquí al martes por la noche», pensó, así que decidió encender el ordenador y escribir esas siglas, a ver si encontraba algo. Así lo hizo, y para su sorpresa, sí que le salieron resultados.

«Acrónimo de ***I**nformation, **S**ervices And **N**etworking,* acrónimo de ***I**ntelligent **S**ensor **N**etwork,* acrónimo de **I**ntegración de **s**ervicios **n**uevos», leyó en la pantalla.

«¡Vaya sarta de estupideces!, esto no me lleva a ningún sitio», pensó enfadada. Siguió buscando en *Google.* «**I**ntegración de **s**ervicios **n**avarros», continuó leyendo en el monitor. «Vaya, Navarra, ya nos vamos acercando a Valencia», se dijo divertida.

«**Í**ndice de **s**atisfacción **n**eta», leyó. «¿Y esto qué significa?». Continuó navegando por la página web para acabar averiguando que se trataba de un estándar en la indicación de gestión en la calidad de servicios basado en una escala del 1 al 7, dónde el 7 y el 6 significaban clientes satisfechos, el 5 era neutral, y del 4 al 1, clientes insatisfechos. «Me sigue pareciendo una auténtica tontería, ¿qué tiene que ver todo esto con el Gran Consejo?», pensaba, cada vez más enojada por el tiempo que estaba perdiendo sin obtener ningún resultado.

«***I**nternational **S**ociety of **N**ephrology,* la Sociedad Internacional de Nefrología», leyó. Siguió investigando por esta vía. «Vaya, existe una Sociedad Valenciana de Nefrología, con sede en Valencia, en la avenida de la Plata», se dijo. Parecía que tenía ciertos lazos con la organización internacional, cuya sede estaba en Bruselas.

«Todo esto me parece muy rebuscado, creo que le estoy dando demasiadas vueltas a este asunto», pensó. «Me voy a abrir una cervecita fresquita, a ver si el lúpulo me despeja la mente».

Pensó que ojalá pudiera consultarlo con Carlota. Con su mente analítica seguro que lo adivinaba en minutos, pero claro, no le podía contar nada relacionado con el Gran Consejo. Era una verdadera lástima.

Se sentó en la terraza, en uno de los sillones, con la cerveza a su lado, disfrutando del sol de septiembre, todo un placer en una ciudad mediterránea como Valencia.

De repente, se le ocurrió una idea. Quizá sí que pudiera preguntárselo a Carlota, pero de otra manera, camuflando el objeto de la cuestión en sí misma. En breve iba a comenzar su máster universitario. Podría decirle que le habían citado en el ISN, que no sabía dónde era y que le daba vergüenza preguntarlo en su primer día de máster. «No sé si me mandará a tomar viento después de lo de ayer, pero por intentarlo tampoco pierdo nada», se dijo.

Tomó su móvil de encima de la mesa para mandarle un mensaje a su amiga. Después de un primer texto de cortesía, preguntando cómo se encontraba, le dijo lo que se le había ocurrido, que la habían citado de la Facultad de Geografía e Historia en el ISN, para el inicio del máster, y que no sabía dónde era.

Se quedó esperando su respuesta, relajada en el sillón. A los pocos minutos sonó su móvil con el tono de mensaje entrante. Era de Carlota. Lo leyó.

«No sé cómo tienes la vergüenza de ponerte en contacto conmigo hoy. Casi no puedo ni escribir estos mensajes. Tengo agujetas hasta en las yemas de los dedos», le decía su amiga. Rebeca no pudo evitar reírse, imaginándosela, pero no le decía nada de su pregunta principal, de qué narices era el ISN.

«Supongo que tampoco lo sabrá, le estoy pidiendo demasiado, tiene una mente privilegiada, no una bola de cristal de bruja adivina encima de la mesa», pensó.

De repente, volvió a sonar su móvil. Otro mensaje entrante de Carlota. Empezó a leerlo con avidez.

«¿Tú te llamas historiadora? ¿De verdad terminaste el grado? Mucho Sorolla y mucho Blasco Ibáñez, y resulta que no sabes nada de la historia de tu ciudad», leyó Rebeca.

Inmediatamente Rebeca le contestó, «¿no me digas que sabes dónde está el ISN?».

Al momento recibió otro mensaje de Carlota, «por supuesto, y tú tendrías que saberlo mejor que yo, inculta».

Rebeca estaba alucinada.

«¿Qué es el ISN y dónde está?», le escribió de inmediato. Estaba sorprendida a pesar de conocer a su amiga muchísimos años.

Carlota le contestó.

«Hoy no te mereces que te lo diga, por lo que me hiciste ayer. Hablamos mañana, mientras tanto piensa un poco, que parece que no tienes una cabeza sino un melón. Estoy segura de que Joana se estaría revolviendo en su sillón si se enterara que me estás preguntando esto».

Rebeca no salía de su asombro. «¿Qué tiene qué ver Joana con el ISN?». Se preguntó pasmada. Por más que pensaba no conseguía entender nada.

Lo que le había quedado claro es que Carlota sí que tenía una bola de cristal de adivina encima de su mesa, y muy a su pesar también debía de reconocer que tenía una mente superior a la suya.

Pero por poco.

67 25 DE ENERO DE 1525

—¿Sabéis quiénes estuvieron en mi casa ayer? —preguntó Amador, emocionado.

—¿Cómo quieres que lo sepamos? —contestó Batiste.

Habían terminado la escuela, y los tres amigos se habían quedado a hablar un momento en el patio, antes de irse a sus casas.

—¿Os acordáis de la extraña escena que vimos ayer a través de la rejilla de la habitación de Jero?

—¿La de tu padre gritando a los inquisidores? ¡Cómo nos vamos a olvidar de aquello! —contestó Batiste.

—Pues ayer mi padre citó en nuestra casa a las hijas de esa tal Blanquina March, que se llaman Beatriz y Leonor.

—¿En tu casa? ¡Eso sí que es extraño! —contestó Jero.

—¿Para qué? —preguntó Batiste, un poco preocupado.

—Las amenazó con investigar la memoria de su madre, fallecida en 1508, si insistían en iniciar un procedimiento para reclamar la devolución de la dote que Blanquina aportó al matrimonio con Luis Vives Valeriola, el que quemaron en el auto de fe de septiembre pasado.

—Eso fue lo que escuchamos a través de la rejilla. Tu padre les pedía a los señores inquisidores acceso a todos los expedientes. Andrés Palacios se mostró muy reticente a todo ello —recordó Jero—, y parecía enfadado con don Cristóbal.

—Pues esas supuestas reticencias parecen que han desaparecido de golpe. Mi padre exhibió ante las hijas de Blanquina todas las carpetas con la documentación que el Santo Oficio dispone de su madre.

Batiste se alarmó. Un simple receptor, aun siendo un cargo importante del tribunal de la inquisición local, no podía tener acceso a documentación secreta. La había conseguido con una pasmosa facilidad. Aquello no era nada normal.

—¿Quién es en realidad tu padre, Amador? —Batiste no se pudo contener.

—¿Qué pregunta más extraña me haces? Ya conoces la respuesta, es el receptor real del Santo Oficio en la ciudad.

Batiste se arrepintió de haber hecho esa pregunta. Era un pensamiento que le había salido en voz alta. Estaba preocupado por el cariz que estaba tomando este tema. Blanquina March fue el número uno del Gran Consejo antes de que lo fuese su hijo, Luis Vives. En esa época se trasladó el árbol judío del saber milenario. No sabía si las amenazas del padre de Amador contra las hijas de Blanquina podrían suponer algún peligro para el árbol.

Se despidió de sus amigos y se fue a su casa, dándole vueltas a la cabeza. En cuanto entró, se dirigió a la cocina, dónde estaba su padre preparando la comida.

—¿Qué tal en el colegio? —le preguntó Johan, nada más ver a Batiste.

—Cómo siempre, ya conoces al profesor Urraca, es un poco pesado.

—Será pesado, pero es un gran docente, te lo puedo asegurar.

—Oye, padre. Hoy, mi amigo Amador, que ya sabes que es el hijo del nuevo receptor del tribunal de la inquisición de la ciudad, nos ha contado una historia muy curiosa —le dijo, cambiando de tema.

Batiste le relató la cita entre don Cristóbal de Medina y Aliaga y las hijas de Blanquina March, Beatriz y Leonor Vives. Le contó lo que pretendían, recuperar la dote de su madre, y las amenazas que habían recibido por parte del receptor. De toda la explicación que le dio a su padre, omitió convenientemente lo que habían escuchado a través de la rejilla de la habitación de Jero. Eso no lo podía contar para no poner en evidencia a su joven amigo.

Johan Corbera se alarmó.

—Podría ser muy peligroso —dijo después de escuchar el relato de su hijo.

—Pero tengo entendido que el Santo Oficio jamás encontró ninguna prueba contra Blanquina, y eso que lo intentó, ya que le abrió varias investigaciones y la citó a declarar en más de una ocasión, pero siempre salió absuelta.

Johan seguía preocupado.

—Hay una cosa que no sabes, hijo. Don Juan de Monasterio, uno de los inquisidores del tribunal local de principios de siglo, se encargó que, tanto Blanquina como su marido, Luis Vives Valeriola, salieran sin cargos de aquellos asuntos. En realidad, don Juan era uno de los nuestros.

—¿No me digas? ¿Todo un inquisidor trabajaba en nuestro favor?

—El Gran Consejo estaba muy infiltrado en las altas esferas y, aunque te cueste creerlo, también en las propias entrañas de la inquisición.

Batiste estaba asombrado por la revelación.

—Entonces no hay peligro —dijo—. Me quedo tranquilo.

—En realidad, sí que lo hay. Ya sabes que la inquisición irrumpió por sorpresa en una reunión del Gran Consejo, en marzo de 1500. Afortunadamente consiguieron escapar todos sus miembros, menos el número cuatro, el rabino de la sinagoga, Miguel Vives. Decidió quedarse de forma voluntaria, con el objeto de hacer desaparecer todos los documentos relativos al Gran Consejo que había en la casa. Se sacrificó por los diez, ya que fue relajado y murió quemado por el Santo Oficio en 1501, después de soportar un sinfín de torturas, yo creo que el manual completo de ellas.

—Sigo sin ver el peligro.

—Miguel Vives no consiguió su objetivo. Intentó entrar en la sinagoga clandestina, que era dónde se estaba celebrando el Gran Consejo, para retirar los papeles, pero no pudo. Los miembros de la inquisición lo retuvieron en la puerta de la vivienda y no le permitieron moverse de allí.

—¿Y los documentos?

—Ese es el gran misterio de todo este asunto. Parece que, en su informe final dirigido al inquisidor general de España en aquel momento, que era fray Diego de Deza, el promotor fiscal y el notario de secuestros, que fueron los que lideraron aquella redada, no hicieron mención alguna de ello, pero, en realidad, desconocemos qué ocurrió con aquellos papeles y qué documentos tiene en su poder el Santo Oficio.

—¿No decías que un inquisidor trabajaba para nosotros?

—Así es, pero el asunto lo llevó su compañero y ni siquiera él pudo verlos. Tuvo acceso a la sentencia completa y a las declaraciones, pero no a los documentos confiscados, si es que se produjeron. Tampoco sabemos qué declaró bajo tortura Miguel Vives. Conocemos por otras fuentes que delató a muchas personas.

—Entonces, ¿no sabemos si el Santo Oficio tiene en realidad documentos confidenciales del Gran Consejo?

—Don Juan de Monasterio se encargó, en aquella época, de sepultar y ocultar en los rincones más oscuros de los archivos de la inquisición, todos los expedientes que hacían referencia a Blanquina. Ni el promotor fiscal ni el notario de secuestros hicieron ninguna mención a ellos en todos sus informes. Nadie en todos estos años, hasta ahora que me estás contando lo de don Cristóbal de Medina, se había interesado por ellos. Supongo que los actuales inquisidores no tendrán ningunas ganas ni de buscarlos, si es que los encuentran, ni de entregárselos al receptor.

Batiste se puso muy serio.

—Don Cristóbal ya los tiene en su poder.

—¡Qué dices! ¿Cómo sabes eso? —preguntó alarmado Johan, levantándose de golpe de la silla.

—Los exhibió como muestra de su poder ante las hijas de Blanquina ayer mismo. Dijo que los iba a revisar palabra por palabra —explicó Batiste—. Su hijo Amador escuchó toda la conversación y nos la ha contado a Jero y a mí hace un momento.

Johan Corbera parecía preocupado de verdad. Se volvió a sentar en la silla, con un gesto más tranquilo.

—Bueno, no nos alarmemos más de lo necesario. Con toda probabilidad no tengan nada. Don Juan de Monasterio, en persona, se desplazó hasta Elche y le facilitó a Blanquina, una vez que Miguel Vives fue relajado y quemado en la hoguera, la sentencia y las declaraciones de los implicados en el asunto al completo. No constaba nada del Gran Consejo ni había ninguna referencia a la reunión de diez personas en la sinagoga que descubrieron.

—Pero, ¿podría ser que esos papeles referentes al Gran Consejo estuvieran en el expediente y que, de forma deliberada, no se les hubieran prestado atención porque no los comprendieran? Al fin y al cabo, acababan de descubrir una sinagoga clandestina, apresaron en los siguientes días hasta treinta herejes y fue un gran éxito de la inquisición. Quizá no les interesaran los detalles menores que no entendían.

—Como posibilidad, supongo que sí, pero es algo que no sabemos. Esa es la parte alarmante. Ahora, el nuevo receptor dispone de los expedientes y además ha amenazado con revisarlos letra a letra. Esa es la gravedad del asunto, que no sabemos si tiene en sus manos algún tipo de documentación o no. Tenemos que suponer que no, pero es preocupante.

En realidad, no era tan solo preocupante, esa expresión se quedaba corta. Era muy alarmante, pero eso no lo sabían ni Johan ni Batiste en este momento.

68 EN LA ACTUALIDAD, LUNES 24 DE SEPTIEMBRE

El despertador empezó a emitir su insoportable ruido a una hora intempestiva. Rebeca abrió un ojo, miró por la ventana y vio que era aún de noche. «¿Qué le pasa a este cacharro, se ha vuelto loco?». De repente, pegó un brinco de la cama. Era lunes.

«Al final va a resultar que el invento del demonio es mi amigo», pensó Rebeca, recordando que hoy tenía que acudir a los estudios radiofónicos a las ocho de la mañana para entrar en directo en el programa *Buenos días* a las nueve menos cuarto. Solo de pensarlo ya se había despertado por completo. Volvía a tener esa extraña sensación en el estómago. «Se llama nervios», pensó. Intentó tranquilizarse y darse ánimos. En realidad, era el tercer día que iba a salir en antena y ya no era una completa novata.

«Me estoy haciendo trampas yo misma», se dijo, mientras se incorporaba de la cama y se dirigía al cuarto de baño. «El primer día fue una entrevista informal, y el segundo ni siquiera sabía que estaba saliendo en directo, pensaba que era una grabación», se dijo. En realidad, no deberían de contar. El primer día con conciencia de directo era hoy.

Se arregló un poco más de lo habitual, se maquilló ligeramente y salió a la cocina. Para su sorpresa, ya estaba su tía preparándose el desayuno.

—¡Caramba! parece que hoy hemos madrugado las dos —dijo Tote.

—Hoy es lunes y, por primera vez, entro en la radio en directo.

—Por primera vez no, ya tienes cierta experiencia.

—Por primera vez a conciencia, ni la entrevista ni la falsa grabación cuentan. Hoy, cuando me ponga delante del micrófono, sabré que estoy saliendo en antena para toda España en el programa, seré consciente por primera vez. Hoy es mi estreno real.

—¿Cómo van los nervios?

—Descontrolados. Espero que me tranquilice algo con el micrófono delante. O quizá no y le pegue un bocado a la alcachofa, ya sabes que me gustan —contestó Rebeca, insegura.

Viendo los nervios de su sobrina, Tote decidió cambiar de tema.

—¿Has adivinado lo que significa la parte final del mensaje de la reunión del Gran Consejo de mañana por la noche?

—No, sigo sin tener ni idea qué significan las letras «ISN», pero ayer se lo pregunté a Carlota.

Su tía se escandalizó.

—¡Pero si ella no sabe ni debe saber nada del Gran Consejo! —exclamó—. ¡Cómo se te ocurre!

—No te preocupes, ya lo sé. No le conté nada que no debiera. Le dije que iba a empezar mi máster en la Facultad de Historia y que nos habían citado en el ISN, que no sabía dónde era y que me daba vergüenza preguntar en mi primer día de clase.

Tote se tranquilizó, aunque mostró interés por la posible respuesta de Carlota.

—¿Y qué te dijo la brujilla? —preguntó.

—En realidad, me echó la bronca. Me dijo que parecía mentira que una graduada en Historia no conociera el ISN. Hubo otra cosa que me extrañó.

—¿Cuál?

—Que me nombrara a Joana, en concreto dijo que se estaría revolviendo en su sillón si supiera que le estaba preguntando eso.

—¿En serio? —Tote se quedó pensativa durante un instante.

—Totalmente, no tengo ni idea a qué se refiere.

De repente, Tote se levantó de la silla, con una cara de sorpresa.

—¡Claro! —exclamó.

—¡No me digas que tú también lo sabes! Aquí la única idiota debo ser yo.

Tote se volvió a sentar, pero lucía una evidente cara de satisfacción.

—Ha sido Carlota. Con la pista de Joana me ha dado la respuesta. Ahora está todo claro. Por cierto, no es el ISN lo que buscas, sino la ISN, en femenino. Tu amiga tiene razón, es vergonzoso que no lo sepas. Es verdad que Joana se enfadaría si se enterara. Te echaría una buena bronca.

—Pues sigo sin tener ni idea. Anda tía, dime que es la ISN. Entre unas y otras me tenéis en ascuas.

—Que te lo cuente Carlota. El mérito es de ella, además ahora tengo prisa. Me tengo que ir al trabajo. A las ocho y media pondré la radio para no perderme tu programa.

—Pues tendré que rogarle a la petarda que me lo cuente — dijo Rebeca, resignada.

Tote se fue de casa y Rebeca salió cinco minutos después. Llegó a los estudios antes de la hora prevista. La trataron de maravilla, como era habitual y la acompañaron a un estudio para ella sola, como la vez anterior. Estuvo repasando sus notas sobre *El encobert*, ese personaje enigmático de la historia, a caballo entre los siglos XV y XVI.

Llegó el momento de la emisión del programa. Escuchó, por los cascos que llevaba puestos, como le daban paso desde los estudios de Madrid. Entró en directo, contó su historia y contestó un par de preguntas de Javi y Mar. En unos siete u ocho minutos, teniendo en cuenta una pequeña pausa publicitaria, terminó todo. Era cierto, le había resultado sencillo y no se había puesto nerviosa.

«No, si al final tendrá razón el queso de Tere, el tal Fabio, que la radio es lo mío», pensó divertida.

Mara Garrigues, su compañera en la emisora de Valencia le dio la enhorabuena con un par de besos.

—Haces el programa como si llevaras toda la vida en la radio. Si te pones nerviosa, desde luego no se nota nada de nada. Hablas con total naturalidad, más que yo, y ya llevo seis años.

—Te aseguro que lo estoy, lo que pasa es que me encanta la Historia. Es ponerme a hablar de ella y se me pasan todos los nervios, incluso dejo de ver delante de mí la alcachofa del micrófono.

Encendió el móvil y vio un mensaje de Carlota. «¿Comemos juntas, palomina?», leyó Rebeca.

«¿Palomina me llama?», pensó. «¿Y eso a qué viene?, porque Carlota no da puntada sin hilo. Seguro que hay un motivo para que me llame de esa manera tan extraña».

Y tanto que lo había. Rebeca no la comprendió, pero, en realidad, su amiga le estaba diciendo exactamente donde tendría lugar la reunión del Gran Consejo de mañana por la noche.

69 26 DE ENERO DE 1525

—¿Qué te pasa esta mañana, Jero? Llegas a la escuela con una sonrisa de oreja a oreja.

—Hoy estoy contento.

No era nada habitual ver a Jero con ese buen humor, casi siempre estaba taciturno y cabizbajo.

—¿Y se puede saber a qué se debe esa alegría? —preguntó Amador.

—Mi padre llegará a la ciudad pasado mañana. Esta vez se va a quedar un par de días conmigo en el palacio.

En cuanto escuchó la respuesta de su amigo, Batiste pegó un brinco.

—¿Se va a alojar contigo en el Palacio Real?

—Sí, claro, como siempre lo hace.

—Y esta vez, ¿se trata de otra visita de incógnito como en la última ocasión? —siguió preguntando Batiste.

Jero no pudo evitar extrañarse.

—¿Y esa qué clase de pregunta es? ¿Para qué te interesa saber si viene de incógnito o no? Lo importante es que viene a visitarme, lo demás me da igual, aunque no entiendo tu interés por esa cuestión —contestó Jero.

«Creo que me he pasado con la pregunta», pensó apurado Batiste. «A ver cómo salgo de esta». Se quedó un momento reflexionando y al final decidió contarle la verdad a su amigo.

—Tengo que confesarte una cosa, Jero. No te enfades conmigo, pero le dije a mi padre que el tuyo había estado en la ciudad en septiembre.

Jero se levantó muy enfadado.

—¡Os dije que no contarais nada! —exclamó enojado.

—Piensa que mi padre y el tuyo son muy amigos, no pude evitar decírselo. A mi padre le hubiera encantado pasar una velada con él, entiéndelo. Se ven en muy pocas ocasiones porque uno vive en Sevilla y el otro en Valencia.

—Te entiendo, Batiste, pero mi padre me lo pidió expresamente y supongo que tendría sus motivos —insistió Jero.

—Aún hay otra cuestión —dijo Batiste.

—A ver, cuéntamela.

—En aquella vez, en septiembre del año pasado, prometí a mi padre que, si el tuyo volvía a Valencia, le avisaría.

Jero se volvió a enfadar.

—¡No os voy a volver a contar nada! No me puedo fiar de vosotros. A veces no parecéis mis amigos.

—A mí no me metas en el saco —dijo Amador—, que yo mantuve el secreto.

—Escucha, Jero, no te enfades. Entiende que mi padre tenga ganas de hablar con el tuyo.

—Sí, pero quizá el mío no las tenga.

—Por eso vamos a intentar llegar a un acuerdo, para no enfadarnos.

—¿Qué acuerdo? —dijo Jero, aún enojado.

—Cuando tu padre llegue a Valencia, le preguntas si quiere entrevistarse con mi padre. Te prometo que, si dice que no, no le diré nada a mi padre, pero si está dispuesto a hablar con él, entonces se lo contaré.

Jero se quedó pensativo durante un momento.

—Igual me gano una buena bronca, pero me parece justo. Lo que quiero que quede claro es que si mi padre viene de incógnito otra vez, no debéis decir nada a nadie, y menos tú a tu padre, Batiste.

—Pues entonces hemos llegado a un trato, no se hable más. Tan solo le informaré a mi padre si el tuyo está de acuerdo en verle —concluyó Batiste.

70 EN LA ACTUALIDAD, LUNES 24 DE SEPTIEMBRE

Rebeca aprovechó el resto de la mañana para acercarse a la Facultad de Geografía e Historia. El *Máster Universitario en Historia e Identidades del Mediterráneo Occidental,* al que se había matriculado, iba a comenzar en breve, y aún no tenía claro los materiales que iba a necesitar ni su horario. Se acercó por el despacho del director del máster.

—Buenos días, soy Rebeca Mercader —se anunció algo cohibida, mientras entraba en la estancia.

—Hola, Rebeca. Soy José Antonio Pardo, el director del máster. Encantado de conocerte en persona. Adelante, puedes pasar, no te quedes en la puerta. Eres la última alumna que faltaba por presentarse.

—Lo siento de verdad, últimamente llevo una vida un tanto ajetreada —contestó Rebeca, que estaba avergonzada. No tenía que haberlo dejado para última hora, tenía que haberse presentado antes.

—Sé quién eres, leo *La Crónica* y ahora también escucho tu colaboración radiofónica en el programa *Buenos días.* Creo que no hay nadie que no te conozca en toda la Facultad, ahora eres famosa —dijo el director, sonriendo—. No te preocupes en absoluto.

Rebeca no pudo evitar ruborizarse. Todavía no se había acostumbrado a que, en la actualidad, era una persona conocida. Su foto había salido dos veces en la portada del periódico en este último mes, además de la promoción que le estaban haciendo desde la radio.

—Aun así tenía que haber venido antes —respondió.

—Te lo repito, no te preocupes, llegas a tiempo. Ya sabes que se trata de un master semipresencial, eso quiere decir que tendrás que asistir a ciertas clases, pero no creo que te causen demasiados trastornos con tu actividad divulgativa periodística y, si lo hacen, nos adaptaremos. Estamos muy orgullosos del trabajo que estás haciendo. Por otra parte, seremos tan solo quince alumnos en el máster, además algunos estaban en tu curso el año pasado. Seguro que ya los conoces y os integráis de maravilla.

—Mucho mejor, ¿y el horario?

—Aquí lo tienes —le contestó el director, dándole una especie de cuadrante de colores.

Rebeca lo estuvo mirando durante un momento. Respiró tranquila, no iba a interferir demasiado en su trabajo, pero tendría que hablar con el director del periódico, Bernat Fornell, para tratar de adaptar ciertas horas que le coincidían. Los lunes, que era el día más delicado por su colaboración radiofónica, los tenía libres.

Se despidió del director del máster, salió de su despacho y se fue hacia su casa. Llegó sobre las doce y media. Su tía no estaba, aún no había vuelto de la comisaría.

«¿Palomina?», se preguntó. Esa era la expresión que había usado Carlota en el mensaje que le había enviado. «Voy a buscar por internet, aunque no la conozca igual sí que existe esa palabra», pensó. Tomó su móvil y lo miró en *Google*. Para su completa sorpresa sí que existía esa expresión en el diccionario de la Real Academia Española. «Excremento de las palomas», leyó.

Se quedó en blanco.

«¿Y qué quiere decir Carlota con eso?», pensó. «¿Qué busque un lugar dónde hay abundantes excrementos de paloma?»

De repente se le ocurrió un lugar. En la ciudad de Valencia, si piensas en palomas, el primer sitio que te viene a la mente es una plaza muy céntrica y concurrida, pero no le encontraba el sentido. «¿Cómo se va a reunir el Gran Consejo allí?»

Decidió mandarle un mensaje a Carlota. «Necesito saber dónde está la ISN». Escueto y directo.

A los pocos minutos recibió la contestación de su amiga. «Mañana te invito a comer en la calle Caballeros, quedamos en la puerta del teatro Talía a las dos».

«La petarda me va a tener en vilo hasta el final», se dijo, algo fastidiada por no ser capaz de resolver por ella misma qué era la ISN.

71 27 DE ENERO DE 1525

—Ya está hecho —dijo Leonor—, no hay vuelta atrás.

—¿Qué has hecho? —preguntó su hermana Beatriz.

—Vengo del Palacio Real, de reunirme con el inquisidor Andrés Palacios.

—¿Para qué? Ya habíamos hablado con él.

—No vengo de hablar con él. Acabo de presentar la solicitud formal de restitución de los bienes de nuestra madre, confiscados por el Santo Oficio en el proceso de nuestro padre, en concreto los 10.000 sueldos de la dote, además de algún censal de la que también era propietaria ella.

Beatriz parecía un tanto sofocada.

—¿Por qué lo has hecho tan rápido? Apenas hace tres días estuvimos hablando con don Cristóbal de Medina, el receptor. Ya sabes lo que nos dijo, más bien con lo que nos amenazó. No parecía que estuviera hablando en broma. No sé a ti, pero a mí acabó dándome algo de miedo.

—Pues ahora ya no hay vuelta atrás, la maquinaria legal se ha puesto en marcha —contestó Leonor.

—Me lo podías haber consultado.

—Beatriz, pude ver tu cara en aquella reunión con el receptor. Estabas claramente asustada ante las bravuconadas de aquel pavo real. No quería que te lo pensaras mejor y te arrepintieras. Ahora ya está hecho, además el inquisidor se ha comprometido a estudiar el asunto a fondo y desde un punto de vista puramente jurídico. No va a admitir injerencias externas, y menos del receptor, con el que me parece que no guarda una buena relación.

Beatriz no estaba del todo convencida.

—¿Y si don Cristóbal cumple sus amenazas?

—¿Y qué tenemos que perder nosotras? Para nuestra desgracia, nuestra madre murió hace ya más de dieciséis años. ¿Qué nos puede hacer el fanfarrón del receptor? ¿Instar un proceso para que la condenen a la muerte cuando ya lo está? ¿Y qué nos importa eso, después de todo lo que hemos sufrido con esos sanguinarios del Santo Oficio de la inquisición, que son cualquier cosa menos cristianos?

—Leonor, no te atrevas a decir eso ni en nuestra casa —dijo una asustada Beatriz—, que las paredes pueden tener ojos y oídos.

No las tenían, pero casi.

72 EN LA ACTUALIDAD, MARTES 25 DE SEPTIEMBRE

—Me temo que en breve dejaremos de verte por aquí, nos abandonarás.

—¿Por qué dices eso, Tere? —contestó Rebeca, intrigada por la extraña afirmación—. Estoy muy a gusto en *La Crónica* desde hace años y creo que somos buenas amigas.

—Eres una estrella de la radio. Ayer, cuando bajé a desayunar, tenían puesta la emisora y te pude escuchar. Cuando terminó tu sección, mis vecinos de mesa de al lado se pusieron a comentarla. Decían que jamás habían escuchado a nadie explicar la historia de un modo tan ameno desde Isaac Asimov, que, por cierto, no sé en qué emisora trabaja.

Rebeca no pudo evitar sonreír.

—Isaac Asimov no es un periodista, fue un famoso divulgador científico que falleció en 1992, aunque se hizo famoso por su faceta de autor de ciencia-ficción. Escribió la trilogía de *La Fundación*, que luego amplió hasta siete libros. Fue galardonada en 1966 con el premio Hugo a la mejor serie de ciencia-ficción de todos los tiempos.

—¿De todos los tiempos? Pues mira que hay buenas, tiene que ser fantástica, nunca mejor dicho.

—¿Sabes a quién se impuso en ese mismo premio? Supongo que te sonará.

—Ni idea.

—Pues nada más y nada menos que se impuso a la saga de *El señor de los anillos* de Tolkien, para que te hagas una idea de lo importante que fue y todavía es Isaac Asimov, aunque no sea lo famoso y tenga el reconocimiento que debiera. Me he leído todos sus libros, te aseguro que son muchísimos y todos muy interesantes —explicó Rebeca—. Por supuesto yo no le llego ni a la suela de su zapato. Que me comparen con él es un honor completamente inmerecido.

—Pues lo siento, pero no tengo el placer de conocer al tal Asimov.

—¿Y si te digo Will Smith y *Yo robot*?

—¡Esa película sí que la vi! —exclamó emocionada Tere.

—Pues está basada en un libro de Asimov.

—No lo sabía, pero bueno, no me distraigas, que estábamos hablando de ti, no de ese ruso.

—No era ruso, era estadounidense nacionalizado, aunque es verdad que de origen ruso.

—¡No me marees! —exclamó Tere—, que me desvías de lo que te quería comentar.

—Perdona por la interrupción, adelante.

—Te quería decir que, sin darte cuenta, te estás convirtiendo en una estrella nacional de la comunicación. En breve, nuestro periódico se te quedará enano y volarás hacia nuevas metas, cual mariposa salida de su capullo.

—¡Qué poética! Ten una cosa clara Tere, pase lo que pase con mi vida, siempre escribiré mi pequeña sección en *La Crónica*. Por otra parte, esto de la radio es efímero, hoy te hacen mucho caso y al minuto siguiente nadie se acuerda de ti. Piensa que estoy nominada a un premio Ondas. Pasará la gala, no me lo concederán y ya no estaré en la cresta de la ola —se explicó Rebeca—. Me estoy tomando toda mi situación actual como una diversión, y la verdad es que me lo estoy pasando bien, con eso ya me doy por satisfecha. Ahora mismo, todo lo demás me da igual.

Después de la conversación con Teresa, Rebeca se puso a trabajar en su columna semanal, que debía entregar hoy mismo y aún no la había rematado. La terminó lo más rápido que pudo y la entregó para su publicación en la edición del periódico del miércoles.

Sin darse cuenta se le había pasado la mañana. Había escuchado sonar su móvil, con el tono de mensajes entrantes, pero no había querido distraerse. No le gustaba atender asuntos particulares en horas de trabajo, aunque a veces, sobre todo estos últimos meses, se había visto obligada a hacerlo por las especiales circunstancias.

A la una y media apagó el ordenador y miró el móvil. Había quedado a comer con Carlota, así que partió con su bicicleta hacia el teatro Talía. Estaba en pleno centro histórico de la ciudad, en la calle Caballeros, donde tenían su palacio los difuntos conde de Ruzafa y su esposa, la condesa de Dalmau, que habían sido números uno del Gran Consejo. Supuso que ahora su posición dentro de la organización nacida en el siglo XIV la habría heredado alguno de sus tres hijos.

De repente, a Rebeca se le iluminó el cerebro. «Claro, ¡qué idiota he sido!», pensó. «¿Qué lugar más apropiado existe en la ciudad para celebrar una reunión discreta del Gran Consejo que en el domicilio y palacio del número uno? Por eso Carlota me ha citado a comer en la calle Caballeros, justo al lado de la plaza de la Virgen, lugar dónde más palomas hay de toda la ciudad, ¡soy una palomina!», se dijo. «No tengo ni idea cuál es el nombre de ese palacio, pero seguro que tiene algo que ver con las iniciales ISN».

«Ahora todo cobra sentido», pensó, con una sonrisa de satisfacción en su rostro.

73 27 DE ENERO DE 1525

—Señor Palacios, hay una persona que pregunta por usted. Dice que le ha citado ahora mismo —dijo un criado, dirigiéndose al señor inquisidor.

—Hazle pasar —le contestó.

Era nada más y nada menos que don Cristóbal de Medina y Aliaga, receptor del Santo Oficio, con el que don Andrés Palacios había mantenido una acalorada discusión hacía apenas cuatro días. El invitado hizo una entrada triunfal en el despacho y, sin esperar a que don Andrés se lo indicara, se sentó en uno de los butacones.

«Este receptor tiene los humos muy subidos», pensó el inquisidor. Fue directamente al grano, no le apetecía mantener una extensa charla más allá de lo estrictamente necesario con semejante personaje.

—Se preguntará por qué le he citado con esta premura —empezó la conversación don Andrés, omitiendo a conciencia cualquier tipo de saludo.

—Pues la verdad es que sí. Después de nuestro intercambio de criterios de hace unos días, no le voy a mentir, me tiene intrigado esta entrevista.

«¿Intercambio de criterios?», pensó el inquisidor. «¿Con esos términos se refiere a su petición de que me salte las normas y las leyes?».

—Esta misma mañana ha acudido al palacio Leonor Vives y ha formalizado la petición de devolución de los bienes confiscados a su madre, Blanquina March, en el proceso seguido contra su padre, Luis Vives Valeriola —dijo don Andrés, con el tono de voz más neutro que pudo.

Antes de que citara en su despacho al receptor, don Andrés había estado revisando toda la documentación que le acababa de presentar Leonor, la hija de Blanquina March. Había estudiado el expediente con detenimiento y le había llevado gran parte de la mañana. Fue entonces cuando decidió enviarle una nota al receptor, don Cristóbal de Medina, para comentarle el asunto. Suponía que, después de la agria discusión que tuvieron hace unos días, no acudiría a la cita con demasiado interés, pero tenía que comentarle un tema que debía conocer, como directamente afectado, aunque la decisión final del expediente le correspondiera a Andrés Palacios.

—¿Y para eso me ha convocado? —preguntó con cierto desdén.

—Quería que supiera en persona, por mí mismo, que el pleito se acaba de iniciar de manera formal, con la presentación de la demanda familiar.

—Entonces, ¿me ha citado por una mera cuestión de cortesía? —preguntó, ahora en tono chulesco.

—En realidad, no —contestó don Andrés.

La respuesta le pilló por sorpresa a don Cristóbal.

—¡Ah! ¿no? Perdone, pero no le entiendo.

—Le he citado para informarle que voy a rechazar la petición que han formulado las dos hermanas, Beatriz y Leonor.

Si la anterior respuesta le había pillado por sorpresa a don Cristóbal, esta hizo que se levantara de su butacón de golpe.

—¡No me diga! Me alegro de que la conversación que mantuvimos hace unos días haya dado sus frutos —dijo don Cristóbal, que no podía ocultar su satisfacción.

—Se equivoca —contestó muy serio don Andrés.

—¿En qué me equivoco? Me acaba de decir que no va a aceptar la petición de las hermanas Vives.

—Y eso es cierto, pero no tiene nada que ver con la desagradable conversación que, para oprobio propio, mantuvimos recientemente.

—Discúlpeme, pero vuelvo a no entenderlo —dijo don Cristóbal.

—Ya le dije que no pensaba saltarme ni las leyes ni las normas del Santo Oficio, y me mantengo en mi firme decisión, por más que usted insistiera en aquel desafortunado encuentro. El rechazo a la petición de las hermanas Vives se debe exclusivamente a la aplicación de esas mismas leyes que usted se atreve a denostar, con una ligereza impropia de una persona de su rango y posición.

—¿Se podría explicar mejor? —preguntó el receptor, que ahora estaba muy perdido.

—Las normas establecen que, para poder reclamar bienes secuestrados o confiscados por el Santo Oficio pertenecientes al otro cónyuge no declarado hereje, si este ha fallecido, como es el caso de Blanquina March, deben ser todos sus herederos los que suscriban y apoyen la petición.

—Sigo sin entenderlo.

—Blanquina tuvo cinco hijos en su matrimonio, aunque en la actualidad tan solo viven tres de ellos, ya lo he comprobado. La solicitud de devolución de bienes confiscados tan solo aparece firmada por dos de ellos, las hermanas Beatriz y Leonor Vives. Falta un tercer hermano y heredero.

Don Cristóbal se quedó pensativo por un momento.

—Pero el tercer hermano vivo, ¿no es el seguidor de Erasmo, Luis Vives?

—Así es.

—¿Y me está diciendo que su firma es necesaria para tramitar el expediente?

—No lo digo yo, eso es precisamente lo que estipula la ley, y ya conoce que yo soy muy escrupuloso en su aplicación.

Don Cristóbal no pudo ocultar su alegría.

—Pues eso no pasará. Luis Vives reside en la actualidad en Oxford, Inglaterra, y no se atreverá a pisar suelo español. Eso no ocurrirá jamás.

—Pues entonces, sin la autorización del tercer hermano, no puedo dar curso legal al expediente —dijo muy firme don Andrés Palacios—, ni, en consecuencia, autorizar la devolución de la dote solicitada por las hermanas.

Don Cristóbal estaba visiblemente contento.

—Mire, ahora mismo celebro que sea tan condenadamente legalista —dijo don Cristóbal, que le acababan de dar la alegría del día. Se acababa de ahorrar 10.000 sueldos, y bien que los necesitaba para cumplir con la promesa que le había hecho al rey. Aquella cantidad era fundamental para sus intereses y poder alcanzar los objetivos comprometidos.

Don Andrés miraba con cara divertida la evidente alegría indisimulada de aquel energúmeno.

«En realidad, hay otra posibilidad legal para tramitar el expediente, pero este imbécil del receptor no se merece ni que se la diga. Ya hablaré con las hermanas», pensó don Andrés, que cada día soportaba menos a don Cristóbal de Medina, y eso que se conocían desde hacía bien poco.

74 EN LA ACTUALIDAD, MARTES 25 DE SEPTIEMBRE

—¡Caramba, que cara más risueña luces este mediodía! —dijo Carlota, en cuánto vio a su amiga Rebeca esperándola en la puerta del teatro.

—Hoy hace un tiempo magnífico —contestó, lo primero que se le ocurrió.

—Sí, igual de bueno que ayer y que anteayer. Sin duda es una gran sorpresa que en Valencia haga un tiempo magnífico —contestó con sarcasmo Carlota.

—Anda, no me fastidies el día, que estoy contenta. ¿Ya te has recuperado del agradable paseo por la playa del sábado pasado?

—¡No me lo recuerdes! ¿Te crees que aún me quedan agujetas de aquella tortura? Lo del deporte no puede ser sano si produce esos efectos secundarios, es como los medicamentos, por no hablar de la muñeca izquierda.

Rebeca no pudo evitar reírse de las ocurrencias de su amiga.

—Eso pasa porque no lo practicas con regularidad.

—¡Sí, claro! Estaría ya muerta —exclamó Carlota, riéndose también.

—¿Dónde me invitas a comer?

—No he pensado en ningún sitio en particular. Te he dicho de quedar en la calle Caballeros por estar en el centro histórico de la ciudad, además es un sitio muy agradable para pasear.

«Sí, seguro», pensó Rebeca. «Tú no haces nada por casualidad, lo que ocurre es que en esta misma calle está el palacio del conde de Ruzafa y de la condesa de Dalmau, que será el lugar de celebración del Gran Consejo de esta noche, y me lo quieres restregar por los morros».

Anduvieron por la calle Caballeros, pasaron por la puerta del palacio de los condes y giraron por una callejuela. Rebeca iba pendiente de la expresión del rostro de Carlota. Ni se inmutó, al menos no noto ningún gesto que la delatara. Decidieron entrar en un pequeño restaurante que no tendría más de ocho mesas.

—¿Te parece bien este local? —preguntó Carlota—. Te advierto que no lo conozco.

—Me parece perfecto, además con el día que hace, nos podemos sentar en una mesa en la terraza, y así disfrutar del tiempo.

Así lo hicieron. Pidieron la comida y un par de cervezas.

—Bueno, querías saber qué lugar de la ciudad era ISN, ¿no? —preguntó Carlota—. Es un edificio histórico, sin duda un buen lugar para iniciar tu máster, casi diría que de los mejores de la ciudad.

—Y lo tenemos prácticamente enfrente, ¿verdad? —dijo Rebeca, que ya no se podía aguantar más.

Ahora era Carlota la que escrutaba el rostro de su amiga.

—Vaya, veo que ya lo has averiguado por ti misma — respondió algo fastidiada. Quería hacer su exposición habitual y sorprenderla.

—Me ha costado deducirlo más de la cuenta. Desde luego ha sido imperdonable por mi parte tardar tanto en desentrañar este pequeño misterio.

El camarero vino con los platos. Fue una comida agradable, tanto Rebeca como Carlota tenían un carácter muy parecido y se llevaban muy bien. Terminaron de comer y se pidieron una *grappa,* ese licor italiano tan exquisito. Se sentían de maravilla. El fantástico día en la ciudad ayudaba mucho.

—Ya que estamos en esta zona tan bonita, podíamos pasear un poco para bajar la comida —propuso Carlota.

—Claro que sí, *guapi* —le contestó Rebeca, sonriendo.

Siguieron por el callejón donde habían comido, hasta llegar a la puerta de la parroquia de San Nicolás de Bari y San Pedro Mártir.

—¿La conoces? —preguntó Carlota.

—¡Cómo no! Es la llamada «Capilla Sixtina valenciana». Después de la restauración de todos los frescos y las bóvedas. a cargo de la Fundación Hortensia Herrero, que ya sabes que es la mujer de Juan Roig de Mercadona, el resultado ha sido verdaderamente espectacular. Su belleza es indescriptible. Ya tiene fama europea.

—¿Quién es el autor de los frescos? —preguntó Carlota.

—Un pintor italiano de la corte del rey Carlos II, no creo que lo conozcas —respondió Rebeca—. Los estudié el año pasado en la *uni*.

—¿Cómo se llamaba? —insistió Carlota.

—Antonio Palomino.

—¿Y cómo se llama este monumento popularmente? —siguió preguntando Carlota.

—¿Por qué me preguntas lo que ya sabes? Es la Iglesia de San Nicolás.

No había terminado su respuesta, cuando de repente, Rebeca cayó en la cuenta. Miró a su amiga Carlota, que estaba partida de risa, casi llorando. Una inmensa vergüenza invadió a Rebeca, no lo pudo evitar. De repente, todo había cobrado sentido.

—**I**glesia de **S**an **N**icolás, o sus siglas ISN —dijo Carlota, sin poder evitar las carcajadas—. Aquí tienes el lugar del comienzo de tu máster, sin duda un lugar y un entorno difícilmente superable, además con los frescos de Palomino, ¡qué eres una palomina! —exclamó Carlota, que seguía de cachondeo a costa de su avergonzada amiga.

Rebeca no sabía qué decir ni cómo ponerse. En estos momentos se sentía ridícula.

—Me parece que alguien pensaba que se trataba de otro edificio, y no señalo a nadie…

Carlota seguía con su particular burla.

—¡Me muero! —exclamó Rebeca, ruborizada—. No sé por qué he pensado que era el palacio de los condes.

«¿De verdad no sabes por qué?», pensó Carlota, sin poder evitar un gesto de incredulidad.

Rebeca se dio cuenta de la expresión en el rostro de su amiga. Había sido un momento fugaz, pero la había observado con claridad. Le preocupó, pero ya tendría tiempo de analizarla, ahora estaba sorprendida y abrumada.

La reunión del Gran Consejo de esta noche iba a tener lugar en un edificio verdaderamente singular, nada más y nada menos que en la monumental Iglesia de San Nicolás, con los espectaculares frescos de Antonio Palomino observándolos, en todo su esplendor. Aquello superaba todas sus expectativas.

Su congoja acababa de subir un grado.

Mandó un mensaje con el móvil al grupo del *Speaker´s Club*. Suspendía la reunión de hoy.

Lo lamentaba, pero no estaba para distracciones.

75 30 DE ENERO DE 1525

—Mi padre llegó anoche al Palacio Real.

—¡No me digas! —contestó Batiste.

—Ya os había comentado que lo esperaba para ayer, aunque llegó muy tarde —explicó Jero.

—¿No pudiste hablar con él?

—Ni siquiera lo vi. Sé que ha llegado porque su habitación está ocupada y su carruaje está en las cuadras del palacio.

—¿No has preguntado a los criados?

—Sí, claro, pero ninguno lo vio llegar.

—Vaya —dijo Batiste, claramente fastidiado. Esperaba que su amigo Jero hubiera hablado con don Alonso. Tenía la esperanza de que iba a aceptar la reunión con su padre y con él, pero tendría que esperar a que su hijo lo viera y se lo pudiera preguntar.

Entraron en la sala que hacía las veces de escuela. El profesor Urraca ya los estaba esperando. La mañana se les pasó volando, como siempre. A los tres les gustaba aprender. Cuando terminaron en la escuela, Batiste se dirigió directamente a Jero.

—Sabes lo primero que tienes que hacer en cuanto veas a tu padre, ¿verdad?

—¡Qué sí, qué pesado eres! —contestó Jero.

—Es importante, créeme.

—¡Pero si ya os conocéis! ¿Qué esperas de esa reunión?

—Respuestas.

—¿Más? —preguntó Jero—. Hiciste que me arriesgara dejándole una nota encima de su cama, que además tuviste la suerte de que te la contestara.

—Aquella respuesta de tu padre, aunque no lo creas, me generó aún más preguntas y dudas —dijo Batiste—. Necesito hablar con él. Por otra parte, también sabes que mi padre y el tuyo son grandes amigos y no se ven en demasiadas ocasiones. Es una lástima que, estando en la misma ciudad, no queden para conversar.

—Lo sé, pero si mi padre declina la reunión, tienes que mantener tu promesa de no contarle nada a tu padre. No me falles como la última vez.

—Te lo juro —contestó muy serio Batiste—, pero también exijo el compromiso por tu parte de intentar que la reunión se celebre.

—Cuentas con él, ya lo sabes.

Amador había sido testigo mudo de la conversación. Al fin y al cabo, él no formaba parte de este supuesto encuentro.

Los tres se separaron y se fueron a sus respectivas casas a comer. Batiste llegó a la suya y, una vez más, no estaba su padre. Había estado demasiado tiempo de viaje en el pasado y suponía que tendría bastante trabajo acumulado. Se calentó la olla que estaba preparada, se la comió y subió a su cuarto, a estudiar.

Antes de tomar los libros no pudo evitar pensar en don Alonso, el padre de Jero. Aquella respuesta que le había dado a la sencilla pregunta que, si don Bertrán seguía con vida, le había dejado perplejo. No era habitual en él tardar tanto tiempo en resolver un acertijo. Se le daban bastante bien, pero este era la excepción. Volvió a tomar entre sus manos la nota de respuesta de don Alonso, por ver si se le ocurría alguna idea nueva.

«Don Bertrán ya no existe. Ákros y Stikhos.»

Sabía, por su padre, qué significaban las palabras griegas ákros, extremo, y stikhos, línea, pero no le encontraba ningún sentido. Su padre le había explicado que ambas unidas eran la raíz de la palabra castellana «acróstico», pero aquello no le conducía a ningún lugar. Los versos acrósticos de *La Celestina*, en el poema *El Bachiller*, no tenían ningún sentido para él. Tampoco conocía otros versos dónde poder aplicar la técnica acróstica. Lo mirara por dónde lo mirara, aquel misterio era un callejón sin salida.

Sin saber por qué, le vino a la mente una frase muy típica del profesor Urraca. «Cuando algo no tiene sentido, es que no lo estás mirando desde la perspectiva adecuada». Esa frase la repetía a toda su clase cuándo se rendían y no daban con la solución a algún problema matemático. «No hay que rendirse ante ningún problema, tan solo enfocarlo de otra manera», les insistía.

«¿Y si no estoy mirando este problema desde la perspectiva adecuada?», se dijo Batiste, «¿Y si lo debo enfocar de otra manera?», mientras su mente se esforzaba en buscar otro punto de vista.

Su cerebro estaba en ebullición.

«Quizá no tenga que buscar versos acrósticos», pensó. «Ákros significa extremo, y stikhos, línea. No tengo ningún verso que buscar, ¿pero tengo alguna línea?»

De repente se levantó de un brinco de la silla.

«¡Claro que tengo una línea!», pensó casi a gritos.

Se puso como un loco a rebuscar en el jubón del ficticio fray Bautista Tarrén hasta que encontró lo que buscaba. Extendió su supuesta nota de suicidio, que era una simple línea, encima de la cama. A pesar de que la había leído infinidad de veces, lo hizo una vez más.

«A lo oscuro no se observa. Mi alma no respira. Intuyo que una emboscada».

Se quedó completamente pasmado cuando se le reveló su contenido real. Sin darse cuenta se puso a temblar. Lo había tenido siempre delante de sus narices, pero como decía el profesor Urraca, no lo había estado mirando desde la perspectiva adecuada, el enfoque no era el correcto.

Estaba claramente eufórico. Había conseguido desentrañar el mensaje oculto en el texto de don Bertrán.

«Ahora tengo el mensaje claro, pero ¿qué quiere decir en realidad?», se preguntaba. Aún tenía menos sentido que el mensaje aparente, pero no podía tratarse de una casualidad, era imposible. Si el descubrimiento que acababa de hacer se confirmaba, nada de lo que creían saber era cierto.

Nada.

Le vino a la mente una cita del filósofo griego Sófocles, como las palabras ákros y stikhos, que decía, «una mentira nunca vive hasta hacerse vieja».

.

76 EN LA ACTUALIDAD, MARTES 25 DE SEPTIEMBRE

—Es una auténtica vergüenza que toda una graduada en Historia, habiendo convivido en la misma casa durante tres años con una profesora de la Facultad, cuya especialidad es la Historia del Arte, no reconociera las siglas ISN como pertenecientes a la Iglesia de San Nicolás. La propia Joana trabajó en su restauración y nos lo contó varias veces, con pelos y señales —estaba diciendo Tote, con cierta indignación—. ¿No lo recuerdas? Estaba emocionada.

—Anda, tía, ya pasé mi dosis de vergüenza con Carlota, no me pongas más nerviosa, que apenas faltan dos horas para la reunión del Gran Consejo —le contestó Rebeca.

—Te llevaré en coche, aparcaremos en la plaza de la Reina y luego iremos andando hasta la iglesia.

—¿Me piensas acompañar? —preguntó extrañada Rebeca.

—Por supuesto que sí, no te voy a dejar sola. No olvides que soy la duodécima puerta y mi única función es velar por tu seguridad. ¡Solo faltaría que siendo mi único cometido no lo cumpliera!

—Pero no te dejarán entrar en la iglesia.

—Ni lo pienso hacer. Me quedaré en los alrededores. Si algo se tuerce, hazme una llamada perdida con el móvil y acudiré pistola en mano, no te quepa ninguna duda —contestó muy firme Tote.

En el fondo, Rebeca agradecía el gesto de su tía. Ella tampoco las tenía todas consigo. No sabía con quién se iba a reunir, ni siquiera las intenciones que pudiera tener ese grupo con ella. Era una situación muy delicada.

A las diez y cuarto salieron en coche hacia la plaza de la Reina. Rebeca llevaba la capa negra con la gran capucha en una pequeña bolsa. En apenas quince minutos llegaron al aparcamiento. Dejaron el vehículo y marcharon en dirección a la Iglesia de San Nicolás, pasando por delante de la Catedral, del Miguelete y cruzando por la plaza de la Virgen. Dejaron a un lado el Palau de la Generalitat y entraron en plena calle Caballeros. Ya estaban muy próximas a la iglesia.

—Desde aquí andarás tú sola —dijo Tote—. Yo permaneceré en algún lugar muy cercano a la puerta de la iglesia. Métete tu móvil en uno de los amplios bolsillos de la capa. Ten mi teléfono preparado en la pantalla, y el dedo sobre la tecla de llamada, así en caso de peligro, en menos de un segundo lo podrás apretar, y de inmediato aparecerá la caballería ligera de tu tía, pistola en mano.

—Me asustas con todas esas medidas de seguridad. Si quisieran hacerme daño lo podrían haber hecho sin tanta ceremonia, en cualquier otro lugar o día.

—Posiblemente no ocurra nada, tienes razón, pero ya sabes, más vale prevenir que curar.

Rebeca se dirigió en solitario por la calle Caballeros, llegó a la esquina de la iglesia y giró por la callejuela. En ese momento abrió la bolsa que llevaba y se enfundó la capa negra y se puso la gran capucha.

«Menos mal que esta zona en concreto no está muy concurrida», pensó Rebeca, que aun así se cruzó con dos personas. Tampoco le prestaron especial atención, pensarían que pertenecería a alguna tribu urbana gótica. Por ese barrio de la ciudad no era tan extraño cruzarse con personajes del tipo que ahora mismo encarnaba Rebeca.

Llegó a la entrada de la iglesia. Estaba cerrada. Era lo lógico, eran casi las once de la noche. Había una aldaba en la puerta. La utilizó para llamar. No respondió nadie. Estaba pensando que todo aquello era una estúpida broma y estaba planteando marcharse, cuando, de repente, le abrieron la puerta de la iglesia. Era una persona enfundada en otra capa negra, como ella. No se le veía el rostro, pero le franqueó el acceso al interior del templo.

El espectáculo ante sus ojos era sobrecogedor. Ver aquella maravilla de cúpulas pintadas por Antonio Palomino, iluminadas en la oscuridad de la noche, con la iglesia completamente vacía, era una visión que impresionaba a cualquiera, y Rebeca no era una excepción.

Se acercó hacia el altar. Vio que ya había tres personas con idénticas capas a las suyas. Se saludaron con un movimiento de cabeza, sin pronunciar palabra alguna. Rebeca se sentó en la primera fila de bancos, junto con los demás, y se quedó esperando en silencio, observando a su alrededor.

Vio cómo iban llegando más personas con idéntica indumentaria negra. Cumplía su función a la perfección, era imposible identificar a su portador. Ni siquiera era capaz de distinguir si eran mujeres u hombres, ya que la capa era muy ancha, al igual que la capucha, que cubría la totalidad del rostro. Desde el siglo XIV, con las primeras reuniones del Gran Consejo, siempre habían portado ese extraño ropaje, para preservar el anonimato de sus identidades. En aquellos tiempos tenía mucho sentido, ya que los judíos eran perseguidos y debían protegerse, pero en la actualidad ya no cumplía esa misión protectora. Rebeca pensó que ya formaba parte del ritual desde hacía más de seis siglos, y que así había continuado a lo largo de los años.

Rebeca giró la vista. Contándola a ella, había seis personas. Teniendo en cuenta que el Gran Consejo debía estar conformado por diez miembros, más ella como número once, aún quedaban por llegar cinco más. Suponía que por ello estaban todos en silencio, esperando que llegara el resto.

Rebeca hizo caso a su tía. Tenía su móvil oculto en uno de los bolsillos de la capa con el dedo preparado para hacer una llamada, en caso de necesidad, aunque no se esperaba ningún peligro. Se habían tomado demasiadas molestias para convocar esta reunión si su objeto era simplemente hacerle daño.

Vio entrar a otra persona, que se sentó en el asiento más alejado a ella. Ya eran siete, aún faltaban cuatro miembros más.

De repente, uno de los encapuchados se levantó y se dirigió hacia el altar. Rebeca estaba sorprendida, parecía que iba a empezar el Gran Consejo, pero aún faltaban miembros.

—Buenas noches a todos, y, en especial, a la invitada que tenemos en nuestra reunión de hoy. Tengo el placer de presentaros al número once, descendiente directa del mismísimo Samuel Perfet, que como todos sabéis, fue la primera undécima puerta, a finales del siglo XIV. Ya sabéis que fue una de las figuras más destacadas dentro de *Las doce puertas* —dijo la persona que se había puesto en pie, con gran solemnidad—. Yo soy el número siete.

Rebeca no se sorprendió en absoluto al escuchar esa voz.

Ya se la esperaba y la conocía perfectamente.

77 31 DE ENERO DE 1525

—Hola Batiste, ya estoy en casa —dijo Johan, entrando por la puerta. Eran las cinco de la tarde.

Su hijo recogió la nota del presunto fray Bautista de encima de su cama, la escondió y bajó a saludar a su padre.

—¿Qué tal el trabajo?

—Pesado. He estado fuera de la ciudad demasiado tiempo y ha habido que corregir muchas cosas, algunas casi terminadas.

Ambos se sentaron en dos sillas en la cocina. De repente, Batiste observó un sobre en el suelo, justo delante de la puerta.

—¿Se te ha caído esta nota? Cuando yo he llegado a casa no estaba —dijo Batiste.

—No es mía tampoco —respondió Johan, mientras se agachaba a recogerla—. ¡Qué extraño! No lleva ni destinatario ni remitente.

—Si está dentro de nuestra casa, entonces nos pertenece, ¿no? —dijo Batiste, que como siempre le podía la curiosidad—. Anda, ábrelo.

—¿Y si no es para nosotros? Igual sería una buena idea preguntar a los vecinos antes de rasgarla y que nos llamen cotillas por leer correspondencia ajena. Estamos bien considerados en el barrio y no me haría gracia que, por un incidente tan tonto como este, cambiara esa percepción.

Batiste estaba rojo como un tomate.

—¡Ábrela de una vez! —casi gritó—, y déjate de monsergas.

Johan se sorprendió por la reacción de su hijo.

—Bueno, bueno, no te pongas tan impaciente ni nervioso, ahora mismo la abro.

Johan la rasgó con cuidado para no dañar su contenido. En su interior había una simple nota. La leyó en voz alta.

«A las seis en el palacio. Alonso»

Johan se levantó de la silla.

—¿Esto quiere decir lo que me estoy imaginando? —preguntó con cierta emoción Johan.

—Sí. El padre de Jero, o sea, don Alonso, está en la ciudad. Parece que nos ha citado, en apenas un momento, en el Palacio Real.

—¡Fantástico! —exclamó Johan—. Tengo muchas ganas de verlo.

—Mira la hora que es, son las cinco y diez, y en la nota pone que la reunión es a las seis. Como no nos demos prisa no vamos a llegar puntuales a las seis.

—Vamos a cambiarnos de ropa y salimos en quince minutos. ¡Venga! Cada uno a su habitación —ordenó Johan.

Cumplieron el horario previsto, y a las cinco y media partieron en dirección al Palacio Real. Johan estaba de muy buen humor, le apetecía ver a su gran amigo don Alonso, el conde de Niebla. Siempre se habían llevado muy bien y se veían en pocas ocasiones.

Llegaron a la puerta del palacio. El alguacil de guardia estaba avisado y les franqueó el acceso de inmediato. Entraron en el salón que enfrentaba a la espectacular escalera.

—¡Qué maravilla! —exclamó Johan—. Ya sabes, tan solo había entrado una vez y ya no me acordaba de lo bonito que era.

Batiste permaneció en silencio. Él había entrado en bastantes más ocasiones que su padre, pero no podía ni siquiera mencionarlo.

Apareció un miembro del servicio, que les indicó que subieran por la escalera. Así lo hicieron. Anduvieron por un pasillo y los acompañó hasta una puerta. Batiste y su padre sabían que detrás de ella estaba el salón de la chimenea.

—Pueden entrar y acomodarse en los sillones. Don Alonso los atenderá en un momento —dijo el criado.

Entraron en el salón. Batiste no pudo evitar estremecerse. Recordaba el incidente que había ocurrido allí mismo, del que no podía hablar. De hecho, había prometido olvidarlo, aunque, evidentemente, no lo había hecho.

La chimenea estaba encendida y daba calidez al salón, cosa que se agradecía porque en la calle hacía mucho frío.

—También me acuerdo de este salón —dijo su padre, mientras se sentaba en uno de sus sillones.

«Y yo», pensó Batiste.

Desde su posición, sentado en los sillones, vieron cómo se abría la puerta que daba al pasillo, donde se encontraba la habitación de Jero. Apareció su amigo, con una amplia sonrisa. Se notaba que estaba de buen humor, su padre había venido a visitarlo.

—Hola a los dos, bienvenidos a mi humilde casa —dijo con evidente sorna Jero, entrando en el salón.

Se saludaron efusivamente. Johan hacía tiempo que no veía al amigo de su hijo. Aquel niño siempre le había caído francamente bien.

—En un momento estará con nosotros mi padre. Está terminando de arreglarse.

No había concluido la frase cuando se volvió a abrir la puerta. Batiste y Johan se levantaron del sillón.

—Aunque ya sé que os conocéis, os presento a mi padre —dijo Jero, con cierta solemnidad.

Si no llega a ser porque estaba apoyado en uno de los sillones del salón, Johan se hubiera caído de espaldas al suelo.

78 EN LA ACTUALIDAD, MARTES 25 DE SEPTIEMBRE

—Veo que no te sorprendes al escuchar mi voz —dijo el número siete.

—En absoluto —contestó Rebeca.

—Entonces, ¿es cierto que conocías mi identidad?

—Desde el principio.

—¿Y por qué no me dijiste nada? Somos buenas amigas.

—¿Qué tiene que ver eso? ¿Para qué te iba a descubrir? Con saberlo yo, ya era suficiente. No era necesario hacerlo público.

—Y a pesar de conocer quién era, ¿no te importó facilitarme en el *Speaker´s Club* la información de todos los progresos que ibas haciendo en el caso de los dibujos de la condesa?

—¿No acabas de decir que somos buenas amigas? Y creo que lo seguimos siendo, ya te darías cuenta de que no me importaba que los supieras, aunque conociera que pertenecías al Gran Consejo. De hecho, tú fuiste testigo directo de muchos de ellos —le recordó Rebeca.

El número siete hizo una pequeña pausa, como reflexionando.

—La verdad es que te pareces mucho a nuestra amiga común Carlota, y no solo por vuestra notable inteligencia. Ambas sois algo imprevisibles. No te voy a negar que, en ocasiones, sospechara que me habías descubierto, pero siempre lo acababa descartando porque me tratabas como a una más y no hacías ninguna diferencia conmigo. Si acaso, al contrario, siempre eras muy cariñosa.

—Es cierto que te tengo aprecio y lo sabes. Por otra parte, en eso consistía, en que no te dieras cuenta de que conocía tu verdadera identidad —dijo sonriendo Rebeca, aunque detrás de la enorme capucha no se pudiera contemplar su gesto burlón. Tenía que reconocer que era un momento especialmente gracioso. No se había equivocado con el número siete.

—Bueno, vamos a dejarnos de conversaciones intrascendentes y pasemos a lo verdaderamente importante.

Rebeca la interrumpió.

—Perdona, antes de que continúes hablando. Observo que no está el Gran Consejo al completo. Somos siete personas, Si me descontamos a mí, que no pertenezco a vuestro grupo, nos faltan cuatro miembros. ¿No los vamos a esperar para comenzar la reunión? —preguntó extrañada Rebeca.

Se hizo un silencio en el Gran Consejo tan monumental como la Iglesia de San Nicolás, que era mudo testigo de su reunión.

—No hay más miembros —contestó el número siete—. Ya estamos todos.

Rebeca se quedó pasmada.

—¡Entonces esto no es un Gran Consejo! —exclamó.

—En realidad, somos lo que queda del Gran Consejo —dijo con pesar el número siete.

—Disculpadme, pero no entiendo nada.

—Poco hay que entender. Solo somos seis miembros —le repitió el número siete.

Rebeca seguía pasmada y sin comprender nada.

—Se supone que el Gran Consejo debíais de ser diez personas para poder proteger el árbol, ¿no es así?

—Sí, en su origen estaba constituido por diez miembros, como bien has dicho, pero en su origen, no ahora.

—¿Y por qué no se reconstruyó el Gran Consejo, y de paso el gran mensaje, con la ayuda del número uno y del número once, tal y como estaba previsto desde el siglo XIV?

—Esa es una buena pregunta —respondió el número siete.

—Entonces, ¿para qué narices sirve esta reunión? —preguntó Rebeca—. El grupo está incompleto. No puede cumplir su función.

79 31 DE ENERO DE 1525

—Tenías razón, ¿cómo lo sabías? —dijo Johan, dirigiéndose a su hijo, con un gesto en la cara difícilmente descriptible. Estaba patidifuso, asombrado y atónito. Todos los calificativos se quedaban cortos. Estaba tan impresionado que necesitaba apoyarse en un sillón para evitar caerse de espaldas.

—Nunca me hiciste el más mínimo caso —contestó Batiste—. ¡No será porque no te lo advertí *nosecuantas* veces!

Enfrente de ambos se encontraba, de pie junto a la puerta, el noble don Bertrán, con aspecto muy saludable.

—¿No le das un abrazo a un viejo amigo? —pregunto, testigo de la conversación entre padre e hijo.

—¡Por supuesto, viejo amigo! Disculpa, comprende que esté muy confundido —dijo Johan, que continuaba en una nube—. Para llevar más de dos años muerto, te conservas bastante bien.

Ambos se fundieron en un prolongado abrazo.

—¡Bandido! ¡Qué susto me habías dado! Eso no se le hace a un verdadero amigo.

—Créeme, todo fue necesario.

—Tienes muchas cosas que contarme, ya puedes empezar a explicarte —dijo Johan, mientras los cuatro se sentaban en los sillones del salón de la chimenea del palacio.

Don Bertrán se dispuso a iniciar las explicaciones.

—Parte de la historia ya la conoces, me encontraba en Lovaina con Luis Vives organizando su retorno a España. Había aceptado la cátedra que había dejado vacante Antonio de Nebrija en la Universidad de Alcalá de Henares. Compré pasajes para todos en un barco que zarpaba de Amberes en los primeros días de 1523, rumbo al puerto de Santander.

—¿Qué ocurrió después para que todos los planes cambiaran?

—Recibí una misiva desde España. Debía de volver de inmediato. Desgraciadamente no podía esperarme a la fecha de partida del barco, así que no tuve otro remedio que organizar mi regreso por vía terrestre.

—¡Pero estamos en guerra con Francia! ¡Fuiste un inconsciente al atravesar su territorio!

—No tanto. Tomé mis medidas de seguridad, no te creas que soy idiota. Me inventé el personaje de fray Bautista Tarrén y me puse ropajes típicos de fraile. Hasta iba montado en una mula, no en un caballo como el resto del séquito. No llamaba nada la atención.

—Una vez más tenías razón —dijo Johan, mirando a su hijo. Tenía que reconocer que su mente brillante, con tan solo trece años de edad, sobrepasaba la suya propia.

—Dos a cero, y espérate a las sorpresas que aún te quedan por conocer… —le advirtió Batiste, con una sonrisa incierta en su rostro, que Johan no terminó de comprender.

«¿Más sorpresas que don Bertrán este vivo después de dos años?», pensó. «¿De qué más me voy a enterar?»

El noble continuó la narración de los hechos.

—Toda mi escolta conocía mi disfraz y estábamos preparados para la eventualidad de una emboscada. Cuando ocurrió, ya sabíamos cómo actuar. El jefe de mi guardia personal iba disfrazado con mis ropajes y dos soldados estaban listos para escoltarme fuera del centro de la lucha. Como puedes comprobar, logré escapar en mi papel de fray Bautista Tarrén, sano y salvo. No obstante, tuvo un elevado coste, ya que todo mi séquito perdió la vida.

—¿Y por qué no descubriste que estabas vivo en cuánto regresaste a España?

—En un primer momento pensé en hacerlo, pero comprendí la utilidad de seguir utilizando la tapadera del falso fraile. Me alojé en el convento de San Pablo el Real de Sevilla. Me di cuenta de las ventajas de poder actuar con total discreción cuando me convenía, ya que nadie conocía mi verdadera identidad. Era un simple fraile dominico anónimo.

Johan se dirigió hacia su hijo Batiste y hacia Jero.

—¿Os importa dejarnos solos un momento? Tenemos que hablar de cuestiones de adultos.

—No, por supuesto —dijo Jero, levantándose del sillón y tomando del brazo a su amigo.

En cuanto salieron de la habitación, Batiste se dirigió a su amigo, con un tono en su voz algo condescendiente.

—Tranquilo, lo sé todo. Es el pobre de mi padre el que no se entera de nada —dijo—. Ahora va a hacer el ridículo un rato delante de tu padre. Ya intervendremos nosotros después, que somos los verdaderos protagonistas de la historia presente y futura.

Jero se quedó mirando a Batiste con cara de absoluta sorpresa. Estaba perplejo, no sabía qué decir.

—¿En serio lo sabes todo? —preguntó asombrado—. Lo siento, no me lo puedo creer, es imposible.

—Te voy a adelantar un dato que se supone que debo desconocer. Tu lugar de residencia en Sevilla fue en el convento de San Pablo el Real, ¿verdad? —preguntó Batiste, mirando a los ojos a su amigo.

Jero se sorprendió visiblemente.

—¿Cómo sabes eso? No se lo he contado a nadie, además mi padre me prohibió expresamente que lo hiciera. En la ciudad tan solo lo sabemos mi padre y yo... y bueno, parece que tú también.

—No te sorprendas. Como te estaba diciendo, lo sé todo de ti y de tu padre. Por fin cada pieza está en su sitio —dijo Batiste, con total seguridad.

Ahora, Jero también se quedó mirando a los ojos a su amigo. Lo creyó.

—¿Desde cuándo lo conoces?

—Desde hace poco tiempo, pero tenía todas las piezas del rompecabezas delante de mis propias narices. Fui un imbécil por tardar tanto en darme cuenta, pero el profesor Urraca me ayudó. Tenía que haber resuelto el enigma mucho antes. No tengo perdón.

Jero se sobresaltó.

—¿El señor Urraca también lo sabe?

Batiste se rio.

—No, por supuesto que no —contestó—, pero una de sus frases más típicas sirvió para despertar a mi cerebro, que andaba muy despistado con todas las piezas descolocadas. No sabía cómo encajarlas hasta que su espíritu me iluminó de repente.

—¿Sabes que dices cosas muy raras? —dijo Jero, que no entendía nada de lo que estaba diciendo su amigo—. Sé que eres muy inteligente y por eso te estoy tomando en serio. Si fueras Amador, ahora mismo estaría riéndome.

—Puedes reírte igual, creo que la situación va a ser muy divertida. No sé cómo se lo tomará tu padre, pero el mío igual hasta se enfada. Dejemos que se distraigan un rato. Ya llegará nuestro turno.

Jero miraba a su amigo con cara de incredulidad.

—Anda, vayamos a tu habitación a esperar —dijo Batiste—. Te aseguro que nos acabarán llamando y no creo que tarden demasiado.

—¿Cómo puedes saber todo eso? —preguntó Jero, completamente alucinado.

—Luego te enterarás —contestó Batiste, mientras entraban en la habitación de su amigo—. No quieras correr demasiado y ser impaciente, cada cosa a su debido tiempo.

«Aquello prometía», pensó Batiste. «Me parece que, al final, me voy a acabar divirtiendo con este asunto».

80 EN LA ACTUALIDAD, MARTES 25 DE SEPTIEMBRE

Rebeca seguía pasmada. No alcanzaba a comprender cómo el Gran Consejo estaba compuesto, en la actualidad, por tan solo seis miembros, cuando deberían ser diez. No entendía por qué, desde hace más de cinco siglos, no se hubiera reconstruido, sobre todo porque existía un mecanismo previsto y regulado para estos casos.

Continuó hablando el número siete, intentando explicar esta cuestión tan extraña.

—Desconocemos el porqué, pero desde el siglo XVI, todos los números uno del Gran Consejo, se negaron siempre a su reconstrucción. Para nosotros es todo un misterio cuál pudiera ser su motivo para actuar así. Tú conoces la historia del conde de Ruzafa y de su mujer, la condesa de Dalmau. Jamás movieron un solo dedo para recomponerlo, a pesar de que sabían sobradamente que faltaba el número cuatro desde hacía muchísimo tiempo. La cadena estaba rota. Pero no solo actuaron de esa manera ellos, también lo hicieron sus antepasados desde varios siglos atrás. Quizá tuvieran alguna consigna o instrucción secreta, pero nosotros la desconocemos. Te aseguro que no comprendíamos ni comprendemos el motivo de su actuación, o, mejor dicho, de su no actuación, de su completa inacción ante la falta de reconstrucción del Gran Consejo.

Rebeca seguía pasmada. No entendía nada de lo que estaba sucediendo.

—¿Y os habéis seguido reuniendo, aunque el Gran Consejo estuviera incompleto? ¡Si tan solo sois seis miembros! —preguntó Rebeca, que continuaba asombrada ante lo que estaba escuchando.

—A pesar de que el Gran Consejo no se reconstruyó jamás en su totalidad y que, desde el año 1500, no se reúnen sus diez miembros al completo, los cargos se han ido heredando como si nada hubiera ocurrido. Conociste al último número uno, la condesa de Dalmau. Desconocemos si designó sucesor antes de su muerte, por lo que, en la actualidad, no sabemos si el Gran Consejo tiene número uno, el *Keter*, su raíz.

—Supongo que si existe se pondrá en contacto con vosotros en algún momento —interrumpió Rebeca—. Si no lo hace, dad por perdido al número uno.

—Bueno, continúo con la explicación. La segunda puerta es el profesor Abraham Lunel, que ahora vive en Sudamérica, alejado del Gran Consejo. La tercera puerta, Tania Rives, sabemos que está viva, pero desconocemos su paradero. El número cuatro fue Miguel Vives, quemado por la inquisición en 1501 y, que sepamos, no designó ningún sucesor. Desde entonces está rota la cadena del Gran Consejo por ese número, el cuatro. El resto de miembros, del cinco al diez, estamos aquí presentes, por eso, en la actualidad, el Gran Consejo se limita a tan solo seis personas, las que ves en esta monumental iglesia de San Nicolás, en este momento.

Rebeca cayó en la cuenta de un detalle importante.

—Pero si faltan cuatro miembros, no tendréis el mensaje completo que conduce al paradero del árbol. Había que unir las diez partes que estaba cada una en poder de un miembro —dijo preocupada Rebeca.

—La realidad es aún peor. Blanquina March ordenó en el año 1500 el cambio en la ubicación del árbol. Encargó su traslado al número once. Sabrás que su primera ubicación fue la cripta de origen visigótico que estaba oculta debajo de la Sinagoga Mayor de la aljama de Valencia, tristemente desaparecida para siempre. Blanquina, después de ordenar trasladar el árbol a otra ubicación, tomó una decisión de gran calado. Nada más y nada menos que disolver el Gran Consejo.

—¿Qué me quieres decir con eso?

—Algo muy grave. Que ninguno de nosotros tiene ninguna parte del mensaje que conduce al paradero del árbol —dijo con seriedad el número siete—, porque cuando el número once concluyó con su encargo, ya no pudo localizar a ningún miembro del Gran Consejo, por el simple motivo que, en aquel entonces, ya no existía. Blanquina lo había disuelto unos años antes.

Rebeca estaba sofocada.

—¡Pero eso es una catástrofe! ¿Cómo podéis proteger algo que no sabéis dónde está? ¡Ni siquiera conocéis si existe en la actualidad! Puede haber desaparecido para siempre y vuestra labor ser completamente inútil.

—Es cierto, pero esa es la pura realidad. Aun desconociendo todo lo que acabas de decir, hemos protegido el árbol lo mejor que hemos podido durante muchísimos años, con los medios a nuestro alcance. Por ejemplo, desde el siglo XVI, nuestros antepasados han estado vigilando a todos los números uno del Gran Consejo, empezando por el humanista Luis Vives. Nuestros antepasados desplazaron a un miembro de nuestra familia a Flandes, con el objeto de espiarle. Incluso leíamos toda su correspondencia, pero, desafortunadamente, no encontramos nada relevante para nuestros propósitos. Casi todo eran temas personales. Por supuesto también espiamos a los últimos números uno conocidos, el conde de Ruzafa y a su esposa, la condesa de Dalmau.

—Estoy impresionada —dijo Rebeca—. Menudo despliegue de medios a lo largo de cinco siglos.

—No te lo puedes ni imaginar, por eso te decía que no hemos dejado de trabajar durante estos siglos, aún sin saber dónde está, si es que existe todavía, el árbol judío del saber milenario.

—Siento decirlo, pero, en realidad, habéis trabajado para no obtener ningún resultado, nada de nada.

—Eso no lo sabemos. Es verdad que desconocemos si aún existe el árbol, pero ello no implica que sigamos intentando protegerlo.

—Pues ya me contaréis cómo... —exclamó incrédula Rebeca.

—Ya en la época actual, por ejemplo, nos costó gran esfuerzo falsificar la foto de la gargantilla del conde de Ruzafa y conseguir que creyerais que era una prueba auténtica. Nos asustamos con los avances en la investigación que estábamos haciendo en el *Speaker's Club*, porque yo me incluyo en ellas. El resto de miembros y yo misma creíamos que nos acercábamos a su localización. Intentamos despistaros —continuó su explicación el número siete.

—¡Y bien que lo conseguisteis! —exclamó Rebeca, recordando las peripecias en la Lonja de Valencia—. Y yo quedando como una idiota, pensando que os había engañado a todos, y en realidad, la engañada era yo. ¡Qué imbécil fui aquellos días!

—Entiende que no te pudiera decir nada, como tampoco tú podías contarnos que eras la undécima puerta. Trabajamos con diferentes estrategias, pero nuestro objetivo, si lo piensas, era el mismo. Cuidar, proteger y evitar el descubrimiento del árbol. En realidad, estábamos y seguimos estando en el mismo equipo. No somos rivales ni nos tienes que ver así. No somos tus enemigos, somos tus compañeros, aunque no conocieras nuestra existencia. No perteneces al Gran Consejo como undécima puerta, pero eres uno de los nuestros.

—Alucinarías con la reunión en mi casa, cuando Joana se autoproclamó undécima puerta —dijo Rebeca, rememorando la reunión del *Speaker's Club* en su casa.

—La verdad es que lo pasé fatal, no sabía dónde mirar —dijo el número siete—. Llegué a pensar que me habías descubierto. Además, estábamos convencidos que la duodécima puerta era tu tía Tote. Fue un momento muy complicado. Nos pilló completamente por sorpresa. No sospechábamos absolutamente nada de Joana.

—No sabía que conocieras mi identidad como undécima puerta, pero sabiendo que pertenecías al Gran Consejo, estuve pendiente de ti. Hiciste un buen papel, no te noté nada extraño —dijo Rebeca.

—Mis esfuerzos me costó, no te creas. No sabía ni cómo poner las manos. Estaba muy nerviosa.

Rebeca cambió de tema. De toda la conversación que acababan de tener, le quedaba una gran duda en el aire.

—Entonces, si vosotros no tenéis ninguna parte del mensaje que conduce al árbol, ¿quién las tiene?

Se hizo el silencio en la Iglesia de San Nicolás. Los frescos de Antonio Palomino, en todo su esplendor, los observaban con curiosidad. Estaban siendo testigos de un momento histórico.

—Creemos que las dos mitades del mensaje se han continuado trasmitiendo —dijo al fin el número siete.

—¿Las partes que debían tener el número uno y el número once? —preguntó Rebeca.

—Así es.

—Pero no encontramos ningún mensaje en poder del conde de Ruzafa ni de la condesa de Dalmau, que fueron los últimos números uno —dijo Rebeca—. La prueba del sobre con la inscripción cifrada con la clave César «lujuria de seda», que apareció en su caja fuerte, y que presuntamente pertenecía al número once, o sea, a mí, me la inventé, era fraudulenta, con el mismo objetivo que vosotros con la falsa gargantilla, distraer la atención de todo el mundo y proteger el árbol judío milenario.

—Desde hace varios siglos creemos que los condes no tenían la mitad de su mensaje. Nuestros antepasados llevan mucho tiempo espiando a los suyos, y jamás encontraron nada, y te aseguro que registraron todas sus residencias a conciencia. Estamos hablando de un trabajo a lo largo de quinientos años.

—Entonces. ¿qué es lo que ocurre?

—Si desde principios del siglo XVI ningún número uno ha querido reconstruir el Gran Consejo, pensamos que sería por algún motivo. Entonces es lógico que las dos partes del mensaje no estén en poder de ninguno de sus miembros — explicó el número siete.

—No te entiendo adónde quieres llegar.

De repente, se levantó otra persona enfundada en la misma capa y capucha negra que los demás, y empezó a hablar.

—Soy el número cinco. El número once debía custodiar, y así lo hizo desde el siglo XIV, una mitad de ese mensaje. Creemos que, en realidad, existen dos números once, y cada uno de ellos custodia una mitad de ese gran mensaje, que una vez unidos, deberían conducirnos a nuestro árbol judío del saber milenario. Es la única explicación que guarda cierta lógica con todo lo que sabemos y hemos conocido y aprendido a través de más de cinco siglos de investigaciones, que no son pocos.

Rebeca se quedó sin respiración. Aquello no se lo esperaba. Ella no custodiaba ninguna parte de ningún mensaje. Su madre jamás le trasmitió nada, suponía que por su repentina muerte en accidente. Pero Rebeca no estaba espantada por esa revelación. En realidad, conocía perfectamente la voz de la persona que había hablado. No le salían las palabras. Jamás se hubiera imaginado que pudiera pertenecer al Gran Consejo, era uno de los últimos individuos de los que hubiera sospechado. Estaba completamente confundida. El número siete lo tenía claro desde el principio, pero el número cinco la había dejado completamente descolocada.

Si lo pensaba bien, ahora se explicaba muchas cosas que no comprendía, entre ellas la conexión con Tania Rives y quién le pasó toda la información en el pasado, al margen de otras cuestiones menores.

«¡Qué idiota que he sido todo este tiempo!», pensó, con una punzada de dolor en su interior. «No se puede confiar en nadie, ni siquiera en tu círculo íntimo».

81 31 DE ENERO DE 1525

Cuando se quedaron a solas en el salón de la chimenea, Johan se dirigió a don Bertrán.

—Debo preguntarte una cosa muy importante. En realidad, es la segunda vez que lo hago, pero la primera quizá no me comprendieras.

—Adelante, hazme la pregunta. Ya me la espero.

—Voy directamente al grano, ¿te nombró Luis Vives número uno del Gran Consejo antes de que partieras hacia España, a finales de 1522?

Don Bertrán sonrió.

—No me defraudas, era la pregunta que esperaba.

—¿Y cuál es tu respuesta?

—Sí, así fue. Me inició en todos los conocimientos y en mis responsabilidades.

Johan hizo un gesto con la cabeza.

—Esa es la parte que no termino de comprender. Si Luis te inició, sabrías que yo era la undécima puerta. Tu principal responsabilidad era ponerte en contacto conmigo para reconstruir el Gran Consejo, y jamás lo hiciste.

—En eso te equivocas —respondió con media sonrisa don Bertrán.

—¿En qué me equivoco? ¿Te pusiste en contacto conmigo? Pues no me llegué a enterar.

Don Bertrán se echó a reír.

—En realidad sí nos pusimos en contacto. Nos vimos en la boda de Luis en Brujas, pero ni siquiera me reconociste. Yo llevaba otros ropajes y supongo que tú andarías pensando en tus propios asuntos.

—¿Asististe a su boda? —preguntó asombrado Johan.

—Por supuesto, estaba invitado. ¿Cómo le iba a hacer un feo a un amigo como Luis Vives?

—¿Y dices que nos vimos? —preguntó extrañado Johan—. Pues tú me verías, pero yo, desde luego que no.

—Sí que me vistes, te lo aseguro.

—¿Qué dices? Es verdad que había muchos invitados, pero en ningún momento te reconocí, así de despistado iría. Ahora me explico la actitud de nuestro amigo común después de su boda, su extraña e incomprensible seguridad en el Gran Consejo y su frase «deja que fluyan los acontecimientos». Te juro que no lo comprendía. Claro, yo pensaba que tú estabas muerto, pero él sabía que no era así, porque habías asistido a su boda.

—Claro. Luis Vives y yo habíamos estado hablando largo y tendido.

—Lo que no entiendo es por qué Luis no me lo dijo directamente, en lugar de mantener esa actitud tan infantil.

—Porque no debía hacerlo —contestó don Bertrán.

—¿No debía? —preguntó Johan, extrañado.

—Desde que me designó como nuevo número uno, Luis ya no pertenecía al Gran Consejo, ya no te podía contar nada.

Johan Corbera volvió varios pasos atrás en la conversación, que se había desviado.

—De todas maneras, aún no has contestado a mi pregunta. ¿En qué decías que me equivocaba? ¿En qué sí te habías puesto en contacto conmigo y no te había reconocido?

—No —contestó muy serio don Bertrán.

—No te entiendo. ¿Entonces en qué me equivocaba?

—Te equivocas en que nuestra responsabilidad era reconstruir el Gran Consejo.

Ahora, definitivamente, Johan estaba hecho un auténtico lío y ya no entendía nada. Se levantó de su asiento.

—¿Qué es lo que dices? Desde el siglo XIV, la misión del número once es, junto con el número uno, reconstruir el Gran Consejo, en caso de ocurrir cualquier catástrofe.

—Esa es la cuestión clave. En realidad, no ocurrió ninguna catástrofe —dijo don Bertrán, con un tono muy tranquilo.

—¿Cómo qué no? —preguntó incrédulo Johan—. ¡Si el Gran Consejo no existe! ¿No te parece eso una catástrofe?

—Aunque te cueste creerlo, no, no lo es.

Johan estaba completamente confundido, seguía sin comprender nada.

—Cada vez te entiendo menos, ¿me lo puedes explicar?

—Quizá te cuente cosas que tú conozcas mejor que yo, pero no me interrumpas. Los judíos del siglo XIV hicieron una labor colosal. Reunieron su gran tesoro cultural, su árbol, en la aljama de Valencia. En aquella época necesitaron la colaboración de mucha gente, tenía todo el sentido del mundo la existencia del Gran Consejo, las diez personas que protegían el árbol. Pero al comienzo del siglo XVI, Blanquina March fue una auténtica visionaria. Ordenó el traslado del árbol y disolvió el Gran Consejo. Fueron dos grandes decisiones —explicó don Bertrán.

—Pero aquello ocurrió porque la inquisición irrumpió en plena reunión y tuvieron que huir todos los miembros en desbandada, incluso apresaron a Miguel Vives, el número cuatro. Fue una decisión fruto de aquellos acontecimientos imprevistos y catastróficos.

—Te equivocas de nuevo. Blanquina tenía muy claro que, en aquella reunión, iba a disolver el Gran Consejo para siempre. La eventualidad de la irrupción del Santo Oficio fue un accidente. Es cierto que aprovechó las circunstancias sobrevenidas como explicación frente a los demás miembros, pero, en ningún caso, hubiera variado su decisión, que ya estaba tomada de antemano.

—Entonces, ¿lo disolvió definitivamente y ya lo tenía previsto, al margen de la inquisición? —preguntó Johan, que tenía los ojos que parecían los de un búho de noche.

—Así es. Lo deshizo para siempre jamás, para no ser reconstruido nunca. Como ya te he dicho, lo hubiera hecho igual, aunque no hubiera irrumpido el Santo Oficio. Tú lo desconocías porque, como undécima puerta, no formabas parte del Gran Consejo, pero todos los números uno lo hemos conocido y se han ido trasmitiendo las instrucciones de Blanquina. Ya no teníamos la misión de reconstruir el Gran Consejo junto con la undécima puerta. Esa obligación había desaparecido desde el año 1500.

—¿Y por qué no había que hacerlo? —preguntó un asombrado Johan, que no acababa de entender los motivos de aquello—. El árbol continuaba necesitando protección.

—Como te decía antes, Blanquina fue una visionaria y, como mujer inteligente que era, lo advirtió de inmediato. En los primeros años tenía sentido la existencia del Gran Consejo de los diez, como protectores del árbol, pero, una vez escondido en un nuevo emplazamiento, que tú conoces porque fuiste el autor junto con Luis Vives, el Gran Consejo ya molestaba. No había ninguna necesidad de que diez personas tuvieran esa información vital. Con la creación del Santo Oficio de la inquisición, sobre todo vigilando y persiguiendo a los judíos con absoluta saña, cuantas menos personas conocieran el secreto, mejor.

—No lo entiendo —le interrumpió Johan.

—Comprende que reuniones de diez judíos, aunque fueran conversos cristianos, llamaban mucho la atención del Santo Oficio. El Gran Consejo no estaba protegiendo el árbol, en realidad lo estaba poniendo en peligro. De hecho, eso es precisamente lo que ocurrió en la reunión de marzo de 1500. La inquisición llevaba unos meses detrás de ellos por el elevado número de personas que se reunían. ¿Para qué era necesaria tanta gente? Era muy sospechoso. En la práctica, era suficiente con dos personas, no diez.

—¿Qué quieres decir con toda esta explicación? —preguntó Johan, que seguía confundido.

—Qué los restos que pudieran quedar del Gran Consejo desconocerían para siempre el emplazamiento del árbol. Tan solo lo sabrían el número uno y el número once, nadie más. Dos personas. Cada uno con su mitad del mensaje. El Gran Consejo quedaba fuera del conocimiento, por los motivos de seguridad que te acabo de explicar. Dejó de ser algo práctico, como lo fue en sus orígenes, para convertirse en algo peligroso.

Johan estaba absolutamente sorprendido por lo que estaba escuchando de boca de don Bertrán.

—O sea, tú y yo —dijo Johan—, con el fin de protegerlo del Santo Oficio de la inquisición, como resumen de todo lo que me has contado.

Don Bertrán permaneció callado, con una sonrisa enigmática en su rostro que Johan no fue capaz de interpretar, mientras permanecía atónito con todo lo que estaba escuchando.

Luis Vives jamás le había contado nada de todo aquello. Ahora se explicaba sus extrañas frases y su incomprensible seguridad, que Johan nunca alcanzó a comprender, sobre todo cuando asistió a su boda.

«Estaba claro que me faltaba información», pensó. «Luis tenía razón cuando me decía que no pertenecía al Gran Consejo y que estuviera tranquilo». En estos momentos lo comprendía todo.

Don Bertrán interrumpió sus reflexiones.

—Vamos a llamar a nuestros hijos, que se reincorporen a la reunión familiar —dijo, mientras hacía sonar una campanilla para avisar al servicio.

—Pero si aún no hemos terminado de hablar del Gran Consejo —protestó Johan.

—¿Para qué te crees que estoy llamando a nuestros hijos? —le contestó don Bertrán, con una amplia sonrisa en su rostro.

Johan se quedó de piedra ante aquella frase y ante aquella sonrisa.

No entendía a don Bertrán, aunque le quedaba muy poco tiempo para conocer la sorpresa final, que no se la esperaba bajo ningún concepto.

82 EN LA ACTUALIDAD, MIÉRCOLES 26 DE SEPTIEMBRE

Rebeca llegó muy tarde a casa, después de asistir a la reunión de aquel Gran Consejo formado por tan solo seis personas. Casi lo podía llamar Pequeño Consejo más que grande.

No sabía qué pensar. La persona que estaba detrás del número siete la tenía clara desde el principio y no se había equivocado, pero la identidad del número cinco había supuesto un gran golpe para Rebeca, incluso en lo emocional. No se esperaba jamás que pudiera formar parte del grupo secreto. Nunca había sospechado nada, ni le había dicho nada. Se lo había tomado como una pequeña traición personal y no podía ocultar su disgusto, aunque, en realidad, tenía razón el número siete. Todos estaban en el mismo equipo y, aunque en el fondo eran compañeros y compartían un fin común, no dejaba de fastidiarle.

Es cierto que su presencia daba sentido a muchas cosas que hasta ahora no se explicaba, pero, aun así, estaba francamente sorprendida y también, por qué no decirlo, muy molesta. «Supongo que tendré que acostumbrarme», se dijo. «Es cierto que todos estamos en el mismo barco».

Se puso el pijama y se tumbó en la cama, mirando el techo. «Hoy parece uno de esos días que se me hacen las dos o las tres de la madrugada sin poder pegar ojo», pensó.

Lo cierto es que estaba equivocada, en apenas media hora se quedó completamente dormida. Parece que los nervios hicieron su efecto.

La mente humana es, en muchas ocasiones, difícil de comprender y de interpretar. Sin saber exactamente por qué, conectó los pensamientos de la reunión del Gran Consejo a la que acababa de asistir, con el tentempié que su tía había organizado aquel célebre sábado en su casa, con sus compañeros del periódico. Eran hechos que, en apariencia, no tenían nada que ver.

Ya se encontraba inmersa en pleno sueño.

Estaba rememorando lo ocurrido, Estaba tan alegre con su copa de ponche en la mano, hablando con los invitados. De repente, Carlota la cogió del brazo y la sacó a la terraza.

—¡Menuda encerrona! ¡Y además vestidas en mallas, por favor! Debemos estar de lo más ridículas delante de toda esta gente emperifollada.

—Te prometo que no sabía nada.

—¿Cómo qué no? Si acabas de reconocer que se te había hecho tarde y te has disculpado.

—Lo he dicho para no dejar en mal lugar a mi tía delante de todos los invitados. No me había contado nada. Si lo hubiera hecho, me lo habría dicho cuando ha visto que salía de casa vestida con ropa deportiva para correr, como todos los sábados. He intentado buscar una excusa delante de toda la gente, para que no se notara demasiado mi total sorpresa. Es imposible que ni mi tía ni yo nos olvidemos. Estoy preocupada.

—¿Principio de Alzheimer? Eres demasiado joven, no creo que sea eso, tranquila.

—No, idiota, no me refiero a mí. Mi tía es extremadamente organizada. Jamás se le olvidaría decirme una cosa así. Tan solo le encuentro una explicación lógica.

—¡Ah! ¿sí? ¿Cuál?

—Que mi tía no tuviera ningún interés en que yo acudiera a esta reunión.

—¿Eso te parece lógico? ¿Cómo no va a querer que acudas a una fiesta organizada precisamente en tu honor? Es de lo más absurdo.

—Desconozco el motivo, pero todo esto es muy extraño. Llevo trabajando en el periódico más de tres años y mi tía jamás se ha tomado el más mínimo interés por mis compañeros. Ahora, de repente, invita a todos los jefes a casa y no me cuenta nada. Algo está pasando delante de nuestras narices y no lo estamos sabiendo ver.

—No te olvides que estás nominada a un Premio Ondas, no es algo que ocurra todos los días. Creo que ese detalle justifica esta pequeña fiesta.

—Hazme caso, desde el principio tuve la sensación de que había gato encerrado y ahora aún la tengo más

—Oye, el Fabio ese está imponente, ¿crees que le pondrán las chicas disfrazadas con unas ridículas mallas y medio sudadas?

—No lo sé, pero no te acerques a él. Es territorio de mi compañera Tere.

—¡Qué lástima! Le iba a proponer si le apetecía correr veinte kilómetros conmigo, ahora que ya le he pillado el punto a esto del deporte

—No te vengas arriba, campeona. Ahora estás eufórica por lo bien que lo has hecho, pero igual mañana tienes unas cuantas agujetas y te arrepientes, aunque sea solo un poquito.

—Mañana será otro día, yo disfruto del presente.

—Pues disfruta tan solo con la vista, que si no me buscas un problema en el trabajo.

De repente, en su sueño, vio como salían Alba y Tere a la terraza, tal cual había sucedido en la realidad.

—Veo que apenas has tardado unos minutos, eso es que has encontrado el estanco —le dijo a Alba.

—Era sencillo, tan solo tenía que cruzar la calle. Soy torpe pero no tanto.

—No sabía que fumaras —le dijo Tere—, nunca me lo habías dicho.

—Claro, y además nunca me habéis visto. En la redacción no lo puedo hacer.

—Por cierto, Rebeca, felicita a tu tía. Este ponche que ha preparado está estupendo.

—Por si acaso, desde que he subido de comprar tabaco ya no pienso beber más. No estoy acostumbrada y ya voy algo achispada con el alcohol.

—Haces muy bien. Y tú, Tere, ten cuidado, que el ponche de mi tía es legendario por tumbar a elefantes —contestó Rebeca.

—¿Me estás llamando gorda con sutileza? —pregunto Tere.

—Sin sutileza —contestó Alba.

—¡Oye!

—¡Pero si las cuatro estamos bebiendo lo mismo! —protestó Rebeca.

De repente se despertó del sueño, completamente sudada en la cama.

No comprendía nada. Estaba claro que la mente humana conectaba hechos y situaciones aparentemente inconexas, sin ningún motivo manifiesto, pero estaba confundida de verdad.

Inesperadamente le vino una idea a la mente, pero no una cualquiera, una desconcertante.

«¿Situaciones inconexas?», pensó con espanto. El corazón se le salía por la boca. Había soñado con exactitud lo ocurrido en la terraza de su casa el día del tentempié, palabra por palabra.

«De situación inconexa nada de nada», se dijo, completamente aterrada, cuando comprendió por qué su cerebro había relacionado ambas cuestiones, que, por supuesto, guardaban un estrecho vínculo.

No se lo podía creer. Estaba lívida.

«¡Aquello era imposible!», pensó horrorizada.

De inmediato le vino a la mente la cita del personaje de ficción Sherlock Holmes, creado por sir Arthur Conan Doyle a finales del siglo XIX. Era muy aficionada a sus novelas y esta frase le encantaba: «Cuando todo aquello que es imposible ha sido eliminado, lo que quede, por muy improbable que parezca, es la verdad».

La palabra improbable se quedaba corta y la verdad era desconcertante como poco, pero ninguna de las dos cuestiones invalidaba la frase de Holmes.

Las consecuencias de todo ello podían cambiar su vida. Ya no pudo dormir más esa noche.

Su cerebro tenía vida propia.

83 31 DE ENERO DE 1525

Jero y Batiste entraron en el salón de la chimenea.

—Hola de nuevo —dijo don Bertrán dirigiéndose a Batiste con una sonrisa—. Ya hemos terminado de hablar de las cosas de adultos.

—¿Ya habéis aclarado lo del Gran Consejo? —preguntó Batiste.

Johan Corbera se sobresaltó.

—¿Tú qué sabes de lo que hemos hablado?

Batiste empezó a dar pequeñas pinceladas de sus conocimientos.

—Don Bertrán te acaba de contar que el Gran Consejo se disolvió y que jamás volverá a ser reconstruido. Que el mensaje que conduce al árbol tan solo será conocido por dos personas, que custodiarán sus dos mitades.

Johan se quedó pálido.

—¿Nos habéis estado espiando? —preguntó enfadado—. Te mereces un serio correctivo, no es propio de ti comportarte de esa manera tan inapropiada, y más delante de don Bertrán. Creía que te había educado de una manera adecuada.

Batiste no pudo evitar sonreír de forma muy visible. Le costaba aguantarse.

—¿Además te lo tomas a broma? —dijo Johan, todavía más enfadado, al ver el amago de risa de su hijo.

—Padre, no os hemos espiado, y aquí está Jero para confirmarlo si hace falta. Hemos permanecido en todo momento en su habitación y no hemos escuchado ni una sola palabra de vuestra conversación.

Jero estaba igual de sorprendido que el padre de Batiste. No sabía cómo su amigo conocía la conversación porque era completamente cierto que habían estado en su habitación y no habían escuchado nada de la conversación entre sus padres.

En cuanto Johan oyó el nombre de Jero, cayó en la cuenta.

—No debes contar estas cosas delante de tu amigo. Ya sabes que son secretas y él no está iniciado —dijo escandalizado Johan.

—No has entendido todavía nada, ¿verdad, padre? —preguntó Batiste, casi en un tono paternal. La vida al revés, el hijo paternal con su padre.

—¿Qué es lo que tengo que entender? Hay cosas que tan solo deben conocer los miembros, ya lo sabes.

Don Bertrán permanecía en silencio, pero su rostro reflejaba una profunda diversión. Johan se dio cuenta de que su amigo parecía muy entretenido, pero no alcanzaba a comprender el motivo.

«¿Qué es lo que está sucediendo aquí?», se preguntó. «Algo fundamental se me está escapando».

—Bueno, hay tantas cosas que no entiendes que no sé por dónde empezar —dijo Batiste, dirigiéndose a su padre.

—Quizá pidiéndole a Jero que abandone el salón, ¿no te parece que no debe escuchar ciertas cuestiones? —dijo enfadado Johan.

Batiste se giró hacia su pequeño amigo con un gesto muy ceremonioso. Luego se dirigió a Johan.

—Padre, tengo el honor de presentarte a Jerónimo, el *Keter*, el número uno, la raíz del Gran Consejo, de hecho, es el más joven de la historia —dijo con mucha solemnidad Batiste, haciendo una pequeña reverencia en su dirección.

Johan puso cara de asombro y se giró hacia don Bertrán, que seguía con esa pequeña sonrisa de diversión en el rostro.

Se quedó esperando una respuesta a aquello por parte del noble o incluso del propio Jero.

Al fin, don Bertrán se decidió a intervenir.

—Se confirma que tu hijo es un prodigio, no me ha defraudado en absoluto —dijo—. Siento decírtelo, Johan, pero su inteligencia es claramente superior a la tuya, aun siendo muy joven. Es portentoso y también divertido, por qué no decirlo, ver su mente en acción. Es igual que Samuel Perfet, parece una copia de él. Hasta se parecen físicamente.

—De eso ya me había dado cuenta por mí mismo —contestó Johan, que estaba desconcertado—, pero ¿por qué no me habías dicho que ya no eras el número uno y que habías iniciado a tu hijo?

—Hay más cosas que no sabes —le interrumpió Batiste—, por eso no comprendes nada de lo que está pasando delante de tus propias narices. No has recompuesto las piezas del rompecabezas, y las tenías todas, igual que yo.

—¿Qué rompecabezas? ¿Qué es lo que no entiendo? —preguntó Johan, que estaba empezando a enfadarse.

—Para empezar, voy a comenzar por darte la razón en un asunto. Tenías razón desde el principio.

—¡Hombre! Por lo menos he acertado en algo —dijo Johan, en un tono claramente irónico.

—Don Bertrán está muerto —contestó Batiste muy serio.

Ahora, Johan puso cara de perplejidad.

—¿Me tomas el pelo? —preguntó mirando a don Bertrán—. ¿Te has vuelto completamente loco? ¡Si lo tenemos delante de nosotros!

—No, tu hijo está perfectamente cuerdo. Tiene toda la razón —dijo el noble, también muy serio.

—¿Esto es una broma o me queréis volver loco entre todos? —dijo Johan, que no comprendía nada.

—Ni una cosa ni la otra —contestó Batiste.

—¡Por favor! ¡Haced el favor de explicaros ya o mi cerebro va a estallar! —dijo Johan, cada vez más enojado por la actitud de todos. Le daba la impresión de que era el único que no entendía nada de lo que estaba pasando allí. Y no era una simple impresión, era la realidad.

—No te enfades padre. Voy a empezar por una pregunta muy sencilla. Si el padre de Jero se llama don Alonso, ¿por qué le estamos llamando don Bertrán? —preguntó Batiste.

Johan no había caído en la cuenta de ese pequeño detalle.

—Pues no lo sé, aunque supongo que tú sí conoces el motivo —contestó Johan, que no estaba de buen humor, de hecho, su voz denotaba cierto enfado.

—En realidad, entre tú mismo y el profesor Urraca me distéis la respuesta a todo este enigma. Don Bertrán está muerto… porque jamás ha existido.

Johan se quedó mirando a don Bertrán, que no había perdido esta extraña sonrisa en su rostro de diversión. Estaba claro que se lo estaba pasando en grande viendo a Batiste en acción.

—Pues a mí me parece muy real sentado en ese butacón, delante de nosotros —contestó Johan—. Me parece vivo y bien vivo.

—Hay una cosa que desconoces, padre. ¿Te acuerdas que te pregunté por las palabras griegas ákros y stikhos?

—Sí, lo recuerdo, son la raíz de la palabra castellana acróstico. Recuerdo que te puse un ejemplo de un poema de *La Celestina*, de Fernando de Rojas.

—En realidad, te conté una pequeña mentirijilla. No escuché esas palabras en el colegio, sino me las escribió en una nota el propio don Bertrán, aquí presente.

Johan no comprendía nada.

—¿Y para qué hiciste eso? —le preguntó al noble.

—Estoy disfrutando viendo en acción la mente analítica de tu hijo. Es todo un prodigio. Deja que siga con la explicación hasta el final —contestó don Bertrán—. Créeme que hacía tiempo que no me divertía tanto.

—¡Claro! ¡Os lo pasáis en grande todos a mi costa! —protestó Johan.

Batiste continuó con la narración de los hechos.

—Padre, recuerdo haberte escuchado decir, en más de una ocasión, que don Bertrán parecía tener mucho poder, incluso para ser un noble de la corte del rey Carlos I.

—Es cierto, siempre me ha dado esa impresión y hasta se lo he dicho a él mismo en más de una ocasión —reconoció Johan.

—Pues tenías toda la razón desde el principio —dijo Batiste, mientras desplegaba en una pequeña mesa la supuesta nota de suicidio del inexistente fray Bautista Tarrén, que, en realidad, era una identidad ficticia de don Bertrán—. Después de todo lo que hemos conocido, ¿no te dice nada nuevo esta nota?

«A lo oscuro no se observa. Mi alma no respira. Intuyo que una emboscada», leyó Johan.

No entendía nada.

—¿Qué me tiene que decir? —preguntó extrañado.

—Recuerda a *ákros* y *stikhos*, piensa en acróstico.

Su padre se quedó mirando de nuevo la nota. De repente, pegó un salto y se levantó del sillón, casi tropezando con la mesa.

—¡Eso no puede ser!

Don Bertrán ya no hacía ningún esfuerzo por ocultar su diversión, estaba riéndose.

Batiste tomó una pluma y marcó las primeras letras de cada palabra, a modo de acróstico, pero en lugar de utilizar un verso, lo hizo sobre el *stikhos*, sobre la línea.

«**A** **L**o **O**scuro **N**o **S**e **O**bserva. **M**i **A**lma **N**o **R**espira. **I**ntuyo **Q**ue **U**na **E**mboscada»

Johan tenía los ojos abiertos como platos.

—Padre, tengo el honor de presentarte a su excelencia don Alonso Manrique, arzobispo de Sevilla, una de las cabezas visibles de la iglesia católica en nuestro país, con toda probabilidad próximo cardenal, y lo que es más importante, inquisidor general del Santo Oficio en España.

Johan parecía que se iba a desmayar. Como pudo, se volvió a sentar en su sillón.

—Pero si eres un sacerdote de altísimo rango. ¿Cómo puedes tener un hijo? ¿Y el celibato? —preguntó Johan, que estaba subido en una nube.

—En ocasiones, hasta los obispos sucumbimos al pecado de la carne —le contestó, sin poder quitarse esa sonrisa que llevaba en su rostro desde que comenzara la conversación.

Batiste continuó hablando.

—Don Bertrán nunca ha existido. Es una identidad que se inventó el señor inquisidor general de España, supongo que para poder viajar de incógnito por Europa sin tener que dar explicaciones de su presencia en ciertos lugares.

Johan miraba, ahora con temor, al que creía que era don Bertrán hasta hacía unos segundos.

Batiste continuó.

—¿Nunca te preguntaste lo fácil que le resultó vivir en el convento de San Pablo el Real de Sevilla, sede del Santo Oficio, bajo la identidad de un falso fraile? ¿Nunca te preguntaste cómo su hijo Jero podía vivir en el Palacio Real de Valencia, también sede del Santo Oficio, dónde tan solo residen los inquisidores? ¿Nunca te preguntaste por qué se aloja en este palacio cuando viene a Valencia, si está reservado a personalidades muy importantes relacionadas con la inquisición? ¿Y por qué vino al auto de fe de septiembre en Valencia, además ocupando el lugar más importante de las gradas, debajo del mismo dosel? ¿No te llamaban la atención estas cuestiones? Y luego está la ironía final de firmar la nota del fraile con dos palabras griegas, ákros y stikhos. Don Alonso Manrique fue profesor de griego en la Universidad de Alcalá durante la década de 1490.

Johan estaba aterrorizado, y así lo exteriorizaba. Su expresión era difícilmente descriptible.

—Supongo que, en breve, estaremos todos quemados en la hoguera como herejes. Iluso de mí, pensaba que el Santo Oficio no conocía nada del Gran Consejo y resulta que su número uno, su raíz, ha sido el mismísimo inquisidor general, cargo que ahora ha heredado su hijo Jerónimo. ¡Qué idiota he sido! Siempre he pensado que el Gran Consejo estaba infiltrado en la inquisición desde tiempos del inquisidor local don Juan de Monasterio a principios de siglo, pero, en realidad, era al revés. Ellos estaban infiltrados en nosotros.

—Sigues sin comprender nada, padre —dijo Batiste—. Hay detalles que se te siguen escapando.

—¿Qué es lo que no comprendo? ¿Qué detalles?

—Para empezar, ¿de verdad crees posible que Luis Vives, que era un grandísimo amigo del supuesto noble, no conociera su identidad real? ¿Me equivoco don Bertrán, o mejor dicho su excelencia don Alonso Manrique de Lara y Solís? —preguntó Batiste.

Alonso Manrique, hasta hace un momento conocido como don Bertrán, contestó a Batiste.

—No me llaméis su excelencia, con Alonso es suficiente. Efectivamente, una vez más tienes razón. Luis conocía mi verdadera identidad. Sabía que era el propio Alonso Manrique, de hecho, siempre me ha tratado bajo mi auténtica personalidad. No olvidéis que somos muy amigos desde los tiempos de la corte real de Flandes, cuando Carlos I todavía no era ni rey de España y residía como príncipe en Brujas. Allí ni siquiera había creado la figura ficticia de don Bertrán ni yo era el inquisidor general de España todavía, me acababan de nombrar obispo de Córdoba. Teníamos una relación muy cercana. Ambos éramos, y aún somos, grandes admiradores de la obra de Erasmo de Róterdam.

—Entonces, ¿cómo demonios se le ocurre a Luis poner en conocimiento del Santo Oficio la existencia misma del Gran Consejo? ¿Acaso ha perdido la razón estos últimos años?

—Porque no lo hizo. Tan solo me informó a mí. El Consejo de la Santa y Suprema Inquisición, que yo mismo presido, no tiene ni idea de la existencia del Gran Consejo ni del árbol, ni la tendrá jamás, al menos por mí parte y la de mi hijo Jerónimo.

—¿Qué quieres decir con eso? —preguntó extrañado Johan.

—Nosotros no vamos a informar de nada y haremos todo lo posible por ayudaros, de hecho, ya lo venimos haciendo durante algún tiempo, pero os debo hacer una advertencia muy seria. Tenéis otros motivos graves de preocupación.

—¿Cuáles? —preguntó Johan, que aún estaba en una nube.

—Os acecha un peligro muy importante —advirtió muy serio el inquisidor general—, y no viene ni por mí parte ni por la de mi hijo Jerónimo Manrique. Se acercan tiempos difíciles.

El árbol podría estar en serio peligro.

Sin duda, una grave crisis se aproximaba.

84 EN LA ACTUALIDAD, JUEVES 27 DE SEPTIEMBRE

—Buenos días, Carlota —dijo Rebeca en la puerta de su casa, mientras su amiga miraba el reloj con pereza.

—Rebeca, son las nueve de la mañana. Ya estaba despierta, pero no son horas de hacer visitas de cortesía. Mi hermana Rocío aún duerme —dijo Carlota, dándole un abrazo.

—No se trata de una visita de cortesía.

Carlota se fijó mejor en la cara de Rebeca. Estaba descompuesta. Pensó que era la primera vez en su vida que la veía fea.

—Tú no has dormido bien esta noche, ¿verdad?

—En realidad no he dormido prácticamente nada, y ya sabes que me sienta fatal la falta de sueño.

—Anda, pasa, que estamos aquí hablando como tontas en la puerta. Vamos a sentarnos —dijo Carlota, mientras invitaba a Rebeca a tomar asiento en una silla del corral en el patio de su casa.

Rebeca obedeció y se sentaron a la fresca.

—Tengo varias cosas que contarte, y una de ellas me ha conseguido quitar el sueño esta noche, y posiblemente me lo siga quitando en las próximas.

Carlota estaba muy sorprendida. La actitud de Rebeca no era nada normal.

—Soy todo oídos. Deben ser cosas importantes para que no hayas ido a trabajar al periódico y te encuentres a estas horas tan tempranas en mi casa. Jamás lo habías hecho.

—Créeme, lo son.

—Pues ya tardas en empezar a hablar, sabes lo curiosa que soy.

—Ayer asistí a un Gran Consejo.

Carlota se levantó de la silla.

—¿Autentico? Pero si la condesa de Dalmau está muerta, y Abraham y Tania siguen desaparecidos.

—El Gran Consejo lo componían los otros seis miembros. Ya sabes que el número cuatro está muerto desde hace siglos, así que conocí a los números del cinco al diez. Según me contaron, se han estado reuniendo durante siglos sin los tres primeros miembros, aunque conocían sus identidades.

—¡Qué emocionante!

—Este nuevo Gran Consejo fueron los autores de la falsa pista de la gargantilla del señor conde.

—¡Qué curioso! Oye, ¿y para qué te invitaron a ti, si no tienes nada que ver con el Gran Consejo?

Era cierto que Rebeca no pertenecía al Gran Consejo, aunque fuera la undécima puerta, pero Carlota ni siquiera sabía que lo era. Esa parte no se la podía contar, así que tuvo que improvisar.

—No lo sé, supongo que a raíz de todos los acontecimientos pasados en los que me vi envuelta, con los dibujos de la condesa y todo lo que sucedió después —mintió lo mejor que pudo Rebeca.

—¿Así que has hecho amiguitos nuevos, aunque sean del Gran Consejo? —preguntó con sorna Carlota.

—No todos.

—No todos, ¿qué?

—Que no todos eran nuevos porque conocía a dos de ellos. Mejor dicho, hablando con más precisión, conocemos a dos de ellos, porque tú también sabes quiénes son.

—¡No me digas! Anda, desembucha por esa boquita, ¡pero ya! —dijo Carlota, sin poder aguantarse su curiosidad.

Rebeca le dijo los dos nombres. Carlota se quedó atónita, sin poder creerlo.

—¿Me lo estás contando en serio? No me estarás tomando el pelo, ¿verdad? —preguntó, mientras se levantaba de la silla.

—Te lo estoy diciendo completamente en serio. ¿Acaso tengo cara de estar bromeando a las nueve de la mañana, después de una noche sin dormir?

Carlota miró a su amiga. No, no tenía ninguna cara de chiste. De hecho, estaba extremadamente seria.

Carlota estaba pasmada.

—Pues jamás habría sospechado de ninguno de los dos.

—A mí no me sorprendió el número siete, en realidad ya lo sabía desde hace algún tiempo.

—¿Y no dijiste nada?

—¿Para qué?

—Por ejemplo, para que yo lo supiera —dijo Carlota, que ahora estaba excitada.

—No lo consideré necesario, además tampoco estaba segura al cien por cien, no era cuestión de hacer el ridículo —se excusó como pudo Rebeca—, y de acusar falsamente a nadie.

—¡Qué emocionante! Por fin han salido a la luz pública. Sospechábamos de su existencia, pero ahora ya está confirmado.

Rebeca se quedó en silencio.

—¿Qué te ocurre? —le preguntó preocupada Carlota—. No te veo buena cara, y eso no es nada habitual en ti. Hasta cuando no duermes estás guapa, pero hoy no.

Rebeca se echó hacia adelante en la silla, en un gesto que denotaba preocupación.

—Aunque lo que te acabo de contar es una gran noticia, en realidad, no he venido a tu casa por eso.

—¡Ah! ¿no? —dijo Carlota, que aún permanecía en pie, por los nervios de la revelación de la existencia del Gran Consejo—. Pues ya tardas en continuar el relato, sea el que sea.

—Sé que tienes una memoria prodigiosa, que eres capaz de recordar conversaciones, casi palabra por palabra, incluso meses después. Es una condena de tu cociente intelectual.

—Bueno, sí, para mi desgracia o fortuna, me ocurre con frecuencia. Cosas de mi puñetero cerebro.

—Pues trasládate mentalmente al sábado que mi tía organizó el tentempié en mi casa con los compañeros de mi periódico, en concreto al momento en que me sacaste a la terraza para comprobar si había cámaras de video instaladas allí. Tú misma me lo contaste.

—Lo recuerdo perfectamente. Te agarré del brazo y salimos. Estuve buscándolas y no encontré ninguna, a diferencia del interior del salón, que había al menos tres instaladas de forma bastante evidente.

—No me interesan las cámaras, quiero centrarme en lo que pasó —dijo muy seria Rebeca.

—Pues salimos y mantuvimos una conversación intrascendente. Te reproché que no me hubieras dicho nada de la fiesta y hablamos de lo imponente que estaba tu compañero Fabio, hasta que apareció tu amiga Tere y la hermana gemela de Alba, que ya se habían dado el cambiazo —recordó Carlota.

—Muy bien. En ese exacto momento quiero que nos fijemos. ¿Recuerdas la conversación a partir de ese preciso instante?

Carlota se quedó pensativa.

—Sí, claro. Recuerdo que la gemela de Alba nos dijo que había encontrado con facilidad el estanco. Tu amiga Tere comentó que el ponche estaba muy bueno y que felicitaras a tu tía. Entonces tú dijiste que tuviera cuidado, porque era conocido por tumbar elefantes. Teresa preguntó si la estabas llamando gorda con sutileza, y la gemela de Alba estuvo graciosa, comentando que, en realidad, la habías llamado gorda sin ninguna sutileza —rememoró Carlota.

—¿Y qué más? —preguntó Rebeca, que parecía excitada.

Carlota se quedó pensativa.

—Creo que la gemela de Alba dijo que iba algo achispada por el alcohol y que ya no pensaba beber más.

—Muy bien, lo recuerdas igual que yo. Esta parte es precisamente la más importante, la que no me cuadraba de toda la explicación de Richie Puig y no acababa de verlo claro —dijo Rebeca, que seguía con un rostro muy serio y preocupado.

Carlota también estaba pensativa. De repente, cayó en la cuenta de lo que Rebeca estaba señalando.

—¡Claro! —exclamó, casi gritando, cuando comprendió lo que quería decir su amiga—. No bebió nada más.

—Veo que tú también te has dado cuenta. La gemela de Alba no dejó ninguna huella dactilar porque llevaba puestos esos guantes rosa tan monos, pero tampoco dejó ninguna traza genética porque no bebió nada desde que subió del estanco. Ella misma nos lo confirmó en la terraza, como recordamos las dos.

—Pero los análisis de ADN que hizo Richie Puig desvelaron que eran gemelas, y nosotros pudimos ver las imágenes de la cámara de seguridad de *La Crónica*, dónde aparecía Alba, a pesar de estar, supuestamente, en ese mismo momento en la fiesta de tu casa. Vimos con claridad las dos Albas, al mismo tiempo, en dos sitios diferentes. Eso es un hecho irrefutable.

Rebeca seguía seria, como si no hubiera prestado atención a la explicación de su amiga, estaba como ida.

—Está claro que las gemelas Alba existen. No me cabe ninguna duda, nosotros somos testigos de su realidad, pero ahora me dan absolutamente igual —dijo Rebeca, por fin.

Carlota estaba expectante. Rebeca parecía conmocionada, pero continuó hablando.

—Escucha, Carlota. Debo de hacerte unas preguntas muy importantes, quizá las más relevantes que te hayan hecho en tu vida.

Carlota estaba sorprendida con todas las reacciones de su amiga. La había estado observando desde que llegara a su casa hacía quince minutos. Estaba claro que algo le preocupaba muchísimo, pero no terminaba de comprenderla. Estaba como ida. Nunca la había visto en ese estado de agitación interna. Algo muy grave debía de estar ocurriendo.

—¿Cuáles son esas preguntas tan importantes? —inquirió Carlota, que estaba desconcertada.

—No te las tomes a broma, aunque te puedan parecer intrascendentes e idiotas. Por favor, contéstamelas.

Carlota cada vez estaba más confundida con las reacciones de su amiga. Estaba muy extraña.

—Te prometo que te contestaré esas preguntas en serio, sean las que sean, no te preocupes.

Rebeca permaneció un momento en silencio. Carlota seguía observándola, toda la situación era muy rara. Su amiga se estaba comportando de una manera incomprensible, incluso para ella. La intentaba analizar, pero no llegaba a ninguna conclusión.

Rebeca retomó la conversación.

—Cuando salimos a correr, siempre te quejas que te duele la muñeca izquierda.

—Bueno, no me molesta cuando corro, en realidad me duele después de hacer deporte. Ese es uno de los motivos por lo que no me gusta demasiado salir a correr. Es una lesión antigua muy incómoda.

—¿Cómo te la produjiste?

«¿Qué clase de pregunta es esa?», pensó de inmediato Carlota, pero se había comprometido en contestarlas, por estúpidas que le parecieran, así que lo hizo a pesar de que no le encontraba ningún sentido.

—Tuve un accidente de pequeña, con mis tíos.

—¿Qué ocurrió?

—Nos dimos un pequeño golpe con el coche, nada importante. Yo iba sentada en el asiento trasero, en la sillita de seguridad para niños. Me rompí la muñeca y estuve un día hospitalizada. Mis tíos se fracturaron algunas costillas y les dieron el alta poco tiempo después.

Rebeca estaba cada vez más pálida.

—¿Qué edad tenías cuando ocurrió ese accidente?

—Ocho años.

Carlota notaba que Rebeca se iba alterando por momentos, su rostro se trasmutaba.

—En la actualidad, ¿mantienes relaciones con tus tíos?

—Curiosamente, no. Después del accidente se fueron a Argentina a trabajar y jamás los volví a ver.

—¿Aunque no los hayas vuelto a ver, has mantenido algún tipo de contacto con ellos durante estos años? No sé, a través del móvil, por correo electrónico o cualquier otro medio.

—Absolutamente ninguno. Ahora que lo pienso, es algo extraño.

Rebeca casi se cae de la silla. Estaba lívida.

—¡Ay, Dios! ¡Es cierto! —dijo Rebeca, que parecía que se fuera a desmayar de un momento a otro.

Carlota no entendía nada y empezaba a alterarse ella también.

—¿Me quieres explicar qué es lo que ocurre? Me estás preocupando en serio.

Rebeca no podía ni hablar. Carlota pensó incluso en llamar a un médico. Después de un momento, Rebeca consiguió articular unas palabras.

—Lo que crees es mentira.

Fin del libro 4

Lo que crees es mentira

Continúa en el libro 5

La sonrisa incierta

¿Quiénes son, en realidad, Rebeca y Carlota?

¿Qué es mentira?

CLUB VIP

Si has leído alguna de mis novelas, creo que ya me conoces un poco. **Siempre va a haber sorpresas y gordas.**
Si quieres estar informado de ellas y no perderte ninguna, te recomiendo apuntarte a mi club, llamado, cómo no, **Speaker's Club**.

Es gratuito y tan solo tiene ventajas: regalos de novelas y lectores de ebooks, descuentos especiales, tener acceso exclusivo a mis nuevas novelas, leer sus primeros capítulos antes de ser publicados, etc.

Lo puedes hacer a través de mi web y no comparto tu email con nadie:

www.vicenteraga.com/club

REDES SOCIALES

Sígueme para estar al tanto de mis novedades

Facebook

www.facebook.com/vicente.raga.author

Instagram

www.instagram.com/vicente.raga.author

Twitter

www.twitter.com/vicent_raga

BookBub

www.bookbub.com/authors/vicente-raga

Goodreads

www.goodreads.com/vicenteraga

Web del autor

www.vicenteraga.com

COLECCIÓN DE NOVELAS «LAS DOCE PUERTAS» Y BILOGÍA «MIRA A TU ALREDEDOR»

Todas las novelas pueden ser adquiridas en los siguientes idiomas y formatos en ***Amazon y librerías tradicionales***

ESPAÑOL

Formato eBook
Formato papel tapa blanda
Formato tapa dura (edición para coleccionistas)
Audiolibro

ENGLISH

eBook
Paperback
Hardcover (Collector’s Edition)
Audiobook (coming soon)

Las doce puertas (Libro 1)
The Twelve Doors (Book 1)

Nada es lo que parece (Libro 2)
Nothing Is What It Seems (Book 2)

Todo está muy oscuro (Libro 3)
Everything Is So Dark (Book 3)

Lo que crees es mentira (Libro 4)
All You Beleive Is a Lie (Book 4)

La sonrisa incierta (Parte V)
The Uncertain Smile (Part V)

Rebeca debe morir (Libro 6)
Rebecca Must Die (Book 6)

Espera lo inesperado (Libro 7)
Expect the Unexpected (Book 7)

El enigma final (Libro 8)
The Final Mystery (Book 8)

BILOGÍA / DUOLOGY «MIRA A TU ALREDEDOR» "LOOK AROUND YOU"

(Forman parte de «Las doce puertas»)

Mira a tu alrededor (Libro 9)
Look Around You (Book 9)

La reina del mar (Libro 10)
The Queen of the Sea (Book 10)
Fin de la serie «Las doce puertas»
End of «The Twelve Doors» series

SERIE DE NOVELAS «ÁNGELES»

Formato eBook
Formato papel tapa blanda
Formato tapa dura (edición para coleccionistas)
Audiolibro

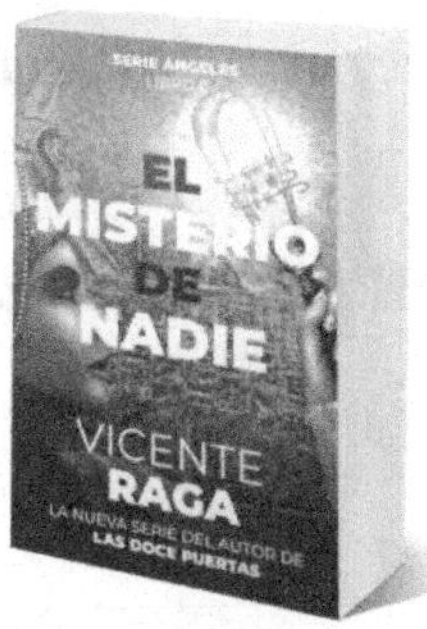

El misterio de nadie (Libro 1)

El faraón perdido (Libro 2)

Las puertas del cielo (Libro 3)

Para vivir hay que morir (Libro 4)

CONTINUARÁ...

TRILOGÍA EN UN SOLO VOLUMEN DE VICENTE RAGA «JAQUE A NAPOLEÓN»
"CHECKMATE NAPOLEÓN"

Jaque a Napoleón, la trilogía: apertura, medio juego y final

ESPAÑOL
Formato eBook
Formato papel tapa blanda
Audiolibro
INGLÉS
eBook
Paperback
Audiobook (coming soon)